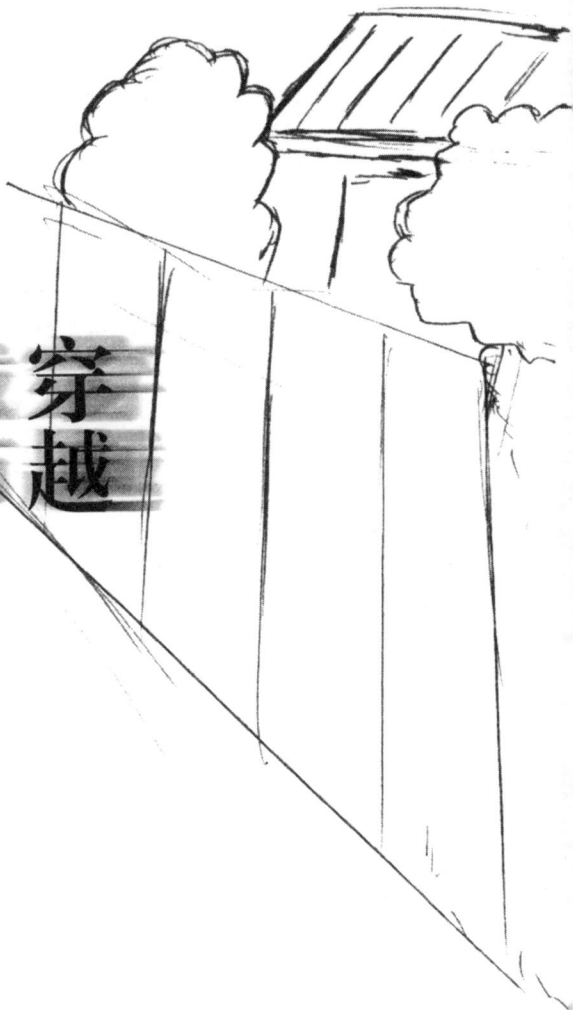

穿越
城市

阿明 著

江苏大学出版社
镇江

图书在版编目(CIP)数据

穿越城市 / 阿明著. —镇江：江苏大学出版社，
2014.7
ISBN 978-7-81130-766-5

Ⅰ. ①穿… Ⅱ. ①阿… Ⅲ. ①中国文学－当代文学－
作品综合集 Ⅳ. ①I217.2

中国版本图书馆 CIP 数据核字(2014)第 142377 号

穿越城市
Chuanyue Chengshi

著　者/阿　明
责任编辑/林　卉
出版发行/江苏大学出版社
地　址/江苏省镇江市梦溪园巷 30 号(邮编：212003)
电　话/0511-84446464(传真)
网　址/http://press.ujs.edu.cn
排　版/镇江文苑制版印刷有限责任公司
印　刷/句容市排印厂
经　销/江苏省新华书店
开　本/652 mm×960 mm　1/16
印　张/16.75
字　数/220 千字
版　次/2014 年 7 月第 1 版　2014 年 7 月第 1 次印刷
书　号/ISBN 978-7-81130-766-5
定　价/39.00 元

如有印装质量问题请与本社营销部联系(电话：0511-84440882)

目录

生命的内质说到底不是富贵荣华，不是功名利禄，而仅仅是单纯的时光。不需要任何宏大的理由，仅是这一旦逝去便永不回返的纯净时光，就可以成为我们永远的乡愁。

——《昨天是今天的乡愁》

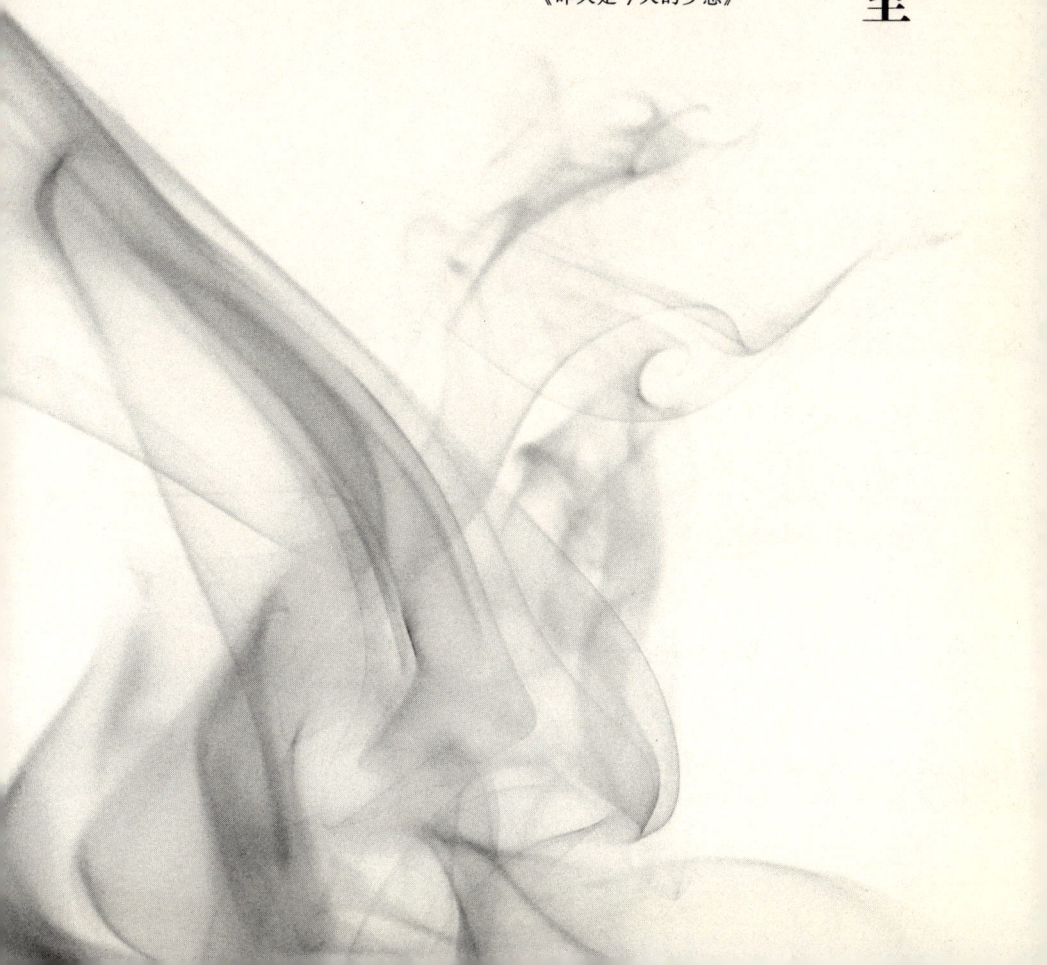

随风而至

母亲为我织出人生路

那天看央视的节目《回声嘹亮》，庞龙正在演唱《家的味道》："家的味道是妈妈编织的毛衣，一针一线连着儿女的暖，一双巧手缝缝补补，织出我一条人生路。"这几句歌词一下攫住了我的心。缝缝补补这样寻常的女红，似乎与人生路这样的大事相隔天壤，可仔细想想，其间又何尝不是有着千针万线的联系呢！

一直到参加工作，我对毛衣的概念都与"买"无关，从小到大，我身上所有的毛衣毛裤都是母亲织的。母亲坐在昏黄的灯下一针一线地编织毛衣，是我童年和少年见惯的景象。常常是一觉醒来，母亲还在灯下织啊织，不知疲倦，没有停歇。少年的我长得快，家里买不起新毛线，母亲会用旧毛线把袖口和下摆加长。实在穿不下时，母亲会把几件不同颜色的旧毛衣拆了，将毛线洗净晾干，再织出翻新的毛衣。几种颜色交错织就的毛衣居然也十分漂亮，不知情的人还以为是故意织成的花色，我的小学班主任就常对此赞叹不已。只有我心里知道，在儿子长大的过程中，母亲要花费多少心血！贫寒的家境，更会让多少母亲不得不精打细算！织毛衣只是生活的一个缩影，柴米油盐酱醋茶，要母亲操劳的事何其多也！没有母亲的辛勤持家，衣食无着的我们怎能健康长大？又能去向何方？我们日后哪怕再辉煌的人生之路，何尝不是母亲针针线线织成的！

参加工作后,经济条件渐渐好转,我添了一些从商店买的毛衣。在有些场合,为了与环境协调,为了与正装搭配,也一定得穿买的毛衣。起先有些不适,慢慢也就习惯了,母亲织的毛衣便大多被带回了老家,母亲拆拆改改,又成了父亲或她自己身上的毛衣。但看得出母亲的不甘,她努力地照着编织书上的式样学,参考店里的款式织,手艺竟越来越好,织的花样越来越多。有一回妻从夫子庙买了一件毛线外套,母亲说太贵,便自己照那样式织了一件,竟然比买的还漂亮,妻还没穿就被女儿占为己有。母亲之所以这样执着,是一直把我们当成长不大的孩子啊!是为了让我们走到哪里,都能感觉到母亲一直在牵着我们的手啊!

尽管我一再让母亲不要为我织毛衣,但她过一段时间总会织一两件毛衣给我,说店里买的再好,也没有自己织的暖和。随着人到中年,做父亲的资历越来越深,我越来越能体会母亲的心情了。再高档的毛衣,再怎么标注羊绒百分百或是羊毛百分百,都可能有水分,在母亲的眼里,它们都不足以御寒。只有母爱,是永远的百分百啊!永远不掺水分,永远不会虚情假意。懂得了母爱的真谛,儿女的人生路是不是会走得更加脚踏实地?

这些年买的各式各样的毛衣有不少了,但这两年,我让母亲又为我织了好几件,而且冬天都会穿在身上。有半高领,有鸡心领,有开衫,有背心,品种基本全了。看得出母亲的开心,她感觉到了我对她一如既往的依赖。我是想,快到知天命之年的我,身材不会有太大的变化了,而母亲慢慢上了年纪,身体也不好,不能让她多织了,织上这么几件就够我穿一辈子了,母亲的毛衣就会永远与我相依相偎,一直到老迈之时也能为我的枯瘦之躯抵挡寒冷。工作以来,每当我职务晋升时,母亲都会打电话告诫我要好好工作,遵守纪律,让她放心。所以,我还想,在未来的路上,我依然会遇到一些挫折,更会面对一些诱惑。穿着母亲织的毛衣,就会时时想起母亲的爱与教导,挫折面前能有一份转身休憩的笃定,诱惑面前能保持一点工农子弟的本色。

古诗说："慈母手中线,游子身上衣。临行密密缝,意恐迟迟归。"这是说,寻常的缝缝补补里,寄托着一个母亲的所有牵挂。庞龙的这首歌则是说,简单的缝缝补补里,蕴藏着一个母亲的全部希望。古代的母亲担心的是游子迟迟难归,现代的母亲期待的则是儿女能踏踏实实走好自己的人生路。再漫长的人生路,其实就是由"离家"和"回家"两个画面组成的,年少时我们离乡,年老时我们返乡;奋斗时我们离家,失意时我们回家。"离家"和"回家"这两段路程都需要母爱来支撑啊! 穿着母亲亲手织的毛衣,我多想和庞龙一样放声歌唱,因为,无论离家还是回家,我都能幸福地行走在母亲一针一线为我织就的柔软而温暖的生活大道上。

岁月，让我欢喜让我忧

这些年来，写了不少关于父母和女儿的文字，都不是刻意而为，只是心有所动时任性而发，从来没有想过用怎样的笔法去表达，也没有比较过自己这两类文章的异同。

忽然有一天，有个朋友对我说：我发现你写女儿的文章都是非常欢喜的，而写父母的都带点淡淡的忧愁。为什么呢？我因为自己毫无所察，竟一时语塞。

认真翻检自己的文字，发现朋友说的是对的。我写女儿的文字总是洋溢着欣喜，而写父母的文字总多少带了点凝重。

我又阅读别人的文章，发现多数人写儿女时都有掩饰不住的喜悦，写父母时多含情不自禁的感伤。

我们既是儿女，又是父母，我们一路承领着父母的爱，我们倾力付出着对儿女的爱。同样都是爱，为什么会赋成两种不同的曲调？

我思虑再三，将缘由归于了岁月。是岁月，是时间，让我欢喜让我忧。

儿女从童年走来，我们目睹了他们从孩提向青年的拔节，我们为他们的日益成长而欣喜。时间在他们面前正展开无限美好而广阔的前景，他们在迎接着、我们也在为他们准备着人生中一系列的喜事与盛事。"少年见青春，万物皆妩媚。"他们的成熟，他们的丰

润,掩盖了时间残酷的真相,我们的笔,便随心谱出喜气洋溢的音符。

我们从童年走来,目睹了父母从青年向中年再向老年的递变,我们为父母的日渐衰老而忧愁。孔子说:父母之年,不可不知,一则以喜,一则以惧。随着他们越来越苍老,我们的忧惧之心远远大于喜悦之心。"父母"是"奉献"的同义词,每当想起他们的含辛茹苦,我们的笔就不由自主地变得凝重。"壮心与身退,老病随年侵。"他们的白发,他们的沉疴,揭示了时间真正的面目,我们的笔,又怎能欢欣鼓舞地挥洒?

人生究竟是什么?朋友的一问自然引发了我这样更深的自问。我想,不管人们怎样定义人生,人生本质上是一种时间现象。人与人的相遇,实质上是时间的相遇。总有一天,时间要把赋予我们的父女、母子、夫妻等关系都一概收回。时间"有情"和"无情"的双重品质,使得从古到今人们对它一直抱有复杂难言的感情。作为大儒的孔子,站在汩汩流淌、一去不返的河水边久久驻足,发出"逝者如斯,不舍昼夜"的千古一叹。在读着孔子的文字时,我们也许有过浅薄的共鸣。然而,唯有在我们当过儿女、又当过父母,唯有我们在同一时空内目睹着上一代生命逝者如斯地老去、下一代生命不舍昼夜地成长之时,我们才真正对时间的诡秘和神奇有了稍深的认识,对人生的玄奥和轮回有了切身的领会,对弘一法师"悲欣交集"的遗墨有了些微的体悟。

岁月成就着一切,岁月销蚀着一切;成就让我们欢喜,销蚀令我们忧惧。我们可以战胜一切,却无法战胜时间;可以拥有一切,却无法拥有时间。爱的两种表达让我醒悟,无论我们自己是否意识到,对于时间流逝的恐惧一直潜藏在我的心头,也一定盘旋在你的心间。那么,忧惧中我们应该做些什么?能够抓住点什么?我想,就是从现在起用自己的方式好好爱父母、爱爱人、爱孩子、爱朋友。不要等待、珍惜分秒,不避琐屑、想到就做。记住那句广告词——别爱得太迟。

相聚在心

最近读了一篇文章，大意是如果按母亲活到80岁、每半年与母亲相见一次计算，这一生能与母亲见面的次数只有40多次了。这么一算，作者不由得心惊肉跳！

乍看之下，我也不免心惊肉跳，我算了一下，我能与母亲相见的次数更少啊！原来以为那么漫长的人生其实很快就会过去，现在看似健康平安的父母其实都在快速走向衰老，可以用许多美丽的形容词来装饰的人生，在数字的定量分析面前，原来是那么空无和短暂！

是的，直白的数字把人生的真相无情地撕给我们看。一个人活到80岁可以算高寿了，然而实际只有三万多天。当人生被定量为三万这个具体的数字时，我们还会觉得它漫长吗？而人的生命随时都可能终止，那么，生命的天数就更加少得可怜了。

由这篇文章，我想到了母亲，想到了这些年来与母亲相聚和分别的情景，不免感伤。然而，就在回忆之中，母亲的一句话跃然脑海，我转而释然，心中一下子明亮起来。

那是一个晴好的双休日的上午，我回到老家看母亲。在厨房里，母亲打开水龙头洗菜，对我说了这样一句话："虽然你们在南京，我见不到你们，但你们一直是在我心里的，我每天早晨一睁眼，你们三个人的影子就会出现在我眼前。"当时我的眼睛就有点潮湿。这是一个没有多少文化的普通母亲朴实无华的话语，但却蕴

含着深刻的人生哲理啊！

　　母亲的这句话让我明白，不要太执着于人生的聚散。因为，我们即使天天相见，也总有离散的一天。我们当然要尽可能地在短暂的人生里多创造相聚的机会，然而，由于主客观的种种情形，我们一定无法尽遂心意。此时，我们不妨以超脱之心看待人生，告诉自己，即使不能相见，亲人仍在心里；只要在心，便如同相聚。

　　真的，只要心里有，见与不见又何须嗟叹！心里存着一个人才是真正的相聚。我相信人是有心灵感应的，而心灵的感应可以形成巨大的精神磁场，从而使我们的人生深邃丰厚、充满温情。当我们思念着、牵挂着亲人时，他们的影像鲜活地出现在我们眼前，他们也一定能够感受到我们的注视，他们也会在遥远的所在传来对我们的挂念。于是，我们就在这相互牵挂中"相聚"了……

　　"虽然不能天天见面，你却总是在我眼前。虽然相隔千里遥远，你却记挂我在心间。"这是一首让我每当重听都非常动情的老歌。不用与日月星辰、高山流水相比，就是与随处可见的百年老树相比，人生真的已短暂得无法再短暂。那么，让我们忘掉那些无情的数字好了，不要让这些数字去破坏我们拥抱当下、抓住此刻的愉悦心情。与其在数字面前感伤，不如抓紧时间去做我们对亲人应该做的事吧！

　　故乡的母亲，谢谢您的开导，谢谢您的开通，您一直在我心里。

印刷厂的那个女孩

因公考察一个印刷厂,踏进车间的那一瞬,亲切的感情油然而生。因为,20年前,我正是在印刷厂遇见了那个女孩,印刷厂的一切都熟稔于心。

新单位有个印刷厂,因为给厂长的女儿辅导功课,这位热心的老大姐对我的终身大事格外关心。有一天她对我说:我们厂新来了一批大学生,我觉得某某某不错,你哪天到厂里来看看。于是,有一天,经由大姐的指点,我在门外悄悄看了一眼那个女孩。她清秀文静,正专注地校着稿子,一点儿也没有注意到门外有个人在偷偷瞅她。多少年过去了,我深深了解到,她就是这样一个做什么事都非常专注、不会轻易分心的人。

不久,又由一次会议作媒介,我和她正式相识,开始了两年的恋爱旅程。印刷厂很辛苦,常常晚间要加班,我就会去陪她。那时候还没有胶印,都是铅印。只见她穿着蓝色的工作服,吃力地搬着沉重的铅版。我要帮忙,她总是不让,说会弄脏衣服。有时我会问她:漂漂亮亮的大学生,干这样的工作觉不觉得委屈?她会沉静地一笑说:不委屈,能有一份工作就不错了。如今,共同生活18年了,她淡泊的心态依旧,对生活的要求永远不高,只安分地做着归属自己的平常之事,过着自己选择的平淡生活。

常常走进印刷厂的车间,于是也习惯了厂里的机器声,闻惯了

厂里的油墨香，爱情也在这轰鸣声里放大，飘散出沁人心脾的芳香。于是，在那一个初夏，这个印刷厂的女孩成了我的新娘。

结婚后，我们有了一间属于自己的小屋，这间小屋恰与印刷厂在同一条直线上。于是，每天中午下班后我便会在小路的这一头等着她回来。远远地看见她端着饭盒走来，心里便异常踏实。这时，她仍常常加班或上夜班。有了女儿后，我不能去陪伴和接送她，但总是无法安睡，焦急地等着她归来，风吹草动的声音都会使我惊觉。那时候，我常常唱的一首歌便是："夜风送走了爱人的脚步，我的心一直把你追逐。你看那寸寸小草，挂着滴滴夜露，那就是我想你的泪珠……"如今忆起来，仍有一丝甜蜜和浪漫在心头荡漾。

几年后，妻从印刷厂调离，从此我再也没迈进过印刷厂的大门。今天久别重逢，不禁微有陶醉。考察结束之时，厂长把我们带到一间厂房，指着角落里一列排得整整齐齐的旧机器说：这些都是以前的机器，早就淘汰了，留着作历史的见证了。看着这些沉默不语的旧机器，我不禁心潮起伏。这些老旧的机器我是何其熟悉啊！它们曾陪伴着那个成为我生命另一半的女孩走过了她的青春岁月，我仿佛看见它们又轰鸣滚动，油墨飘香，素纸翻飞，印刷着属于我和她的《青春之歌》……

爱的蜗居

　　收拾房间时,偶然发现一张照片。照片上,年轻的妻子正在用调羹给年幼的女儿喂着西瓜。仔细凝望着照片上的一切,不觉有泪水悄悄盈眶。

　　这是我最早的蜗居,二十多平方米的单室套。那时,我刚刚参加工作,能分到这样的房子已是相当知足了。我用一排低柜将房间一隔为二,于是便有了卧室和客厅之分。女儿出生之后,空间立显局促。于是,我便在沙发上睡了整整4年,直到搬入另一处稍大的房子。照片上,那张沙发正静静地靠在窗前,上面堆着女儿的洋

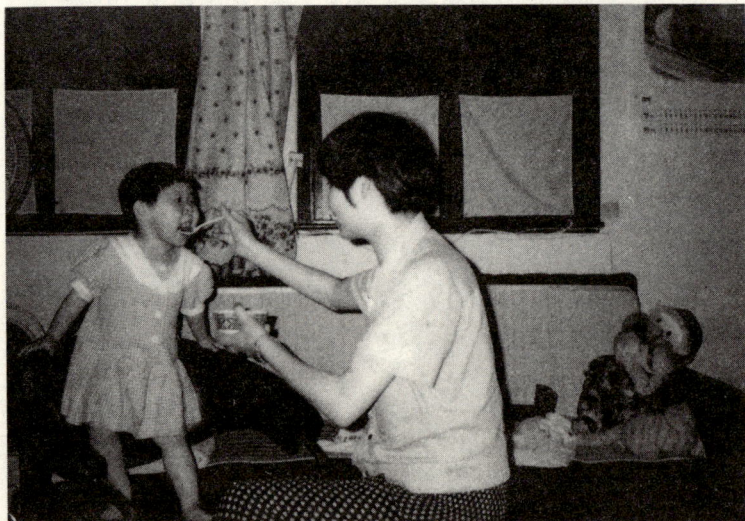

娃娃。因为沙发表面是波浪形设计，我又特别瘦，所以，睡上去并不是很舒服。再有，住在一楼，又没有防盗门，总是担心梁上君子光顾，夜里很少睡踏实过。但心里却是那样满足，因为她们娘俩能睡在舒坦的大床上。

那时候收入不高，我的工资基本都用在女儿身上，妻的工资用于家庭开销。但是，为了我看书写字能舒适些，妻还是花了近一百元钱给我买了一张皮转椅。瞧，照片上我那两岁不到的女儿，正双手撑在皮椅上转着玩呢！她是把它当成玩具了！她边玩着，妻边哄着她，往她嘴里塞着西瓜。她的到来，让我们觉得虽苦一点、累一点，但生活有了新的希望和乐趣啊！

我注意到，妻穿着的是一条黑底圆点的裙裤。由于职业造成的微疵，妻很少穿裙子。于是，我去北京出差的时候给她买了这条裙裤。那是我第一次去北京，那时候能去北京是许多人的梦想。当然不能空手而回，便在海军大院附近的商场给她买了这条裙裤，记得价格是一百多元。在当时可不算便宜，但为了自己所爱的人，真没有什么心疼的。买回来后妻还埋怨了我好一阵子，直说太贵了。

那个年代，每添置一件家当都要反复盘算，这张照片的左边，上方露出电扇的一叶，下方露出折叠椅的一角。不是因为女儿，我们根本舍不得买这当时算是豪华的落地扇；而几张折叠椅，则完全是因为有时要招待我们双方单身的同学才买的。连最能营造居家私密氛围的窗帘我们都没舍得买呢！照片上这绿底碎花的窗帘是从前住在这里的战友留下的，我们洗干净继续用，现在我仍珍藏着最初蜗居里飘舞着的这绿色窗帘！

照片上似乎没有什么值得特别记述的东西了，然而，我却又注意到靠门那面墙上的挂历。从照片透露的一角只能看出是黑白挂历，看不出内容，我却一下想起它的画面。那是电影《乱世佳人》中最著名的剧照，白瑞德正俯首深情地吻向郝思佳。那一本挂历里都是这样的经典剧照，我却永远把画面定格在这一页。它既在

不大的空间里充当了一幅装饰画,又让我们的蜗居始终散发着爱的气息。

不甘心从照片中就找出这么些东西,于是,对着照片再次细细端详。我终于为窗外的那一片黑寂而久久心动。那一抹夜色里,靠近我们的窗前,有一棵随风飒飒作响的枇杷树,不知何人所种,每年的盛夏都给我们送上甘甜的果实。透过这漆黑的夜,我分明仍能见到这棵见证了我们在爱的蜗居里不离不弃、相依相偎的枇杷树。那一抹夜色里,尽管单位离得很近,我每天仍是三步并作两步踏上回家的小路,只为早点见到我那可爱的女儿,早点让妻子放下那颗挂念的心。透过这漆黑的夜,我分明仍能看见那个步履匆匆的年轻的、清癯的自己。

照片是夏天照的,然而,窗外却什么也看不见,说明夜已完全降临。是的,夜已很深,时光也真的过去很久了。照片上的小不点儿长成了 18 岁的大姑娘,年轻的妻也已步入中年。如今居所的面积已数倍于这最初的小小蜗居,添一个大件也不需要有什么犹豫。然而,清贫生活里的相濡以沫、省吃俭用里的互相疼惜似乎也随着岁月远去了……

我一直对妻说,要把那幅挂历保存着,等有了大房子,把那每一张诠释着浓浓爱意的剧照都镶进镜框挂在墙上。然而,那幅珍爱的挂历在迁徙中早已不知去向。此刻,我多想能从照片上摘下这幅挂历,用最美的画框将它装裱……

妻一直对我说,有些年应酬最多时的晚归总是让她放心不下,希望我能早点回家。然而,我却常常以工作为由原谅自己。此刻,我多想自己能穿越岁月缩身于这张照片,融入那片熟悉的夜色,重做一回那个归心似箭的丈夫、那个爱心满溢的父亲,去叩响我的蜗居那扇老旧的红色木门……

爱在厨房

　　天天坐地铁上下班,也就天天看到沈星在做菜。等地铁的几分钟里,看沈星愉悦地做着家常菜,是一种惬意的享受;坐在车厢的二十多分钟里,看沈星轻快地做着家常菜,时间很快就打发过去,到达目的地时,一道新菜的做法已了然于心。

　　沈星说,最怕人问的是:你真的会做菜吗?是不是别人做好了端上来的?她想,总不能把桌上每道菜的做法都纸上谈兵说一遍吧。于是只好说:想想啦,就是不会做,做了五年的节目也会啦!其实,她高中时就开始做菜给家人吃,当然是"有偿服务";大学时和同宿舍的女生一起烹饪,宿舍窗外挂满了腌制的鱼肉,直到辅导员出面干预,"你们究竟是来读书的,还是来过日子的"一声棒喝终结了这帮小女生海吃猛喝的好日子。

　　说起来,我最怕人问的也是:你真的会做菜吗?我倒是想把提问的人拉到家做一顿饭菜来验证一下,可是我老婆不让,因为问话的多半是女性。屈指算来,我的厨龄也有 22 年了,但至今对厨事还没感到厌倦,在饭店吃到一款新菜,或向别人学来一道菜式总是非常兴奋,回家来立马跃跃欲试。

　　最初学做菜是被逼出来的。刚参加工作的时候,饭堂的伙食太差,质量不及南大食堂的一半。于是买了一只电饭锅,一只电炒锅,再买来三本菜谱,每天对着菜谱学做一道菜。我是先难后易,先学难做的红烧肉、红烧鱼之类,再学做鱼香肉丝、宫保鸡丁这类

半荤半素的菜,再学怎么把蔬菜炒得青绿悦目、火候适中。大概看了一个多月菜谱就不想再看了,自己就很自信地举一反三了。周末时,常常叫上几个同学来宿舍小酌,一来二去,厨艺就慢慢长进了。

谈恋爱的时候,我会做菜这个优点发挥了极其重要的作用。准丈母娘只听人说我会写文章,根本没想到我会做菜。周末,哥们儿再也吃不到我做的菜了,我转移战场了! 到准丈母娘家小露一手,再陪老人家喝几盅,一来二去,她的女儿便转移战场,搬到我的宿舍,成了我的媳妇!

结婚以后,我们家分工明确,坚持了 20 年没有变过,即我做菜,妻洗碗。我做菜的习惯是,从买到做一人全包,厨房里不希望看到第二个人。也不知道为什么对做菜那么感兴趣,也许是创新的空间太大、激起了男人雄心的缘故吧。我喜欢自己琢磨,用家常的材料配出新菜来。有一阵子,女儿要吃辣子鸡丁,我琢磨了一下就炮制成功了。还有一阵子,女儿爱上了干煸龙虾,我把做辣子鸡丁的做法稍加变化,一道鲜亮诱人的干煸龙虾就端上了餐桌。前一阵子,有朋友教我用馄饨皮做烧卖,我略一思索,觉得馄饨皮和生糯米蒸熟的时间不同,弄不好容易造成皮破或米生,于是改用熟糯米和肉丁做馅,蒸十五分钟正好皮熟馅热。玲珑剔透的小烧卖端上桌,骗女儿是买来的,女儿信以为真,一口气吃了好几个,连说:"好吃,好吃!"

细想起来,我爱做菜其实不是因为有创新的欲望,而是受了母亲的影响。母亲这一辈子,一直就在给全家人烧饭做菜。现在,弟弟一家吃在母亲那里,母亲常常是不厌其烦给这个下面条,给那个煮元宵,常常是三四个人吃不同的饭菜,但母亲从无抱怨。做一两顿饭并不难,难的是要常年做饭,更难的是要一辈子做饭! 这种厨房的坚守包含着对亲人浓浓的疼爱和深深的怜惜啊!

母亲的影响无疑是巨大的。我始终相信,厨房的烟火里生成着人间最朴实、最深挚的情爱。有一对小夫妻,家境富裕,于是两

人结婚六七年从未做过饭菜，都是上饭馆或叫外卖，结婚时买的餐具都没拆过外包装。他们自己觉得这种生活非常轻松，我却总觉得有所缺失。后来他们分开了，虽然不是因为不做饭的缘故，但我觉得，他们的家中缺少人间烟火，因此他们的感情并未真正交融，难免会起一些是非。有"食品添加剂之神"美誉的安部司说："吃一顿饭很快，但我们必须告诉孩子，做饭要花多少工夫。希望大家明白，花工夫做出来的饭菜，不仅塑造了孩子们的身体，还塑造了他们的心灵。""吃是一种获得生命的行为。我们获得了其他生命体的生命而生存下来，孩子也能够感受到生命的宝贵与尊严。"是啊，在吃着亲人做的饭菜的同时，我们获得了他们的生命，感受到了他们的珍爱。所以，假如女儿想吃什么菜，不管多烦多难，我一定会花工夫去做出来，就是为了让她感受到父亲的爱，让她感受到这个家庭是和谐而温暖的。我想，在菜肴入口的同时，一种生命和爱的理念也会深深植根于她的心田。

诚如安部司所说，做饭菜是要花工夫的。常年买菜的人都会有一个感觉，就是菜的品种很多，但都吃遍了，不知买什么好。所以，买菜的过程就很费思量。我想，既然菜的品类就那么多，我们还是要在"做"上更为尽心。同样的茄子，可以做成炒茄子、凉拌茄子、青椒炒茄丝、茄子烧土豆、肉末茄子、鱼香茄子。一块寻常的土豆，可以做成青椒炒土豆丝、酸辣土豆丝、土豆片炒肉片，土豆西红柿洋葱牛楠汤。凉拌凉粉吃腻了吗？那就试着炒了吃，记得加一点"六月鲜"酱油，一点辣油，一点榨菜末，炒到凉粉微微透明起锅，也是别有风味的！

如果想要变换菜的做法，不时给家人一个惊喜，看看沈星的节目真的是很有用的。前天她做的是腊肉炒芦蒿，诱人的不仅是这道异香浓郁、色泽灿烂的家常菜，而在于她最后那句话："如果我们每天都能吃上这么好吃的家常小炒，谁还会到外面去吃饭呢？"是啊，为了让你的家人每天都能渴望回来吃饭，为了每天晚上我们拥有一个完整的家，为什么不在厨事上多用些心思呢？人的一生，

究竟是在名利场上多耗些精力,还是在自家的厨房里多花些时间更有意义呢?

不写了。今天女儿不知怎么馋黄豆猪手汤了,我得赶紧进厨房了。一个半小时以后,女儿踏进家门之际,正是猪手酥烂、黄豆飘香之时!想着她永远改不掉的馋猫模样,我不禁笑出声来。

家是岁月的叠加

　　每天清晨起床，映入惺忪睡眼的，是女儿幼时的照片和玩具，这是我刻意的布置。这从前的光景，总让我忆起婚后在半山园的小小蜗居。在那栋两层的民国建筑里，我占据了不大的一间，忘不了那虽然松动、时有虫鼠出没，但却油漆成大红色的地板，忘不了我多少次置身其中写字作文的潮湿的卫生间，忘不了门前那棵果实累累的枇杷树……那是我离开父母后自己建起的第一个"家"啊！

　　我从来不认为家是一个地理意义上的所在，人的一生要搬好几次家，哪一个是我们真正的家？都不是，却也都是。

　　"家是本人和共同生活的眷属的固定住所。"词典的诠释未免干枯，太偏于物质；"家是温馨的港湾。"诗人的感怀未免抽象，太偏于精神。如果要给"家"一个物质意义和精神意义相结合的定义，那么我想说，家就是岁月的叠加。

　　家中的人儿是岁月的叠加。从青春年华步入婚姻殿堂，到体态发福走进中年，到银发飘扬沐浴夕阳，岁月使相爱的男女一起慢慢变老，在共同经营家的漫长时光里，我们的一笑一颦变得何其相似！从两人世界变成了三人世界，三人世界又增加为四人世界，四人世界又延展成五人世界……岁月最终叠加成三代同堂甚至四世

同堂的天伦之乐。

我珍藏着一本老式相册，黑色的底版，白色的覆膜，映照出与父母共有的家的影像。相册的第一页是父亲从少年到中年的照片，第二页是母亲从青年到中年的照片。每当翻阅，父母不同年代的形象总会使我想起我们住过的一个个家，眼前浮现出一家四口在昏黄的灯光下围坐小桌吃着粗茶淡饭的情景，或是全家人某个夏夜在家门口竹榻上纳凉的场景……父亲和母亲，我最早的家，以及那些遥远的岁月便走出相册，迎面而来。

家中的物品是岁月的叠加。搬家时，我们总会丢弃一些东西，也会保留一些东西，这些留下来的物件就成为新居的一部分，成为我们故居的标本。每当看到橱柜里女儿幼时的手工制品，看到书桌上女儿亭亭玉立的照片，女儿的两个时期就同时浮现于我的脑海，我仿佛置身于当下，又好似伫立于从前，这个家岂不包含了从前的家？每当吃饭时拉开碗橱，看到里面有时下精致的餐具，也有父母送我的粗瓷大碗，总感到一种岁月的交融之美。少年时，家境贫寒，父母一点一滴地为我们弟兄准备今后结婚用的东西，长年累月地积攒，餐具用麻绳结结实实地扎着，结婚时真的就送到了南京。这只瓷碗底，还刻了我的名字，我自是舍不得丢弃，和父母共有的最初的家又岂不蕴含在现在我的这个家里！

初夏整理东西时，想把家里三个老式的熊猫电视机以旧换新，最终却只换了一个，留下了两个。倒不是因为折旧费只有区区50元而不舍，只是与已跟着我搬迁了三次的它们难舍难分。它们虽然笨拙，却是家中的"元老"了。打开这六年未用的电视机，图像依然清晰，音质丝毫未变。在我听来，这声音发自曾经的那一个家，是电视机的原声日复一日吸纳了旧居所有气息而成的混合声。这熟悉而亲切的声音响起之时，在我潮湿的心里，都会播出一部常看常新的《我爱我家》。

家中的习俗是岁月的叠加。一个人与另一个人相遇组成家庭，并且互相走入对方的大家庭，我们开始性格的互补和习惯的融合，最后分不清是谁改变了谁、谁丰富了谁。南方人有了粗犷之气，北方人有了细腻之心；南方人习惯了吃辣，北方人习惯了南方菜肴的精细。自小长在江南的我，很少吃面食，到南京好几年后仍不喜欢吃水饺。后来，因为岳母的缘故，却爱上了吃水饺和馒头。岳母是北方人，经常自己动手包水饺和馒头，一个个是那样瓷实，诱人食欲。岁月推移，我渐渐被同化。苏南人爱生吃香菜，妻却喜欢用作汤菜的辅料，天长日久，我便从了她了。是爱和理解，使得东西南北的习俗安然相处、相得益彰，岁月将不同的习性叠加成欢快的交响乐。

家中的气息是岁月的叠加。家人在同一个屋檐下呼吸吐纳，在同一片天空里欢笑哭泣，亲人的气息久久留在这个空间，侵入每样物事的内里，藏匿在不为我们所知的地方，即使我们离开了这方屋檐，亲人们也能时时感受到我们的气息，听到我们的声音在某个角落响起。母亲对我说过，虽然你们不在家里，但每天早晨起床，你们一家三口的影子总是在我眼前的，好像你们就在旁边。我想，老人感受到的，就是儿女的气息吧？这气息跟着家人走，跟着岁月走，跟着迁徙走，暗香浮动，绵长不断。

岁月的叠加，有物质的增加，更有精神的积淀。我们住过的家，哪一个都不是我们的家，因为我们早已搬离；我们住过的家，哪一个又都是我们的家，因为它们都是我们一切经历的增添和共度岁月的叠加。于是，我们不再执着于某一个具体的家，而会怡然用爱心继续叠加今天的时光，使所有曾经的家都融入当下这个家中。

清晨起床，我有时会拧开女儿音乐玩具的开关，乐曲声中，曾经的家园对我深情召唤。闲暇之时，我会放一张从前的CD，在以往家中响起过的旋律带着时光的年轮悠悠回荡，声声旋转出往日

的温情。坐在眼下的家中,我却常常恍惚,一件小小的旧物会回放无数的旧景,成就一部部忠实的纪录片,冲击我心灵的闸门。情感的浪涛汹涌之时,我知道,我将更爱这穿越过往、走向未来的美好岁月,我将更爱这年年岁岁叠加而成的温馨家园。

今天，女儿十八岁

今天，11 月 6 日，是女儿的十八岁生日。

已经忘记自己的十八岁生日是怎么过的了。从前，人们对于生日都不是很重视，是没有条件烛光摇曳、歌声飞扬的，至多是全家吃一碗阳春面吧。而现在的孩子却不同了，看得出女儿早已萌动的兴奋和期待。她有意无意地说："今年我要过阳历和阴历两个生日。"想必她懂得了十八岁对于人生不同寻常的意义，站在青春新的起点上，她年轻的心会想到些什么呢？

此刻，当女儿穿着红色的新衣款款走进餐厅，略带羞涩地和每个人打着招呼，我的目光却越过眼前亭亭玉立的她，清晰地看到了她的初始岁月。我想起了十八年前的今天，当我从护士手里抱过她，她的双目紧闭，我无法相信还那么年轻的自己已有了女儿；我想起了家门口挂起的片片"女儿旗"，那时的我是多么盼望她快快长大，告别这些湿漉漉的日子；我想起了每天傍晚骑着自行车带幼小的她出去兜风，穿着红色小肚兜的她不时仰头朝我灿烂地笑着；我想起了她刚会走路时为了在外面多玩会儿，竟然甩开我的手气鼓鼓地"拂袖而去"；我想起了贪吃的她坐在方凳前吃着一大碗西瓜，吃着吃着就睡着了；我想起了每当我出去散步她不肯跟着时，我就用买奶茶来哄她，她总是无法阻挡这巨大的诱惑；我想起了送她上小学的第一天，理着小平头的她，稍显吃力地爬着那个小

坡……一切的一切都在眼前,时光的帷幔一开一合之间,她的个子在长,她的模样在变,在我们不经意间,渐渐长成了眼前这个十八岁的漂亮女孩;在我们不经意间,她已经爬过了一个又一个坡,要去领略人生更美的风光了。

长大是渐渐的,成长是无声的。长大犹如含苞,成长恰似花开。十八年里,原本混沌无知的孩童变得冰雪聪明,现在她嘴里说出来的许多名词我反而懵然不晓了。十八年里,原本只会绕膝撒娇的幼儿变得体恤细腻。双休日补课归来,她常会给我们带杯饮料;父亲节和母亲节以及父母的生日,她总是会献上小小的礼物;不知从什么时候起,每当我做好饭菜,她就会把碗筷布得整整齐齐。今天,当她吹灭生日蜡烛,许下自己的心愿后,她又把第一块蛋糕呈给了最疼爱她的外公。外公今天给她写的条幅里有一句"天下大事必作于细",相信已懂得注重细节的她,总有一天会取得属于自己的成功。

今天,女儿十八岁,我感伤,因为长大意味着将要分离,意味着她将渐行渐远,意味着我和她共有的时空将越来越少。

今天,女儿十八岁,我欣慰,因为长大意味着飞翔,意味着她羽翅渐丰,意味着她正在塑造属于自己的天空。

女儿,在你十八岁之时,我热烈地祝贺你!希望你记住,十八岁只是长大,只是成长的起点,成长永无止境,成长伴人一生。你要爱学习、爱正义,有道德、有爱心,迎风雨、迎挑战,永远不要停止追求真理和知识的脚步。即使到了我这个年龄,甚至到了比我更老的年纪,仍然要成长、要修身,我愿意和你一起成长、成长、再成长,使自己的人生不断臻于圆润丰满。我相信,一个终生在追求成长的人,当他有一天化成了空气、化成了泥土、化成了风,也会散发出不同于常的芬芳。

女儿,在你十八岁之时,我真诚地祝福你!希望你记住,十八岁以前的人生虽然阳光明媚,十八岁以后的人生不会一路锦绣。在这十八年里,我没有给你一丝课业的负担、分数的压力、学琴弄

画的重荷,你也未辜负我的期望,成了一个始终带着笑容的阳光女孩。在你今后的人生路上,我依然不会给你任何负荷。唯愿你记住,你的人生是属于你自己的,你不为包括我在内的任何人而活,只为你自己而活,所以你要始终有健全的人格、乐观的心态,无论在什么情况下都要开心、稳健地走好自己的路。

女儿,在你十八岁之时,我能想到最浪漫的事,就是一年后,能看到你迈进大学的校门,走向成长的新殿堂;

女儿,在你十八岁之时,我能想到最浪漫的事,就是有一天,你轻挽着我的手臂,在悠扬的乐声中,我把一袭婚纱的你交给你心爱的他;

女儿,在你十八岁之时,我能想到最浪漫的事,就是若干年后,你们仨常常一起回来,让老爸再给你做最爱吃的菜;

女儿,在你十八岁之时,我能想到最浪漫的事,就是许多年以后,当我已老得哪儿也去不了,视线也已模糊,在落日的黄昏,你能依偎在我身旁,为我朗读我所有写给你的文字……

廿年一瞬

七年前，从半山园迁来马群。因为不常住，许多衣物放进衣柜后就没再过问了。今春，见一些衣服已霉斑点点，终于下决心彻底整理一下。未料，这一整理，却涌动起情感的波涛。

我把所有的衣服清洗一遍，在阳台上晾干，然后一件件叠好，整齐地放进衣柜。扣好纽扣，折成方块，这静默的每一件衣服都是那么熟悉。有我穿了多年的戎装，有半山园的名牌产品"海尔曼斯"，有战友、朋友旅游带回的休闲夏装，更多的是我从超市买的衣服。不爱逛商场的我，经常就近从超市买些衣服，自感价廉物美，却常被妻子笑称"老土"。我不以为然，反正平时穿的是军装，自能提振精神，弥补长相之不足，便服双休才穿，合体舒适即可。现在我已微微发福，这些衣服已穿不下，我小心地把它们叠起，叠起我年轻的岁月。

抽屉里不时发现从前的照片，书本里不时掉出从前的字条。不能不承认记忆力的逐渐衰退，相片上站在我身边曾朝夕相守的战友，有的竟已想不出名字。书里夹着的纸条，有的是阅读的零星感受，有的是查阅的补充资料，提示着我多年前的殷勤。这本封面沾满尘灰的笔记本，赫然写着"席慕蓉诗选"，是我在舟山海军部队工作时一字一句抄录的。当时薪金微薄，舍不得买席慕蓉的诗集，却又为她细腻温婉的情思深深打动，便向战友借来一册，择我喜爱者抄录一本。今天重新展读，仿

佛丰子恺先生笔下面对三年前的花瓣恍然无语的少妇,不知今夕是何年。

搬迁时女儿13岁,现在,女儿已20岁。每翻检到女儿幼时的照片,我都如获至宝,小心擦拭尘灰,或装进信封,或镶进镜框,放在书桌上。幼小的她天真烂漫,一派淡定,衣食无忧、父母疼爱的孩子都有这样幸福的童年。现在,女儿依然在幸福地成长着,然而,她的孩提时代只能永远定格在这从前还是用胶卷冲洗出来的相片上了。

女儿的衣物我整理得极其缓慢,每一件小小的衣服都勾起我对她幼时一些情景的回忆,每一件尺寸不一的衣服里,都会浮现出一个不同年龄、不同神情的她。想着她穿着这些衣服时可爱的小模样,我嘴角微笑,心头潮湿。这一件兔毛的外套,是小姨从国外给她买的,她别提多喜爱了,胖乎乎的小脸裹在毛茸茸的领子里,真像一个小公主啊!这一条薄薄的被子,是奶奶亲手为她缝制的,伴随她度过了童年的夏日。这一个绿色的睡袋,是我的大师兄从烟台寄来的,这对当时经济条件不算好的我们来说,真是雪中送炭。女儿是多么不安分啊!她从不甘心老老实实睡在里面,小脚总是不停地蹬啊蹬。清晰地记得她小嘴紧闭,小脸通红,使出浑身的劲儿想把睡袋蹬掉的样子。一次次徒劳,一次次挣扎,我们就在一旁笑看她无果地折腾。怎么,这个蹬睡袋的小不点儿真的已经20岁了?真的已是个大学生了?这个亭亭玉立的少女真的是我小小座椅里的小宝贝吗?我似信非信,如梦如痴。

女儿的玩具也回放出一幅幅昔日的画面,音乐盒、圣诞树、万花筒、芭比娃娃、小火车,各式各样的毛绒玩具,使她童年的许多细节得以重现,我真真切切地感到幼稚的她就在我身边玩耍着、笑闹着。原来,廿年的时光,可以浓缩于如此短短的回忆!女儿小时候最喜欢玩小汽车,她书桌抽屉里的三辆小汽车虽然已经锈迹斑斑,但仍能开动。我上紧发条,小汽车倏地向前驶去,发出旧时的声

音。然而，我清楚地知道，它再也驶不回昨日，驶不回女儿的童稚时光，驶不回28岁的父亲、24岁的母亲和1岁的小宝贝相濡以沫、甘苦与共的初始站台。

廿年一瞬，不觉惘然。我收起衣物，关起衣橱，却关不住自己夺眶的泪珠……

你是我嗷嗷待哺的孩子

　　前段时间回老家,母亲在惊喜的同时,忙着要给我烧鲳鱼吃,因为小时候鲳鱼一直是我们家难得一见的好菜。我赶紧拦住了她,说吃碗她亲手下的面条或亲手包的馄饨就好。每次回家我之所以很少提前告诉父母,就是怕他们忙,母亲会去买虾,买鲳鱼,烧一桌子菜。我打趣说:以为我是从乡下来的啊?我可是从省城来的啊!我自己都烧了20多年菜啦!话是这样说,我心里明白,在母亲眼里,我这个年近半百的人,依旧是她嗷嗷待哺的孩子,她生怕我在外吃不好呢!

　　儿女再大,在父母看来,依然是长不大的孩子,这是人们常说的一句老话。做了近50年儿子、近20年父亲的我,对此已有切身的体会。母亲看我是如此,我看女儿又何尝不是如此呢?看她开心地吃着饭菜的样子,是我最满足的时候。

　　在吃饭这个问题上,女儿从小就没有让我们犯愁过,从来没有出现过我们端着饭碗满地追赶女儿喂饭的场景。记得她很小的时候,一天晚上厨房里炖着红枣银耳汤,我和妻在卧室看电视。忽然听得揭锅盖的声音,一看女儿这小东西才从厨房出来,她是被厨房的香味儿勾起了馋虫,忍不住去揭了锅盖。那时候她的个子刚高

过煤气灶，真是危险啊！因此被我们好一顿数落。有时，我晚上写文章饿了，会下一碗阳春面吃，问她吃不吃，她会说自己是个小胖子，不能吃了。我一遍遍地逗她，她会憋红了脸、拖长了音大声喊道："我—真—的—不—要！"可到了面条出锅的时候，每次还是会有一小碗给了她，她会边露出很难为情的笑容，边把面条吃得连一滴汤也不剩。

只要我工作不是很忙，家里都是我掌勺。女儿喜欢吃我做的菜，像鸡汤、毛豆炒小公鸡、红烧江鱼、雪菜粉皮、鱼香肉丝、菌菇汤，都是她百吃不厌的菜。上初中后她开始住校，高三她又开始上晚自习。担心她在学校吃不好，每当双休日，我都会在菜式上颇费斟酌，也不断地学做新菜。常常是一个菜刚端上桌，女儿就坐上餐桌了，等到第二个菜上桌时，两个鸡腿已落进她的肚子了。有时，看我端着鸡汤来了，她会立即把桌上的书本收干净，口中发出开心的"喔喔"声，好像从来没喝过鸡汤，真是个很馋很馋的孩子啊！

女儿告诉我们，许多同学说，在家里吃饭才是真正的吃饭啊！孩子们是在对学校的伙食提意见呢！我一直认为，吃饭问题其实是一个家庭的大问题，这一千古不变的寻常形式，营造出的是一个家庭爱的浓厚氛围。从买菜到做菜，是一个非常温馨的情感流程，在吃饭这看似平常的生活仪式中，我们一次又一次完成了家人间爱心的交流，爱就此叠加、累积和深化。双休日我都会问她："小东西，今天想吃什么？"尽量满足她的要求。去年初夏的一天，她一早起来对妻说想喝鸡汤，妻说天热了不能喝了。我闻言悄悄下楼买了个小母鸡，当鸡汤端上桌，女儿不由得欣喜地叫出声来。有时晚上她做功课饿了，想吃楼下的千里香馄饨，我会立即换上衣服端起小锅下楼去买。在吃这个问题上，不能太拘泥于季节，也不能怕麻烦，爱第一，亲情第一，孩子的需求第一。我相信，感受着父母的疼爱，爱的观念会因此深深扎根于女儿的心中，她以后就会以同样的爱心去对待自己的孩子。

在我的观念里，孩子的身心健康和平安比什么都重要，远远胜

过许多家长格外看重的分数。所以我一直告诉女儿，无论发生什么情况，该吃的要吃，要养足自己的精神。看来她在这方面"修炼"得不错。考初中时，她考了一优两良，吃饭时妻不停地责怪她，她的眼泪扑簌簌地直往下掉。但是，就在落泪之时，她并没有停止啃她那块钟爱的大排。事后我表扬了她："就是要这样，考得不理想心里难受很正常，但该吃的一定要吃，要有阳光心态，世界上没有什么事比自己的身体好更重要！"所以，这么多年来，虽然她偏科，我从来不责怪她，我依然做她最喜爱的菜给她吃，微笑着看她大快朵颐。我不管她是不是班上考得好的学生，我只知道，她是我的女儿，她是我嗷嗷待哺的孩子。想到正在向高考冲刺的她很快就要上大学，以后也很快会工作，会成家立业，不能常常吃到我做的菜了，我就会想方设法让她在与我们厮守的日子里吃得更好。

不过，我不伤感，我相信人生的一切都是轮回。女儿会离开我们一段时间，但总有一天她会回来，而且是她们一家人回来。我在文章中写回无锡老家时，常常会很自然地写"那次我回家"，之后又改成"老家"，说明在儿女的潜意识里，有父母存在的那个家才是真正的家。那么我相信，若干年后，人生又会来一次轮回，女儿会想念我做的菜，会在节假日回到我们身旁。那时，尽管她自己已成了母亲，也许也学会做菜了，但我不会让她动手，我会依然围上那条"工龄"很长的围裙，做她最爱吃的江鱼和鸡汤，在她满足的表情里捕捉她孩提时的影子。

陶渊明说："人生归有道，衣食固其端。"人生的归依有常道，而衣食是人类生存的前提。再伟大的追求，再成功的事业，都要以衣食作保证。身体发肤，受之父母，父母最大也最朴实的心愿就是儿女吃好睡好，健康平安。在母亲眼里，已届知天命之年的我还是她嗷嗷待哺的孩子；而我的女儿，我要对你说，无论你长成多大，走向哪里，当你归来的那一天，我依然会把你当成嗷嗷待哺的孩子，问你一句："小东西，今天想吃什么？"

你的童年在这里

八年前，部队在马群建房，对于是否要在距城市这么远的地方买房，我颇费踌躇。女儿鼓着胖嘟嘟的小脸说：我要，我要，我要一个自己的房间！

房子建成七年了，我们没有搬来住。然而女儿房间里的布置我从来没有动过，无增，无减。她的童年静静地储存在这里，成了我回味过往的好去处。女儿20岁了，花样年华的她不会去回望自己的童年，但总有一天她会寻找童年。到那时，我会带她来到这个房间，告诉她：孩子，你的童年就在这里。

你的童年，在童趣的家具里。装修时，你刚上初一，煞有介事地要自己挑选家具。我们带着你去家具城，你挑啊挑，最后看中了这套松木的家具，只因为床头有个装饰架，可以把你喜爱的玩具都陈列在上面。如今，上面放着的瓶瓶罐罐，无一不在低吟着你的童年。

你的童年，在绿色的墙壁里。小小年纪的你，却很有主张。你说，不要白色的墙壁，要绿色的。于是，你的房间便油漆成了这漾满春意的绿色。为了和墙壁协调，我为你挑了装饰着绽开绿叶的顶灯。这一方绿色世界啊！总让疲惫的我充满宁静。

你的童年，在床头的照片里。床头，放着一张你小时候最经典的照片，幼小的你，手里抓着一个布娃娃，靠在一棵树旁，脸上露出尴尬的笑。那是在半山园里，一个朋友一定要为你照相，你吓得直

往树后躲,最后成就了这张别有情致的照片。今天的你,最开心的就是拍艺术照了,想到自己小时对照相的恐惧,你会不会哑然失笑?

你的童年,在成箱的玩具里。搬家时,我把你的玩具装进了几个储物箱,放在你房间的一角。里面有芭比娃娃、小房子、电动金鱼,小汽车、火车、小猫钓鱼、变形金刚……这些都是你童年的宝贝啊!记得每当我出差,回来时你都牵着妈妈的手,早早地在家门口等我,眼巴巴地盼着我给你带玩具回来。这盒电动金鱼,就是我急急忙忙在北京火车站给你买的。看着"金鱼"在水里游啊游,你笑得胖嘟嘟脸上的小眼睛变成了一条线。

你的童年,在所谓的"推车"里。你书桌的椅子是有轮子的,于是它便成了你的"推车"。你会在上面放满东西,推到客厅,学着幼儿园老师的话说:"来饭啦,来饭啦!"或者一本正经地推到我们面前,拿着纸和笔,学着饭店的服务员说:"点菜吧。"还一边假模假样地记着,一边报着菜价。你随意报出的悬殊惊人的菜价,常常让我们捧腹。

你的童年,在一堆堆的铅笔里。小时候,你最爱写字,看到漂亮的铅笔就要买,可买回来用几次就丢到一边,又去买新的铅笔。我把你用过的铅笔都装进一个盒子里,不下百支啊!为了买铅笔,我没少说你,说你浪费,你委屈得泪水直在眼眶里打转。好在你现在字写得不错,也算对得起这些笔了!

你的童年,在常绿的圣诞树里。某个圣诞节,小姨给你买了棵小圣诞树,于是你到店里看到圣诞树就要买。我们说:"不是一样的吗?有一棵就行了。"你说:"不一样,上面挂的东西不一样。"哈!于是,我们家就有了三棵圣诞树,现在都在你房间里等你回来过节呢!

你的童年,在瓶中的"星星"里。有一阵,你最爱用彩纸编星星,彩纸买了一张又一张,星星装了一瓶又一瓶。你会讨巧,在小姨生日时为她编了一小瓶星星,以此"骗"到了一个大红包。我选

了一小瓶放在你床前的装饰架上,打开它,你一定会闻到远去的童年气息。还有不少没编完的彩纸,我也都留着了,长大的你还会有编"星星"的心情吗?

你的童年,在陶制的花瓶里。床头这一个花瓶,是你自己动手做的。那是一个周日的下午,在明故宫的露天陶艺馆里,你认真而费力地做了这个花瓶。虽然它是那样粗糙,那样稚嫩,我却没有舍得丢弃,这是你童年的作品,是一朵盛开的创造之花,以后你完全可以在里面插上你的爱情之花和成功之花。

你的童年,在这童趣的家具里,在这绿色的墙壁里,在这床头的照片里,在这成箱的玩具里,在这所谓的"推车"里,在这成堆的铅笔里,在这常绿的圣诞树里,在这瓶中的"星星"里,在这陶制的花瓶里。你的童年,更在爸爸的心里,在爸爸的青年里绽放,在爸爸的中年里飘舞,也会在爸爸的暮年里荡漾……

你幼稚的模样

昨晚,那么迟了,快11点,你回来了。我与瞌睡虫较着劲,等着你。一进门你就说:"我回来了,我要回家的!"脸上露出孩童般仿佛得了意外好处的调皮神情。就在那一瞬间,你幼稚的模样点点滴滴、桩桩件件奔涌而来,时光如此无情,倏忽间夺走了我童稚的宝贝!

你上大学快三个月了,每天晚上你和妈妈短信来微信去,我就从妈妈那里得到关于你的二手信息。隔壁屋里,是短信来来往往温馨的铃音;这厢房里,手捧书报心猿意马的我,不住地回放着你幼稚的模样。

幼稚的你,在摇篮中向我侧头而笑,仿佛心知我是你的爸爸;

幼稚的你,仰面向我求抱,我把你高举空中,你的笑使斗室霎时灿烂;

幼稚的你,每当听到碗筷的声音便会不停地嚅动着小嘴,眼巴巴地等着我们给你喂好吃的东西;

幼稚的你,穿一件橙黄毛衣,在门前扫着落叶,秋的色调因你而温暖;

幼稚的你,总是要跟我出门,一杯奶茶成了我哄你的经典诱惑;

幼稚的你,对着一群娃娃上课,我惊诧于你也有如我一样的教师梦;

幼稚的你，每晚要吃我做的阳春面，仰头喝完最后一滴汤时碗总是盖住了你胖乎乎的小脸；

幼稚的你，画了一张人们抢购阿明散文的画，小小年纪的私心让我心里感到无比熨帖；

幼稚的你，学姥姥和姥爷的对话，惟妙惟肖的模仿让全家人都笑出了眼泪；

幼稚的你，被大人们骗着一遍遍背着儿歌，最后发现什么好处也没有便一逃了事。

一幕幕都还记得啊！幼稚的你喜欢我抱着你照镜子，却又总是被镜子里的自己吓得直扭头；幼稚的你，总要去看后楼的那条狗，看了就哇哇大哭，哭过了再央求我们带你去看；幼稚的你，被我从小凳上一点点地挤走，只好委屈地看着妈妈；幼稚的你，跟我去澡堂洗澡就喜笑颜开，在红色的澡盆里拼命玩水；幼稚的你在阳台上和妈妈一起等我下班，看到穿军装的人老远走来就说是"爸爸"；幼稚的你，跟我从珠江路步行到半山园，累了也不敢吭声，只因为吃了一顿肯德基；幼稚的你，常常抢着接电话，然后说一声"Daddy, your phone"，便咯咯地笑着撒腿跑回自己的房间；幼稚的你，领唱《七子之歌》时，紧张得一直把话筒放在嘴边，大人们的笑声让你越发紧张；幼稚的你，每天放学时被那个小姐姐摸胖胖的小脸，回来哭着向我们告状；幼稚的你，为了从我这儿得到一颗糖，连着叫十几声"爸爸好"，我还老逗你说没听见；幼稚的你，为了让我陪你玩游戏，可怜巴巴地说"爸爸，我让你摸一百下小脸"；幼稚的你，总爱说长大了要嫁给爸爸……

长大的你怎能嫁给爸爸？！不知从什么时候起，幼稚的你开始一点一点远离我。我用什么能哄得你和我一起出门？我怎能毫无顾忌地摸你的小脸？我哪能不敲门就进你的房间？让你再学姥姥的讲话又是多么困难啊！我知道这是你在成长，你不再幼稚，你风华正茂。然而，我的理性总是打不过情感，我真的想煞了爱煞了你幼稚的模样啊！

想煞了你幼稚的模样。于是,在那些无眠的夜里,我写下了许多关于你的文字,人们都说那是我最真、最美的心声。《小小座椅》流淌着我初为人父的喜悦,《对你的爱越来越像海》翻涌着我对寄宿学校的你如海的思念,《慢慢放飞》的旷达其实是不舍的掩饰,《渐行渐远》字里行间都是盼你长大又怕你长大的纠结,《谁把你的长发盘起》又怎能道尽一个父亲对女儿绵密的心思和永远的担忧?

爱煞了你幼稚的模样。于是,从青年到中年,我几度为你放弃了去京城工作的机会。更好发展前景的诱惑,在你清澈见底的双眸面前黯然失色。常常有人问我是否为那些放弃而后悔,我说不悔。孩子,我真的永不后悔,虽然我可能失去了一些功名,但是,我深知爱要从源头开始,我没有错失你成长过程中任何的影像。父亲心中女儿的影像,是再先进的摄像机、再高明的摄影师也无法录制的啊!当时光越来越久,灯光越来越暗,老迈的我,是要靠不断回放这些影像来微笑迎接谢幕的啊!你幼稚的模样会永远伴随我,在此生,在彼岸,永不寂寞。

昨天,妈妈给我信息说你虽然学校有活动,但坚持再晚也要回来。我笑了,我知道你在撒娇了,你想家了。那一刻,你幼稚的模样点点滴滴、桩桩件件汇聚而来,在我的心中翻舞飞扬。所以,我等你,只为看你进门时那幼稚的模样……

第一次当小花童，又胆怯又新奇又兴奋

目送

年终，我最忙的时候，女儿也到了中学生活最紧张的关头。为了让她发挥自己的特长，我们让她兼报了传媒专业。从 12 月开始，她就一家一家学校地考，有时一天奔波于两三个学校之间。常常是清晨 6 点不到，我们一家三口就都起床了，然后各自奔赴自己的目的地。

那天，女儿要去南艺参加专业考试，正好和我上班同路。早晨，我们三个人一起登上了去汉中门的地铁，然后从汉中门转车到草场门桥。由于睡眠太少，女儿显得没精打采，我怀着一种别样的心情，也默然无语。到了南艺门口，她们娘俩和我告别，汇入考生和送考家长的人流中。我目送着她们，看着女儿渐行渐远，最终淹没在拥挤的人群里。脑海里猛然跳出的不是"高考"二字，不是"长大"二字，而是触目惊心的"分离"二字！

伫立在南艺门口，女儿颀长的背影把我的思绪也拉得很长很长。我仿佛看到她的身后跟着一个理着短发的小女孩，背着大大的书包吃力地爬上一个小坡，那是上小学的她；我仿佛看到她的身后跟着一个扎着马尾辫的小姑娘，下了校车笑着向我走来，那是上初中的她。原来，她长大的全过程回忆起来就是这一瞬间啊！儿女长大的过程又何尝不是与父母渐别的过程？身体在长，心理在变，空间在隔，让做父母的悲欣交集，纠结不已。

是什么时候我从女儿"长大"的表象后看到了"分离"的真相？是在她上初中的时候吧。因为是住校，所以女儿每周末才能回家。

我那时恰巧又转业在家待业,思念女儿的心也无可转移。每天吃过晚饭,我和妻就那样默默地看着电视,谁也不说话,其实心不约而同地飞向了女儿的学校。从那时起,我突然悟到,儿女长大的过程既是羽翼渐丰的过程,更是与父母慢慢作别的过程,父母的心中既有欣悦,更有不舍。这种既有期盼又兼无奈的心情,说不清、道不明,剪不断、理还乱。

也许是高考的远离终究不同于中学时住校的暂别? 也许是已到中年深处的我更易怀旧感伤? 在女儿开始走进考场的这个冬天,在高考的预演已然进行的这个冬天,分离的感觉比以往任何时候都更加强烈。南艺是我几乎天天走过的地方,但我从来没有对它产生过如今天这样复杂的情愫。当我走过它的大门,看到黑压压的考生,就会想到,女儿也是其中的一员,这里有可能就是她与我们分别的驿站啊!

理智的我清醒地知道,已经18岁的她是应该渐渐与我们分别,走自己的路,过属于自己的生活了。然而,情感的我却希望她永远是那个与我们同在一个屋檐下,在我们面前撒娇淘气的小女孩。这个冬天,每天清晨,在我迎着寒风奔向职场的途中,我想得最多的问题是:今夏之后,当她不在我们身边了,我们会做些什么?我们空落的生活靠什么来填充? 我想得最远的问题是:真正的分离很快就会来临,恋爱、就业、成家这些原先似乎很遥远的事,很快就会以加速度进行,我们这个三口之家没有了女儿,还是个完整的家吗? 她离开了我们能适应吗? 她今后的生活会是怎样的呢? 不舍、留恋、空寞、怅惘交织袭来,令人不由眼眶潮湿。一个父亲对女儿即将远离的五味心情,就这样在冬日的清晨独自滋生,无计消除。

想起了我对朋友的调侃。当朋友的孩子考上了大学,对我说夫妻俩从此无所事事时,我说:"你们可以重新谈恋爱,过你们的两人世界啊!"闻者一起大笑。现在轮到我自己了,却悟到,过两人世界谈何容易啊! 恋爱时毕竟没有这一个与我们有血缘之亲的

"他"或"她",当孩子与我们已血肉相融近 20 年,想要在意念里撤除他们,专心致志地去"谈恋爱",去享受两人世界,怎么可能?

然而,儿女的长大终究无法避免,亲人的分离也终究是生活常态。我深知,所谓父母子女一场,只能是相聚一时,不可能永远相守。造物主设置人生成长的每一个驿站,就是为了让人类不断适应渐渐的、小小的离别,使我们的内心蕴藉深厚,从而对最终的离别怀着一种旷达和洒脱。

所以,女儿,不同于你上初中时,这次,我将坦然接受你与成长同行的离别,鼓励你以独立的品格修学、修德、修行,打拼出自己的一方天地,而把依依之情留给孤独的自己。

所以,女儿,我虽然留不住你渐行渐远的脚步,但在你今后每一个我目所能及的驿站,我都会默默地注视你、祝福你,就像今天我在南艺的门口目送你,目送你走向属于自己的明天……

昨天是今天的乡愁

明天,女儿就要参加高考了,学校的课一直排到今天下午。下班归来,见到正在为考试做准备的女儿,一时竟有些恍惚。时光真的如此之速,我的女儿也要高考了?而我的高考仿佛就在昨天啊!

不似现在的高考,让学生到临考前一天还箭在弦上,我们那时考前三天就放假了。在女儿就要上考场的这一刻,那三天的气息隔着遥远的时空,清晰地飘来。那是夏天特有的仿佛一切都被烤化的焦味儿,那是没有空调没有电扇时代里无处不在的汗腥味儿。我就坐在厨房隔出的"书房"里,把教科书一本本排放在桌上,在脑中一页一页地回忆书中的章节,实在想不起来了,就翻开书看看。闷热的季节,汗水不时沁透衣背,就用冷水擦擦。这一切仿佛就在眼前,而我伸出手去又岂能够到?我怎能像影视剧中的高人那样穿越,穿过这面前的电脑就回到我的中学时代?年少时的那种毅力和耐力又到哪里去寻找?

昨天总是令人怀念,是因为每一个昨天的累加构成了我们生命的全部,每一个昨天都无可复制。每当女儿说她的同学们抱怨学习太苦太紧张,盼望着高考结束的一天,我都会对她说:"中学生活没几天了,好好珍惜吧。"我非常理解现在孩子们的心情,知道在这种教育体制下他们的辛苦。然而,抛开游戏规则带

来的重负和遗憾，中学生活总是有许多令我们终生难忘的地方。这是我们青春的起始，我们开始接触并懂得友谊；这是我们学识的起始，我们开始学到一些理论层面的知识；这是我们成熟的起始，我们对社会对人生有了初步的认知。当某一天，我们面对着高中毕业纪念册，却想不起那个曾朝夕相守的好友的名字；当我们的孩子问起我们高中的题目，我们再也无法求解；当我们连下蹲、弯腰都有点困难，再也没有了青年时代的生龙活虎，昨天就成了今天的乡愁啊！

　　人生的每一个阶段其实都会有遗憾，即使没有游戏规则的作用，我们也会遭遇各种挫折和困难，甚至会有非常难熬、觉得难以为继的时光。然而，为什么当我们回首之时，连那些不太顺利、不太愉悦的时光都会有淡淡的美感呢？这是因为昨天无论顺与逆、苦与乐，都是我们自己的人生，我们已无法把它们从我们人生的篇章中删除。我们会设想，假如再回到从前，我们会如何更好地来面对那些挫折和困难，可是上天绝不会再给我们这样的机会。于是，淡淡的怅惘、深深的怀念交织袭来，乡愁浸满心田。"昨天虽已消逝，分别难相逢……"这是一首老歌，这首歌的名字就叫《乡恋》，乡恋不就是一种乡愁吗？与昨天的时光分别后，是永无可能再相逢的啊！我们怎能不涌起深深的乡愁！

　　辞典上解释，乡愁是怀念家乡的深切感情。我想，人生的"家乡"有两处，一是我们出生的地域，一是我们的精神家园。当昨天成为过往，它就只能成为一种影像，驻扎在我们心田，从而就成为我们精神家园的一部分，会令我们永生流连。即使人生遭遇了再多的困厄，昨天的一切总会令我们怀念，因为它已构成了我们精神生活的一部分。而随着阅历的增加，我们会越来越深深悟到：生命的内质说到底不是富贵荣华，不是功名利禄，而仅仅是单纯的时光。不需要任何宏大的理由，仅是这一旦逝去便永不回返的纯净时光，就可以成为我们永远的乡愁。

　　昨天是今天的乡愁，这是一句诗。而以今日之眼观昨日之路，

一切的一切都是诗一般的朦胧和美好。那么,我的女儿,我的爱人,我的朋友,把握好今天吧,珍惜每一寸光阴,珍爱每一个亲人,珍视每一段路程,因为——

　　今天,终将成为明天的乡愁!

出发

  女儿，这些天每晚回到家，看到的总是凌乱的场面。客厅里堆满了妈妈为你上大学准备的东西，她总是在不停地整理着，把东西从这个袋子挪到那个袋子，不时想起什么，又去翻箱倒柜。虽然你就在南京上大学，并不远离我们，但看得出妈妈内心的不舍。这似乎要离别的场面，也总是让我伤感。我真切地感到，你再不是从前那个娇嗔使性的小孩子了，你是真的长大了。

  然而，孩子，我要告诉你，上大学既是离开，更是出发。你将要从新的起点扬帆起航了，这是你的人生中具有里程碑意义的出发。在你开启新的人生航程时，爸爸想送你些什么，却又感到无以为赠。那么，还是提起我这支用惯了的笔，送你一篇发自肺腑的文字。

  你的时代与我的时代不同。29 年前我上大学时，冰河初解冻，时代的色彩依然是那么单调，也许凭着听话就可以安然度过大学时代，毕业了也不愁有个体面的工作。而你这一代，既幸逢一个五彩缤纷的时代，又面临着种种不确定的因素，未来的路完全要靠自己去走，没有一份安逸舒适、薪酬不菲的工作会在等着你。那么，从踏入大学的这一刻起，你就要告诉自己："我一定要努力，我一定要从现在起就走好自己的人生之路，我要活出比爸爸妈妈更加精彩的生命，因为，我的人生不是别人的，是我自己的！"

我想对你说三句话。

增长才智。大学是更加富丽堂皇的知识殿堂。然而，大学不是让我们去享受的，而是让我们领略更加美丽的知识风景，让我们认识到人是多么渺小，在知识和学问的沧海中我们连一粟都不能比拟，从而加倍珍惜时间去增长才智。正因为知识的海洋无边无际，所以，要做一个有计划的人。制订好自己的学习计划，除了上课外，每周要做什么，要有一个大致的安排。有计划的人，不仅学习有序，生活也会有序，他永远会是一个自主的人，而自主会让自己受益终生。每门功课要准备三个本子：一本是课堂的笔记本，一本是课外书的读书记录，一本是自己的读书所得或疑问。好好听每一位老师的课，不管他是学术泰斗还是初执教鞭。每一位老师都不会对着教科书照本宣科，他所讲的一定是自己的思考和研究所得。不一定要迷信老师的结论，但却要从他们的见解中汲取营养，以此来丰富自己、壮大自己。向每一位老师学一点点学问，天长日久，你就会成为一个具有丰富知识的人，你会在吸收和比较中建立起自己的学识体系。大学与中学不同，除了听课外，更多的是要泡图书馆，去精读学科的经典著作，浏览有关的学术书籍和杂志，精彩的观点随时摘录，慢慢丰厚自己的知识底蕴。大学一年级不可能写出像样的学术论文来，但在读书过程中闪现的思想火花也不要放过，有什么疑问也随时记下来，这些点点滴滴的东西，在将来某一天，或许会成为你学术论著的缘起。

健全心智。大学时代是真正青春年华的开始，我们的人格在这个阶段会基本铸造成形，所以一定要养成健全的心智。健全的心智是什么？我想，一是包容心，二是平常心。离开了父母去过集体生活，就要学会和同学们友好相处。你的同学，有的来自城市，有的来自农村，由于生活环境、家庭背景等的不同，会呈现出各种各样的性格和处事方式。你不能以自己的处事方式去要求别人，要尽可能地与同学求同存异、和睦相处。这个世界本来就是斑斓多姿的，每一片树叶都有不同的色彩，你不能强求别人和你千篇一

律,正如别人不能要求你和他毫无二致一样。同学相处总会有磕磕绊绊的时候,学生时代能有什么了不起的事呢?能轻描淡写的就一笑而过。学会了包容别人,你的心理容量就会不断增大,你会为自己的发展搭建更加广阔的人际平台。这就是我要说的包容心。从小到大,你没有遇到过什么挫折,有什么事爸爸妈妈也会让着你,但今后的人生旅途中会遭遇许多挫折,而大学时代就会考验你承受挫折的能力。学习成绩没有预期的好,竞选学生干部没有成功,你爱的人不爱你……这些事情都可能发生。淡定自若地对待这些事,相信一切都会过去,没有什么天大的事值得你去费心劳神。塞翁失马,焉知非福?明天美丽的风光会补偿你失去的一切。这就是我要说的平常心。具备了这两种心态,你的心理就会越来越健康、越来越健全,容量就会越来越大,韧性就会越来越强。

涵养大智。人活在世上,不独为自己,更为亲人、朋友和众生。从青年时代起,就养成关注国家、关注民族、关注民生、关注他人的心志。不要陷在狭小的专业学习圈子内,一定要多加关注我们身边发生的事。你学电视编导这个专业,更需要了解大势、了解百姓、了解民生。生活是文艺创作的源泉,一部文艺作品最终的成功在于它独到视角和独到形式表现出来的独到思想。只有关心国家和民族的人、跳出自我狭隘圈子的人,才会有思想、有高度、有见地,才会摆脱小里小气,摒弃一己私利,成为一个有大智慧、有大气度的人。所以,我希望你在寒暑假里去参加社会实践,参加各种修学和实习活动,不要在书斋里去苦思冥想,而把真正活生生的生活抛却一边。我也希望你除了学习之外,多参加社团活动,在集体活动中培养自己的组织协调能力、表达能力、应对能力,为成为一个有智慧、有气质、有品位、有层次的人日积月累,不懈努力。所谓大智,还包含着这样一层要素,那就是不汲汲于蝇头小利,不锱铢于一时之得。为了追求更远大的理想和更深邃的精神生活,有许多眼前的名利是必须放弃的,切不可为世俗功名所累。要把自己的精力和智慧集中到你真正钟情的事业上,从而积跬步以至千里,积

小流而成江海。

　　女儿,在你出发之时,想说的话有千言万语,却只浓缩成了这三句话。好在你每周会回来,我们还可以经常交流。还要说的一句是,这些日子,爸爸特别忙,几乎没有腾出空来和你分享你的心情、你的憧憬、你的渴望,请你谅解。今后,我会努力多抽出时间来,和你一起学习,一起探讨,在你成长的路途中,爸爸会永远伴你前行,给你添力加油。

　　女儿,新的征程开始了!带上你的梦想,带上亲人的期望,带上我真诚的文字,整装出发吧!

做父母是一种成长

做父亲 20 年了。

20 年来,在女儿节节拔高的每一个阶段,我都会生发出一些不同的感慨。今天,当我面对亭亭玉立的 20 岁的女儿,在为她的成长而欣喜之时,忽然晓悟:这些年来,女儿在成长,我岂不是也在成长?做父母不仅是一种辛劳的付出,更是一种新我的成长。

因为做了父母,我们才真正理解了自己的父母,这是一种情感的成长。我们陪着自己的孩子从咿呀学语、懵懂无知的阶段一路走来,才恍然明白了一个简单的事实,那就是我们不是生来就有今天这样的身高,生来就有今天这样的才情,生来就有今天这样的成就,我们长大成人的每一步,父母都倾注了无尽的心血。而父母从来不语,他们只是笑看我们走向成熟,任岁月染白自己的黑发,侵衰自己的容颜。当我在小小的电暖器上一片片烘烤着女儿的尿布时,我不难想见父母为我洗尿布的情景;当我为女儿讲解着数学题她似乎并未领悟时,我想起了初中时父亲和我之间发生的同样的情形,我如今着急的模样和父亲当时几无差异;当女儿寄宿学校,我晚上想她想得浑身发冷时,我才终于明白了古人"暗中时滴思亲泪,只恐思儿泪更多"诗句的深层含义;当我有一点好吃的东西都想着带给女儿时,我就仿佛看到父亲正端着一茶缸盐汽水从工

厂匆匆赶回家,这夏天唯一的"福利"他舍不得享受,要带给我们兄弟俩;当我现在每当节假日就盼望上大学的女儿早点归来时,我就仿佛看到母亲正在往已经满满当当的冰箱里塞着鱼肉,等着我寒假回来……有了女儿,我做了父亲;做了父亲,我懂了父母;懂了父母,我告诫自己不要爱得太迟!对我来说,做父亲岂不是一种成长!

因为做了父母,我们从孩子身上领略了青春的新绿,这是一种心智的成长。女儿正是青春年少,我也曾是青春少年。青春与青春总是一脉相承的,青春与青春又总是隔河相望的。我可以从女儿身上看到自己青春的影子,但更从女儿身上看到镌刻着时代烙印的崭新的青春。年轻时的我们,物质生活匮乏,精神生活单调。今天的孩子们,物质充裕,精神丰厚。他们的青春是何等亮丽、明朗、簇新啊!初中时,他们就常常在节假日结伴逛街,同学过生日都互赠礼物。高中时,我常听她回来说同学之间有趣的对话,听她讲述师生之间那种亦师亦友的关系,这在我们的中学时代岂有可能!上大学之后,我也常听她讲同学之间如何互相取外号,老师如何一而再、再而三地叫错学生的名字,同学们怎样设计"整蛊"老师,说得自己常常先哈哈大笑起来。她唱着潮歌,穿着时装,用着新款手机。她做作业时却也异常认真,和她说话一般不会搭理。对恋爱、对婚姻、对职业,她都有着自己的看法。我想,这就是现在的青年人啊!他们朝气蓬勃、充满阳光,他们时尚新潮、个性张扬,他们追寻梦想、敏于行动。我欣赏他们这样步履轻盈、自在飞扬的青春,我绝不用自己的青春版本去要求女儿。相反,我时常提醒自己思想不要老化,要永远跟上时代的节律。这对我来说,也是一种成长吧?

因为做了父母,我们坦然接受了人生离别的真相,这是一种胸怀的成长。孩子的成长,对父母来说永远是一件亦喜亦忧的事情。喜的是他们羽翼丰满,正在展翅飞翔;忧的是他们加速前行,将要远离父母。从女儿初中寄宿学校起,我就一遍遍地说服自己,孩子

终究要长大,要慢慢适应她的远离,做父母的要慢慢回归自己的生活。许多时候,父母自以为是的"爱"却会成为儿女的束缚。孩子上大学离开身边而伤神失落的父母们,你们发现了吗?当你们面对着久已不见的孩子心中潮起潮落之时,他们却言笑晏晏,毫无察觉。不是孩子们无情啊,两代人毕竟不在人生的同一个季节,眼前的风景和未来的前景大相径庭,我们为什么要求孩子们和我们停留在同一个季节的站台呢?爱孩子,就要摒弃私心,接受离别,让他们无忧无虑地去追求自己的明天。

纪伯伦曾说:"你的儿女,其实不是你的儿女/他们是生命对于自身渴望而诞生的孩子/他们借助于你来到这个世界,却非因你而来/他们在你身旁,却并不属于你/你可以给予他们的是爱,却不是你的想法/因为他们有自己的思想/你可以庇护的是他们的身体/却不是他们的灵魂/因为他们的灵魂属于明天/属于你做梦也无法到达的明天/你可以拼尽全力,变得像他们一样/却不要让他们变得和你一样/因为生命不会后退,也不在过去停留/你是弓,儿女是从你那里射出的箭/弓箭手望着未来之路上的箭靶/他用尽力气将你拉开,使他的箭射得又快又远/怀着快乐的心情,在弓箭手的手中弯曲吧/因为他爱一路飞翔的箭,也爱无比稳定的弓。"这首诗充满了理智、旷达和欣慰,诗的名字揭示的正是我们每一个父母都要坦然接受的事实:《致我们终将远离的子女》。不把儿女当作私物,不作儿女绕膝的苛求,我们就突破了"父母"的狭隘视界,我们的胸襟就会日益博大,在笑看儿女高飞的同时,好好计划自己的未尽之路,这也许是人到中年后最值得庆幸、最有价值的成长。

辞典上解释说:成长就是向成熟的阶段发展。做父亲让我明白,人的成熟永无止境。当我们善于从每一种经历中领悟一些生活的真谛,不断扩展自己的心智,我们就会随着年轮的增多而走向更加深醇的成熟,我们就没有白白活过。即将步入知天命之年的我,想对女儿说:谢谢你,孩子,是你让我做了父亲,给了我20年新

的成长;在今后的岁月里,我还会和你一起成长,一直到老;而我最想看到的,是在我无羁无绊、无欲无求的目光里,你越飞越高,越飞越远,哪怕离我千里万里……

西站，我们的青春站台

　　"南京西站，我们即将说再见！"当晚报以这样的标题宣告了南京西站即将停运的消息，我的心久久不能平静，眼睛竟有些潮湿。尽管我多年没有去过西站，平日里也几乎没有想起过它，但当它即将退出历史舞台之际，我才发现，它就像我们阔别多年的一位至亲，即使相聚不多，也总是静静地留驻在心中某个柔软的地方。经年不见，分别骤然来临，心中真是百感交集，依依之情不可抑制地涌起、升腾、弥漫。

　　几乎南京的每份报纸都推出了惜别西站专版，南京人更是怀着对西站的特殊感情，从城乡的四面八方聚到这原本已日渐空落的所在。从中华门开往南京西站的绿皮车，每天都创下车票销售新高，人们怀揣一张站票，争相体验这将从此不再的怀旧之旅，只为再听一听这老式火车的车轮碾在钢轨上发出的"哐当"声。

　　报上详细地介绍了南京西站的历史，从 1908 年建成以来，它见证了无数历史事件。当年，孙中山从上海到南京就任中华民国临时大总统，就是从西站进入南京。"南京大屠杀"和"下关惨案"也是发生在这一带。1949 年 5 月，战火刚刚熄灭，南京铁路工人修复了第一台机车，"上海友谊号"就是从这里驶向上海。历史诉说着西站的悠远、厚重和深邃，而我的目光更长久地停留在写满沧桑的老站台和空空荡荡候车大厅的照片上，我把同学们的身影一

个个在照片上定位，思想驰骋到了属于我们的青春驿站。

20世纪80年代，南京西站还是个繁忙的地方。有许多列车从这里始发，而且因为地点较远，车票相对容易购买，所以，在寒暑假时我们不少同学是要从南京西站出发的。同一个地域的同学会结伴回家，候车时便少了寂寞，途中更是多了一路欢声。记得进了站门，左侧是几个卖食品的柜台，候车室的设备陈旧而简陋，就是木制的长椅。有座位时，我们便坐着闲聊；假如没有座位，就找个稍空的地方，将行李堆放在一起，大家站着话别。而只要有一个座位，那一定是给女同学坐的。那时候交通不便，生怕误车，我们会早早地来到西站，有时甚至提前两三个小时。而一路上，尽管多半是站着，甚至车厢里常常挤得水泄不通，几个同学拥在一起，车厢内的空气也异常浑浊，但丝毫不影响大家快乐的情绪。有时候，身体不好的同学坐上了那窄窄的茶几，同车的旅客也不以为怪，青春总是可以被包容的！就在这分分秒秒的等待中，就在与老式火车的厮守中，我们与西站结下了无须言说、彼此默契的感情。

在那个物质贫乏的时代，人与人之间的感情纯朴而真挚。每次放假归来，同学们都会从各自的家乡带来特产，行李常常满满当当。于是，到西站接同学便成为每次开学前的一道风景。同学感情究竟特殊在哪里，会令去接站的同学喜上眉梢？同学感情究竟异样在哪里，会令我们在车站重逢时那样雀跃忘形？这也许是谁都难以回答的问题吧！因为日久生情，西站在我们心中的位置远远高于南京站呢！

西站是同学们的，也是校园恋人们的。恋人们在这里泪眼惜别，也在这里笑语相逢。送别恋人时是何其不舍，迎接恋人时又是多么急切！来来往往的绿皮车啊！带走了祝福，带来了欢欣，它承载的是人，是情，更是流逝的黄金岁月。如今回眸望去，在每个同学、每个曾经相爱的人的心里，一定都有自己的那趟"周渔的火车"吧！

大学毕业的那个夏日，在一夜的欢歌之后，我沉沉地进入了梦

乡。第二天上午醒来,不少同学已悄然离开——他们多数是从西站出发的。我没有去送任何一个同学,我不忍看离别的场面。听送站的同学回来说,大家在站台紧紧拥抱,女同学更是失声痛哭。可以想见,月台上的时钟提示着分别迫近,汽笛的鸣叫营造着离情别绪,此情此景,人何以堪!西站啊西站,你一定还记得这伤感的场景吧?饱经风霜的你,是不是也会为这青春的告别、为这人生旅程上第一次真正意义上的分离而动容?

有人说,南京西站的一切都是静静的,其实,它自建成起,很多年里都是异常繁忙的,只是近年来才渐渐归于寥落和寂静。我以为它的静,不是石沉大海,不是渺如云烟,而是大海汹涌过后特有的沉静,一切发生过的它必定都深深地记得,它是有情感、有生命的。那一年,也许是命运的着意安排,南京新站正在建设中,我又一次来到了久违的西站。虽说20多年没去,但当出租车朝那个方向驶去,沉睡的记忆瞬间便全部苏醒。坐在候车室里,我清晰地看到当年每个同学所站的位置,空中仿佛传来他们的欢笑。时光倒转,空气凝固。一切当然都是发生过的,一切都必然深深地贮藏在车站的某处。因为秉承了这样的信念,那一天,置身于陌生人流中的我,分明感到仍是和我的同学们在这里候车,我毫不怀疑一会儿在车上我会与他们惊喜相遇。

是的,南京西站是个百年老站,这里有最古老的信号灯,老式的扳道机仍在调整着列车的方向,月台的柱子上油漆斑驳,铁轨缝儿里的花草岁岁枯荣。然而,在我心里,它关乎国家和南京的历史,更关乎我和同学们的韶华。我们在最年轻、最真纯的生命时光里与它相遇相守,它见证了我们的友情和爱情,它是我们心中永远的青春站台……

青春不分享

　　那天去珠江路,正是薄暮时分,难得不下雨,于是便起了走路的兴致。路线是不用多想的,一定是从北京西路到上海路,经由南大到珠江路——这是一条我惯走的路线。

　　离开母校已25年了,但对她的眷恋非但无减,反而与日俱增。在城东工作时,我经常会在节假日回母校探访。后来到城西上班,母校便离我更近了,思情袭涌之时,我会沿着这条路线来到母校,去重做一个单纯的学生,增添美好的情愫。

　　上海路不觉已在眼前,标有"杰克老地方"的那家咖啡馆,骤然驱走了我与母校这么多年的时空距离,回到老地方的感觉让我的心变得如此柔软。

　　走过化学楼,经过中文系,穿过操场,由西南楼而走向北园的校门,我几乎是不假思索地凭着一种惯性在行走,眼前掠过的是一张又一张青春剪影。上学的时候,我们中文系并不在这栋高楼里,那时这栋楼也并没有建起,但既然它挂上了"文学院"的牌子,对它总有一种特殊的亲近感,年轻的我,在中文系整整学习了六年。大学的体育课都是在这个操场上的,不喜运动的我,为了提高体育成绩,曾经在数九寒冬早起练习长跑,多少个清晨,偌大的操场,只有我一个人清寂的身影。在西南楼里,我们聆听过许多老师的讲课,而要去系小楼,总要经过西南楼,所以,我每次走过这里,总会对西南楼多投去深深的一瞥。

正是下课的时间,校园里川流不息,学子们纷纷涌向南园,奔往食堂或宿舍。融化于学子们之中的我,手里正提着一个文件包的我,仿佛也正是一个在走向食堂的学生。那时的我,上课时也是提着一个极简单的人造革包,里面装着几册当天需要的课本。今天,我似乎不是要去珠江路,我正在走向学生食堂,马上就会熟练地打开橱柜上某一格的那把锁,取出我的两个搪瓷饭盆去买饭菜,一个装4分钱的饭,一个装8分钱的青菜粉丝。或者,女友已打好了饭菜在食堂的那张老座位上等我……

省略号省略的,是许多学子共有的也许永远不会与人共享的爱情故事。

那个时代仍是相对保守的,不提倡在校谈恋爱是写进《学生守则》的。然而,大家仍能看出谁和谁之间爱情的端倪,食堂便是"捕捉"爱情信息的极好地方。当两双眼睛越过攒动的人头热热相遇,当女孩以减肥为由似乎不经意地把饭盆中的肉夹给男孩,当男孩女孩总能"碰巧"坐到一起,谁不能看出其中爱的蛛丝马迹?也有不少人的爱情是发生在学生食堂的。我的一位同学常常和一个外系的女孩对面相坐,天长日久,虽未表白,但彼此已能读懂对方的眼睛。当我的同学鼓起勇气准备向她表露心迹时,女孩却再也没有出现,令他怅惘多年。我的爱情故事,我这位同学的万千情愫,又怎么会去与人共享?只会在日后漫长的岁月中偶尔想起,祝福伊人此生平安。

每一个人的青春都是不会完全与人共享的吧?同学重聚之时,我们分享的无非是一些面上的东西,那些老师、那些同学、那些建筑、那些游历、那些共有的趣事。而和某一个老师的独特感情,与某一个同学的深厚交往,对人和事的深层思考,还有那些只有自己所知的隐秘的过往,我们一定只会独自品味的。所以,同样是走过大操场,同样是走过西南楼,每一个人心中放映的,一定是不同的故事片,情节和主角都截然不同。

同一个季节的青春不会分享,不同季节的青春更不会分享。

尽管"年轻"总会具有一些相似性,但不同年代、不同个体的"青春"总是独一无二,难以共享。

不是吗?此刻"混迹"于青年学子中的我,其实女儿都已大学二年级了。我看得出她的青春喜悦和青春憧憬,但她很少与我交流,我对她的大学生活知之甚少。当然,以我的经历推测她的生活,大概的情况是不会有几多差异的。作为爱女儿的感性的父亲,我很想了解她的一切;作为一个理性的曾经年轻过的人,我却又深深懂得青春不分享的道理。孩子与我处在两个季节,我们也许只能隔季相望。这也无须大惊小怪、有所失落吧?回想我上学时,又何曾与父母有过多少关于大学生活的交流呢!但是,等我们踏上社会,特别是人到中年,我们亲身体会到了做父母的不易,我们却会常常与父母分享现在的生活,这或许是对青春不分享的一种补偿吧!

就这样真真幻幻地行走在自己的校园,就这样断断续续地回放着自己的青春,就这样深深浅浅地寻思着自己的心事。遥远的岁月,在这初春的薄暮迎面而来;深切的怀念,在这花开的季节弥漫开来……

师门问学成追忆

　　临睡前，总要翻几页书。昨天打开的是周勋初先生与余历雄博士合著的《师门问学录》。来自马来西亚的余历雄在师从周先生攻读博士学位期间，居然把三年间师生论学的内容做了完整的记录，这才有了这一本周氏《论语》。

　　翻看着这份古代文学教与学的笔录，我仿佛听到周先生正用他带有浓浓上海口音的普通话娓娓而谈。由于种种原因，我没有能成为周先生的弟子，这成为我一生的遗憾。但周先生一直很关注我的成长与进步，有信必复，勤加勉励。前年，我在二条巷搞人口普查，一年间，常去二号新村周先生家问安，先生总是热情接待，和我纵论学问人生。有时访而未遇，先生听师母说后，会送两本他自己的著作，放在我单位的传达室。先生的这份诚挚和对后学的关怀，体现了老一辈学人的风范，让我感动不已，这也正是我读《师门问学录》感到特别亲切的原因。

　　在读着《师门问学录》的时候，师从王气中先生学习古代散文的情景也一幕幕涌上心头，让人感慨时过境迁，物是人非。记得1986年初夏去先生家面试的时候，事先非常紧张，不知这位已84岁高龄的文学史研究名家会问出怎样高深偏僻的问题，我终究只是个21岁的无知小子啊！未料先生异常和蔼，只是随便和我聊了聊学习、父母等情况，几乎没有问一个专业方面的问题，面试就这

样顺利通过了。我的疑惑直到多年后先生去世时才解开，先生的女儿告诉我，先生认为我本科提前一年毕业，必然影响到专业基础，所以他不问我专业方面的问题，而只是从貌似散漫的闲谈中考察我的反应能力和领悟能力，他相信只要悟性好，基础完全可以补上，而没有悟性即便基础再好也没有用，他认为我一定可以学好。我不禁为先生的这份体察和信任而深深感动。

我和师兄是先生的关门弟子，以先生的耄耋之年，已不能连续讲课了，所以我们一般是每周一去先生家听课。先生或挑选散文名篇精讲，或对古代散文的发展脉络谈自己的看法，或布置我们读名著、写体会。第一课我至今记忆犹新。先生让我们带上《古文观止》，他要讲首篇《郑伯克段于鄢》。先生用他那合肥话读一句、解释一句，然后就整篇文章的艺术手法、人物形象谈了自己的见解。犹记得先生当日说道，这篇文章最大的特点是简洁，许多事件用一句话就一笔带过，不写其详而读者自能想见其情。先生特别指出，简洁不是字数越少越好，而是用最恰当的篇幅把事情说清楚。在谈到人物形象时，先生说道，有人以为郑庄公与其母武姜"为母子如初"体现了他的孝，实际上他最工于心计、老谋深算、阴险毒辣，读文章要读懂文字后的含义。先生真深得古文笔墨简洁之神韵也！

先生十数年潜心研究刘熙载《艺概》，心得尤多，他的《艺概笺注》一书出版于1987年，于是便也成了我们的教材。先生曾逐条给我们解读《艺概》的339条内容。记得在诠释"孟子之文，至简至易，如舟师执柁中流，费力者不觉自屈"时，他对散文以轻运重的笔法作了深刻的阐述。怕我们难以理解，他特别用打太极拳来作比方，说太极拳就是以轻运重，并站起身来，在他书房的窄小空间内，做了几个太极拳的动作。这一幕给我和师兄留下深刻印象。

虽然历经蹉跎，先生却养成了旷达乐观的人生态度。如果说他作文是以轻运重，那么他的为人处世便是举重若轻的，对于名利等身外之物视如敝屣。论学之余，他谈得最多的就是自己的人生

经历。担任过国民政府蒙藏委员会专员的经历,使他受尽磨难。说到新中国成立后特别是"文革"中受到的不公正待遇,他常常说:"我说我没有犯错误,他们偏要说我犯了错误,我争不过他们,只好任他们说,劳动改造完了,我照吃照睡照搞学问。"说毕,他仰头大笑,露出孩童般天真的神情,让人不由得深受感染。先生是最反对学究气的,一再要我们不要当书呆子,要学业事功并重,要视条件而言,有条件可偏重学问,没有条件可着力事功,这样才能避免书生之气、迂腐之风。先生这种达观的人生态度,当时我并不能深刻体会,而在我日后的路途中其影响则日益凸显;尤其是在我事业发展不顺时,先生的神采就会在眼前飞扬,我顿感轻松、豁然开朗,不再凝滞于物、锱铢必较。

有着通达人生观的先生,也有着通脱的文学史观。他反复教导我们,要从文学自身的规律出发来研究文学,而不要从政治的需要出发来对待历史。他认为,目前用朝代来对文学史进行分期是不尽科学的,文学的传承不是朝代的更替能割断的。换句话说,朝代变了,原有的文学创作风气仍在沿袭,不会一下子改变。以后我写学位论文时,先生再次重申这一观点,他一针见血地指出:说五代骈文复辟只是从表面看问题,历朝奏折都是用骈文写的,唐宋也不例外;欧阳修领导了"诗文革新运动",但他写奏章也是用骈文的,这也证明了文学发展有其自身的规律,不以朝代兴废而转移。先生研究问题的开阔眼界,对我产生了很深的影响,使我学会把事物放在与其他相关事物共同构成的广阔背景中去考察,防止偏颇和狭隘,寻求更切实际、更合规律的结论。

修业中途,先生因癌症住院手术,出院后便很少讲课了,但我们的学位论文他仍悉心指导。我本来想以"唐宋八大家"中的一家为题,但先生认为唐宋散文研究者甚众,要写出新意不易。他独出机杼,让我研究五代散文。他认为五代散文是唐宋散文之间的低谷,文学研究不但要研究高峰、总结经验,也要研究低谷、总结教训。他说:"你的学士论文写了晚唐小品文,正好从这里生发开去

继续探讨五代的散文,纠正一些学术成见,填补文学史研究的空白。"我依先生的教导,通读了《全唐文》中的五代文,又向国内名家请教,在现成资料较少的情况下写成《五代散文初探》一文,顺利通过了学位论文答辩。在写作过程中,先生虽没有精力逐句修改,但就文章的结构体例、内容安排、引文处理等几次做了详尽的指导,使我能够以浅薄的学力完成学位论文。甚至在请校外其他专家评阅论文时,先生让我登门送呈,怕我年轻不会说话,向我详细介绍了该专家的学术观点,教我如何开口求教。先生对学生的这片殷殷之心,是在教我如何做人啊!

老一代的学者真是有其独特风范的,他们待人真诚,对学生也同样尊重。记得那年随先生去兴化参加刘熙载和《艺概》学术研讨会归来,先生一定要我和师兄去家里吃晚饭,说师母已经做好,不要回食堂吃了。那天晚上,我们围坐在先生家的小桌旁,师母不停地给我们夹小排,让我们多吃点儿,先生则含笑看着我们狼吞虎咽。每次听完课从先生家告辞,先生一定要颤颤巍巍地送到门口,挥手告别。先生伫立门边举手作别的情景,永远定格在我记忆的深处。

因为这本《师门问学录》想起了求学时的往事,心头一片潮湿。我会常常翻看这本书的,为的是重温做学生的心情。我想,这样的温故,仿佛又端坐课堂听大师们讲学论道,一定可以使自己的精神重回校园宁静的领地,淡忘目下角色带来的宠辱,熨平社会普遍性焦躁在心湖荡起的涟漪。

师门问学成追忆,抚今追昔已惘然。

诉不尽三十载师生情

——怀念吴翠芬老师

不知冥冥之中有什么东西在主导,3月下旬的一个清晨,我和朋友一起漫步在紫金山绿道时,突然想起了我的大学老师吴翠芬教授。我对朋友说:好几年没去看老师了,等忙完这一段一定要去看看她,也应该是八十多岁的老人了!

4月8日下午打开自己的博客,在一篇回忆母校生活提及吴老师的博文上,赫然看到一则令我无法置信的留言:南大文学院吴翠芬教授今日火化。留言是当天上午10点多发的。天旋地转的我,一再用眼镜布擦拭眼镜,一字一字看了几遍仍怀疑是自己眼花所致。我连忙给在南大工作的同学发去短信询问。未几,同学打来电话,说吴老师是4月4日去世的,讣告张贴之时正是清明期间,他回老家去了,等他得知消息时遗体告别仪式已举行过。噩耗得到证实,我沉浸在难言的悲痛之中。我没有想到,不但想去看望老师的愿望未能得到实现,连老师的最后一面我都没能见到!与老师相处的一幕一幕迅即在脑中闪回,从与老师相识算起,一瞬间,时间已走过了整整30年!

1983年的初秋,我成为南京大学中文系的一名新生。我们这一届分为两个班,课程相同,但多数课并不是同一个老师讲授。课表发下来,见到我们甲班"古代文学作品选"的任课教师是吴翠芬副教授,乙班的同学非常羡慕,因为他们班这门课的任课教师是一

名讲师,初进大学的学生很在乎教师的职称呢！第一堂课的情景至今记忆犹新。铃声响后,走进一位剪着短发、笑容可掬、五十开外的女老师。作了简短的自我介绍后,她用那略带安徽口音的普通话说:"今天我们不讲课,请同学们做一个练习,以便我掌握大家的学习情况,有针对性地进行教学。"说完,吴老师就给我们发卷子。卷子上只有一个题目:写一篇唐朝诗人张籍《野老歌》的赏析文字。在中学,我从来没接触过这样的题目,于是,试着从思想内容和艺术手法两方面作了一点浅显的分析,心想这样的中学生般的答卷,一定是难入大学教授的法眼的。

没有想到,在第二堂课上,吴老师第一个表扬的就是我的文字;更没有想到,我从此会在吴老师的引领下,走上学习中国古典文学的道路。

因为第一次测试给吴老师留下了好印象,她对我的学习非常关注。课间休息时,她好几次对我说要读一些古典原著,比如《论语》《孟子》《诗经》《楚辞》等。每一篇古文讲授结束时,吴老师都会给同学们开出课外阅读书目。也许正是吴老师的这种言传身教,使我在被遴选为南大首批"富有创造力的学生"需要选择专业时,我毫不犹豫地选择了中国古代文学,而吴老师就成了我的导师。

为本科生配导师,在当时的高校是个创举。吴老师是尽心的,她不仅为我开出比课堂教学更详尽的书目,而且,每隔一段时间都要和我谈谈,询问学习情况,传授学习方法。印象最深的是,她经常教导我要抓紧时间利用好图书馆,不要满足于课程考试成绩;读书一定要读 A 类书,不能良莠不分、浪费时间;不要急于发表论文,好好读古代文学原著,打牢学术研究根基。这些教导,对我养成扎实的学风起到了至关重要的引路作用。

大学二年级时,我向系里提出本科提前一年毕业的申请,终获学校批准,但条件是必修课成绩必须都在良好以上。吴老师十分支持我提前毕业,并对我提出了毕业后继续攻读古代文学硕士研

究生、以后再攻读博士研究生的殷切期望。我那时候要同时听两个年级的课,学业十分紧张。吴老师的爱人王立兴教授给三年级讲授明清文学史,怕我学习负担太重,吴老师主动对我说:"老王说了,他的课你可以不去听,参加考试就行。"我深深为老师的关爱而感动,但也努力争取去听王老师的课,尽量不缺课。所幸的是,我没有辜负两位老师的期望,最终以20多门必修课全优的成绩提前毕业,并被推荐为古代文学专业硕士研究生,师从著名文学史家王气中先生研修古代散文。

大学三年级时有两件事,尤能体现吴老师对我的倾心提携。因为要提前毕业,所以三年级就得写学士论文。我选择了被鲁迅先生赞誉过的晚唐小品文作为研究对象。一开始,吴老师就提出了很高的要求,让我不要简单地当成做毕业论文,而要作为一次学术研究来对待,以此了解和熟悉搜集资料、形成观点、修改提高的全过程。当我写成一万多字的初稿时,吴老师又指出,观点虽然站得住脚,但材料不够丰满,有空泛之气,让我重读《皮子文薮》《笠泽丛书》《谗书》等作品,从作家原著中去寻找材料,支撑观点。当再一次修改成稿时,吴老师又逐字逐句地进行审改。可以说,这篇论文浸透了吴老师的心血,为我今后写作硕士论文、研究五代散文奠定了坚实的基础。

另一件事是,出版社向吴老师约一篇《桃花扇·骂筵》的赏析文字。当时,吴老师已是古典文学作品鉴赏评论的名家。她对张若虚《春江花月夜》的赏析被收入《唐诗鉴赏辞典》:"在月的照耀下,江水、沙滩、天空、原野、枫树、花林、飞霜、白云、扁舟、高楼、镜台、砧石、长飞的鸿雁、潜跃的鱼龙,不眠的思妇以及漂泊的游子,组成了完整的诗歌形象,展现出一幅充满人生哲理与生活情趣的画卷。这幅画卷在色调上是以淡寓浓,虽用水墨勾勒点染,但墨分五彩,从黑白相辅、虚实相生中显出绚烂多彩的艺术效果,宛如一幅淡雅的中国水墨画,体现出春江花月夜清幽的意境美。"吴老师这唯美的文字,不知倾倒了多少读者!我在一篇文章中说过:"一篇《春江花月夜》自是孤篇横绝,吴老师的精美赏析也是丝丝入扣,字字珠玑。"写一篇赏析文字,对老师来说本是手到擒来的事,但为了让我得到锻炼,老师让我来写这篇文章。我浅薄的学力何能胜任!最后,又是老师一字一句地增删润色,才成就了一篇比较像样的文字,而我也在这一过程中初识了赏析文字的写作路径。

读研究生期间,吴老师对我的关心一如既往,我也经常向她请教和求助。那时,我在中国自修大学南京分校担任"古代文学作品"课程的讲授任务,为了提高学员们的文学欣赏水平,我请吴老师作一个讲座,老师欣然应允。那天晚间,她一气讲了两个小时,学员们为她的大家风采深深折服。那次讲座,吴老师未收学校分文报酬,说是对我这个学生的支持,让我感怀不尽。在写作硕士论文时,气中师对我说:"你大学时候是吴翠芬指导的,五代散文正好又在晚唐小品文之后,在文学发展的脉络上必有相承之处,你可以把稿子先给她看看。"答辩时,气中师还请吴老师做了答辩委员会成员。可以说,是吴老师带领我完成了走上古代文学学习道路、取得文学硕士学位的全过程,她是我实至名归的学术导师。

从学校毕业后,我到部队工作了18年,但和吴老师一直有书信往来,她一直以我未能攻读博士学位、未能从事教学研究工作为憾。为慰师心,每当出版散文集,我都会寄给吴老师,她则总会回一个电话,对我勤加勉励,同时指出"风格尚不明显,还要继续努力"。2001年12月24日,吴老师、王老师在收到我的第三本散文集后给我来信说:"惠赠的三部散文均收悉,谢谢!多年来你在繁忙工作之余尚能如此勤奋,笔耕不辍,不断取得成果,实属不易。学无止境,文也无止境,我希望你在散文的天地里能飞得更高些,多写出一些富有历史文化底蕴,更发人深思、耐人咀嚼寻味的好作品来。"吴老师是深深了解学生的,她知道我尚没有完全尽心,写作上仍有浮躁之气,所以希望我滤尽杂念,用心作文,不断开拓眼界心胸和为文境界。

2007年,我被批准转业到地方工作。吴老师得知后打来电

话,希望我能够到高校或研究机构工作,继续从事教学研究,老师是一直没有放下对我学术上的期望啊!尽管我一再解释按照现行安置政策和我的职级已无法选择到高校工作,老师仍是苦口婆心地在电话中说了将近一个小时,可见她对我的期待何等执着!

上学时,我曾多次去过老师家,每次吴老师都是热情接待,从不怪我年少唐突。记得有一年夏天的一个夜晚,我和同学一起去南秀村向吴老师讨教。吴老师从冰箱拿出西瓜对我们说:"天热,快先把冰镇西瓜吃了!"这情景仿佛就是昨晚。离开南大之后,我也去过几次吴老师家。最近的一次大概也是七八年前了,那次是因吴老师骨折,我到家中探望,之后便没有再见过老师。那天,老师对我说的仍然都是学术研究、散文写作,我深为辜负了老师几十载的关怀而感羞愧。前几年在校园里散步时,也看到橱窗中展出老师笔力刚健的书法,总以为老师别来无恙、依然硬朗,总以为时日尚长、重见有时,哪知道那一次竟是我与老师的最后一面呢?!深深愧疚的我不断自责,这几年里,我为什么没能够抽出点时间去看看老师,没有向同学多打听打听老师的情况呢?哪怕每年看望一次,也能稍减今天心头长存的遗憾啊!

2001年老师来信的最后是这样写的:"新年将届,寄上一张母校纪念卡,留作流金岁月的纪念。"这张卡片我一直保存着,如今更成为无比珍贵的纪念了。大学时代是人一生中的流金岁月,与吴老师相处的这30年,也是我一生中的流金岁月啊!30年,多少斗转星移;30年,多少沧海桑田;30年,多少物是人非!而从不更改的,是我和老师之间深厚的师生情谊!这诉不尽的三十载的情谊啊!会永远激发我对老师深切的怀念,更会永远成为我未来人生路上的珍贵行囊。

那温暖的笑容

　　因为前段时间在二条巷办公，对面就是南大的教师宿舍，所以，有空时便会去老师们家里探望。一天清晨，提了点水果去朱家维老师家，前几次来他都早锻炼去了，没有遇见。今天能不能碰到呢？

　　随着一声"谁啊"，朱老师打开了家门，一见是我，满脸绽开了他特有的笑容。这笑容是那么熟悉，曾经一次次温暖过我迷茫的心。可是，我发现，老师老了，头发已十分稀疏，脸上更是布满了皱纹。是啊，一晃近30年过去了，我都四十大几了，老师能不老吗？

　　出了老师的家门，眼里有湿湿的东西在打转，过去的时光一幕幕在眼前闪回。

　　因为我是全校唯一的学生党员，一入学，我就被编入了中文系的行政支部，和朱老师接触的机会远远多于其他学生。那时候，朱老师是系里的总支副书记，还不到50岁，显得精明强干。他对我格外关心，和我说话时总是带着慈祥的笑容，话语里时时透着关切，有时甚至是刻意的保护。记得刚入学时，因为我是全省高考文科第一名，所以总是被人关注，甚至是评头论足，心理压力颇大。于是，我写了一篇小说《网》发表在系里的文学刊物《耕耘》上。朱老师看后找我去谈话，他说：虽然你用的是笔名，我还是能看出是你写的，不要有压力，成绩属于过去，无论你今后能不能保持第一名，我都能理解你。一席话使我顿感轻松，从此更加自信自如地投

入学习,在大学期间一直保持着全年级第一名的成绩。

我生性不喜欢烦冗虚浮,崇尚简洁直率。有一次,在组织生活会上,我坦诚地对一些标语口号式的东西提出了自己的看法,大意是不要总是泛泛地讲为共产主义而奋斗,要多提为党和人民现在的事业而奋斗,做好当前的事情就是在向共产主义迈进。此言一出,语惊四座。总支书记是个老"马列",当即批评我"刚入党革命意志就衰退"。我偷眼看了一下朱老师,他笑眯眯地听着书记批评我,没有讲一句话。现在,"以正在做的事为中心"早已是我们全党的共识了。回过头去想,我真是初生牛犊不怕虎啊! 朱老师对这些问题一定也有自己的思考,只是在他那个位置上不便言说罢了。

比其他学生特殊一些的身份,使我早早地承受了其他同学所没有的重荷。大学二年级,我被校团委点名进了校学生会并当上常务副主席,几个月后,就当了主席。少年好胜,再加上想做点事,渐渐觉得困难重重,于是一度想打退堂鼓。但是,想到朱老师曾说过,我是中文系出的第一个校学生会主席,又不忍辜负他的期望。找朱老师去汇报思想,他很干脆地说:不想干了就回来,我们欢迎你回到系里来,好好搞学习! 于是,我辞去了"官职",回到系里,安静地当一名普通的学生。

这期间,不知怎么会萌生提前毕业的想法,就又一次去找朱老师。朱老师说:"系里还没有先例,要请示学校,但我个人坚决支持你! 要让吃不饱的学生吃饱!"在朱老师的努力下,学校特事特办,给我开了"绿灯"。于是,我用三年时间顺利完成了本科学业,接着攻读硕士学位了。

研究生面试后,我自己并没觉得有什么差池,但事后才知道出了一点小小的误会,又是朱老师从中调和才得以消除。我在见导师王气中先生时,无意中说了原来想考某某先生的硕士,气中师误认为我不想读他的研究生。朱老师一再向他解释我不是那个意思,只是一直有考研的志向,又说我是系里最优秀的学生,招我不

会错云云,才使这场误会烟消云散。后来,与气中师感情日深,先生主动和我说了这事我才知道原委,心里充满了对朱老师的感激之情。

1989年初,硕士毕业前,我想考博士,又是朱老师穿针引线,极力向周勋初先生推荐我,并鼓励我说:"大胆去考,周先生说了,他很想招你为博士。"后来,由于一个意想不到的突发事件,我的意志发生动摇,放弃了考博的计划。但是,我却和周先生结下了深厚的感情,这么多年来,周先生一直关注着我的成长和进步,时时赠书勉励我不忘学习。

往事一桩桩回放,李后主"雕栏玉砌应犹在,只是朱颜改"的词句跃然脑海,不免有些伤感。是啊!时光是多么无情,朱老师老了。然而,时光又是多么有情,人的容颜总是会老去的,而生命中遭逢的那些温暖的笑容和关切的话语,会永驻心头,永不老去……

永远的系小楼

　　昨夜，我又梦见了我们的系小楼。我沿着一条弯弯曲曲的小道往前走去，却始终只能远远望见那座白墙红瓦的两层小楼，总也走不到它的身前。梦就在情急之中戛然而止，思绪却在暗夜中弥漫开来，无法抑止。

　　1983 年，我成为南京大学中文系的一名新生，老师首先带我们见识的便是这座富有历史文化底蕴的小楼，那是中文系党政办公机构所在地。这座西洋别墅风格小楼的不同凡响之处，首先在于它悠久的历史，它建于 1912 年，那正是古老的中国共和浪潮风起云涌之时；其次，在这座小楼里，诺贝尔奖得主赛珍珠写出了她的处女作《放逐》，以及诺贝尔奖获奖作品《大地三部曲》。当年，在这幢楼的阁楼里，放着一部打字机，深爱着中国的赛珍珠常常面对着东面的紫金山，沉浸在美妙的文学构思中。中文系设置在这样一座有着独特文化意味的小楼里，真是再合适不过了。

　　因为从事学生工作的缘故，我与这座小楼的接触远远多于其他同学。我清晰地记得，进得大门，一楼的左面是系办公室主任的办公地，右面是系教学和行政秘书的办公地。我常做的一件事就是，在考试后的几天，径直去向右边的办公室找程丽则老师——程千帆先生的女公子询问我的分数。这可是不能向学生透露的"秘密"哦！可是，程丽则老师总是会翻开学籍卡，笑容可掬地告诉我

成绩。她常会用鼓励的口吻说："又考了个优！继续努力！"于是，我的心便踏实了，会更加充满自信地去面对下一场考试。我和程老师至今未断的师生之谊，便是从这座小楼开始的。

沿着老旧的木楼梯上了二楼，便是系党总支办公室。在这里，我参加过许多次党组织生活，受到朱家维、朱怡中、姚松、孟锡平等老师的亲切教导。第一次参加组织生活，认识了系行政支部的各位老师是在这里；入学后的一年转为正式党员是在这里；家维老师与我谈话，让我担任系学生会主席是在这里；递上要求提前毕业的申请是在这里；拿到学士学位证书是在这里……系小楼留下了我太多的足迹，尽管稚嫩，却是人生的源头之一，是人生无法重来的初始。

系小楼的门前有几层台阶，拾阶而上，右边是中文系的收发室。如今忆起来，这里是让我们这些学生最景仰的地方。每天，老师们会来这里取自己的邮件，于是，我们会在这里遇见平素难得一见名师。我们也许不识泰斗，但会有学长悄悄告诉我们，"这位就是写《日出》的陈白尘先生""这位就是研究茅盾的名家叶子铭先生"……于是，敬仰之情油然而生。于我，在这里留下最深印象的两件事为：一是遇到红学专家吴新雷先生，我问他选修课"红楼梦研究"的成绩，我以为他未必认识我，也不会记得我的成绩，未料他用浓浓的江阴话说："你吃了82分，前半部分写得很好，后半部分不够深入。"他甚至说出了我论文的题目，可见他对每个学生的文章看得是何等仔细！另一件事是，我在中文系1986级研究生的邮箱里收到了今生最珍贵的礼物——程千帆先生亲手书写的元好问诗条幅。只因我每年在他的邮箱里放一张贺年卡，先生便用这样的方式来鼓励我，足见他对后学的殷切期望！先生手书的条幅我已框裱，悬挂在东郊的居所，作为永久的纪念。

在我就读于中文系时，系小楼有一道独特的风景，那便是楼顶的露台上，有时会晾晒一些衣物。原来，那时南大住房紧张，青年教师都住在集体宿舍里，姚松老师连集体宿舍都没排上，便暂时寄

居在系小楼三层的阁楼里。我们可亲可敬的老师们，就是在这样艰苦的条件下专心致志地做着学问，并取得了骄人的成绩。现为学校文学院党委书记的姚老师，就是在这阁楼里苦读经书，成为中国古典文献专业的研究生，成了这个领域的专家。如今，每当和姚老师聚会，说起系小楼，他总会浮现出在我看来很特别的缅怀神情。

1987年夏天，我们毕业了。毕业晚会之后，同学们仍依依不舍，情难自已。于是，我们一起来到系小楼前的草地上对歌，直到夜深。系小楼与西南楼相邻，当我们的歌声此起彼伏时，西南楼里有许多同学正在上晚自习。然而，他们非但不怪罪我们，有的还从教室窗口伸出头来和我们一起放声歌唱。学子的心是相通的啊！他们知道这是我们在校园的最后一夜了，他们用理解和宽慰让我们留下了对校园、对系小楼最美好的记忆。

今年，2012年，我们系小楼已有整整100年的历史了。它虽早已成为学校某科技集团的所在地，但只要同学相聚，系小楼就是我们的必去之处。我们常常看见大门紧锁，但每个人自有每个人的回忆，每个人都会在自己心中开启系小楼的大门。不管它今天或日后作何用途，在南京大学中文系的师生心中，它永远是我们的系小楼，百年，千年，万年，直到永远。

昨夜，我又梦见了我们的系小楼。多少年来，梦境几乎如一，都是绵延不绝的小径，总是无法走近小楼的近处。我知道，这固然与实际的地理环境有关，因为必须经由斗鸡闸前的小径，再经过西南楼旁的小路，再踏上一段小坡才可以到达我们的系小楼。然而，我更深深知道，这梦境是具有象征意义的，那就是，随着岁月篇章的翻转，我们曾经的系小楼早已成为了道阻且长的秋水伊人，我们在这里度过的青春时光也一去不返……

灯下怡然话同学

　　裴郁春同学发来短信，友情提醒我去看看叶红同学的博客，上面有叶红上月从美国回来与同学相见的照片。这一阵子都忙着庆"七一"唱红歌了，今晚终于得闲浏览了叶红的博客。看到照片上熟悉的同学依然是旧日神韵，怡然之情不由在灯下弥漫开来。

　　其实，我与裴郁春并非一届，只是因为做学生工作的缘故，才与这些师弟师妹有些接触。然而，同学之情就是那么恒久，多少年不见也不会消散。我自毕业后就没有见过小裴，然而，20 年后，当我转业来到她所在的大院，第一顿饭就是她请我吃的。时光刹那倒转，回流到年轻人热血沸腾唱着"再过二十年，我们再相会"的上世纪 80 年代！

　　你一定深有同感，同学重逢，最强烈的感觉就是时光流转。我们透过现今模样已改的身形，清晰地看到多年前的青春容颜。那些久远的往事，平时忙碌奔波的我们丝毫不会想起的往事，会被同学轻易牵起，深深勾起。陷入共同的回忆之时，身旁的景物在隐去，职场的焦虑在淡去，我们单纯得只是一个学生，不需要面对任何伪饰、任何功利，只需要面对一个单纯的同学。少军同学去年公选升了副厅职，每次来短信都是自称少军同学云云。他明白，在同学面前，厅不厅的都不是重要的事。你刻意亮自己的身份，它在；你不说自己的身份，它也在。但是，你刻意突出自己的官位时，你

的同学身份可能就淡了。划不来，永远划不来。

是的，同学在一起的时候，每个人所扮演的社会角色都不存在了。你当再大的官不是我的领导，你挣再多的钱不是我的老板，你有再多的学识不是我的导师，我没有必要谨小慎微、唯唯诺诺、恭恭敬敬地对待你。我们是平等的，从源头上就平等，在过程中也平等，待结局时依然平等。这种自始至终、彻头彻尾的平等在我们这个封建社会历史特别长的国家里是很难找到的。上个月因公去了欧洲几个国家，深有感慨。去一家小饭馆吃饭时，导游告诉我们，有一天他碰见总统也在这里吃饭，人们各吃各饭，各啜其茗，根本不会有人去给总统特别的礼遇。另一国的导游告诉我们，看见市长在排队买票，没有任何人会让他先买，因为市民和市长是平等的，我选你你才是市长，不选你你就和我一样，你下了台还是和我一样。我想，西方人的这种平等，在我们国家，也许只有同学之间能够大致做到（之所以这样说，是因为同学里也有自以为是个人物、睥睨一切的人），其他阶层断然做不到。同学再怎么升官发财，彼此都知道真正的斤两，从大学脱光了衣服一起冲凉时就知道彼此的斤两，所以，同学是真正能够"赤诚"相待的；所以，同学在一起是怡然的。

同学在一起，话题也是轻松的。平素，我们说话多累啊！有人说：说真话领导不高兴，说假话群众不高兴，只有说说空话、套话和笑话了。但即使说空话也是要费点心思的。人与人互相防备，戒心重重，总担心言多必失，祸从口出。和同学在一起，就绝对不用说职场上的事了。我们除了对学校时光的回忆，便是说说儿女和家事。即使要议到时弊，也不必担心言有所失会对自己造成所谓的"影响"。所以，同学相聚有个特点，就是时时会发出爽朗的笑声，为从前的回忆，为青春的青涩，为年少的稚嫩，为别致的高论。

同学相处时岂无矛盾？当然有，凡有人群的地方都有矛盾。只是，同学间的矛盾没有利益冲突，更没有利润纠纷。小一点的就是为一点鸡毛蒜皮的琐事，年少气盛非要争出个高低辨出个是非。

大一点的事不过是恋爱了吧？今日相见，那些鸡零狗碎的事只会引起满堂大笑。而当年的"情敌"早已没有了干戈，每个人都有了自己的归宿，有了自己的儿女，也都早懂得了"缘分"和"天意"。天既生我，必有一人在另一处等着我，这个人是不是当初的梦中情人都不重要，只要我和她（他）在一起过得好就行。

单纯晶莹，所以走得远；无关利益，所以处得久。只有起始的同窗共读，没有中间的职场肉搏，所以从学校大门走出后，同学之间实际上一直是一种"留白"的关系，很多年间其实我们互不了解、互不知情。正因为留白，正因为有大把年华的缺席，所有的美好都永久定格在了青春岁月，时空的距离使遥远的过往更如雾里看花、美不胜收，疲惫的职场奔波更使我们向往这永不可再来的纯净。

我们知道，聚会结束后，我们仍要面对现实，面对竞争，面对压力，同学相聚只能解心灵一时之焦渴。但人类的长处正在于复制，我们会把同学相处相聚的欢愉复制在心头，每当身心疲惫，便展开玩味，于是，怡然之情便在如今晚一样美好的时刻生发开来，便觉遥远的地方有同学在与你同声呼应，彼此支撑着走好明天的路。

就带着这种怡然进入梦乡吧！亲爱的同学，祝你晚安，祝你幸福！

桥

张榴从加拿大回国，从江阴打来电话。听到乡音的那一刻，关于《桥》的许多往事不由涌上心头。

我这个年龄的南京人也许都知道，20世纪90年代，《金陵晚报》(那时叫《金陵时报》)有个品牌栏目叫"桥"，张榴就是最早的主持人。我和她虽是系友，又兼同乡，但在学校并不相熟，因为编作关系而渐渐相熟。所谓"桥"，顾名思义，就是架起人与人之间的桥梁吧。这个栏目里的文章，大多是关于人与人之间关系的随笔，有理性的，也有感性的。刚出校门的我，常会对人际关系生出一些感慨，我在这个栏目里倾诉我的感受，表达我的希冀。《桥》助我度过了初涉社会的迷茫，也使我爱上了写作，从此我一直没有放下手中的笔。从这个意义上说，不是我的中文专业，而是《桥》真正架起了我与文字之间的桥梁。

记得给张榴的第一篇稿子是《给爱情一个距离》，既是抄袭鲁迅先生的思想，也是我的切身感受。以后又陆续写了一些议论性的文字，大多都见报了。有一天，有个多年不见的朋友突然登门，惊喜之余有感而发，便写了一篇《有空来坐坐》，引发了许多"桥友"的共鸣。张榴打电话来说，这篇小散文写得不比你那些议论性文字差，你多写点软性的文字吧。于是，我开始拓宽自己的写作路子，不再拘泥于理性的文章了。长时间不写稿，张榴会来电话催索，使我得以将读书写作当成功课，至今不弃这一好习惯。

软性的文字写得多了，《金陵时报》副刊"九三年"(后改名"人

间")的编辑傅新岸来找我,让我给他写稿,从此我又成了"九三年"的固定作者。傅编辑对稿子要求高,有时他觉得缺像样的稿子了,便打电话向我索稿,有时给我一些"命题作文"。他稿子要得相当急,常常是头天来电话,第二天我就得将稿子送去。虽然辛苦一点,但这倒也锻炼了我的应急能力。

张榴是身体力行"桥"的宗旨的,她举办过多次"桥友"座谈会,大家在一起畅谈编、作、读的感受,我由此结识了许多常在报上谋面的文友。她还通过举办主题征文比赛来促进交流、提升栏目品位,我写的《扮演多重家庭角色》还得了"宜室宜家"征文比赛一等奖呢!清晰地记得奖金是300元,那时的300元奖金也算是不小的数目,而自己的劳动所得又是多么令人自豪!

手越写越熟,我又开始给《南京日报》《扬子晚报》《服务导报》写稿,认识了不少热情的编辑。《南京日报》"家庭"栏目的彭凌大姐经常给我写信或打电话,既给我鼓励,又指出我稿子的不足,谈她对文章结构的想法。照理说,编辑如果觉得稿子不成熟,完全可以弃之不用。彭凌大姐却不是这样,记得有一次她打电话给我,建议我修改《对门的男人》一文。还有一次她随退稿附来短笺,谈对《门前的枇杷树》结尾的修改意见。这种热忱让我感动不已。《扬子晚报》"繁星"栏目的朱淑清编辑,更是经常给我短札,指导我如何修改文稿。她还建议我多读废名的散文,从中汲取营养。《现代家庭报》"围城内外"等栏目的编辑,几乎每个人都给我写过约稿信或就文稿中的一些问题进行商榷。真的要感谢"桥"架起了我与这些编辑之间的桥梁,让我见识了优秀报人的事业心和责任心。那六七年间在南京各大报纸上发表的几百篇文章,我足足剪贴了6大本,成为我最早两本散文集的主要素材。

人与人之间究竟有没有君子之交?许多人说没有,但是写作的经历却真真切切地告诉我:有,一定有。给报社投稿的时候,不少人劝我说不要费那个劲了,编辑不认识你是不可能用你的稿子的。事实却不是这样。从南京的这些报纸,到北京的《解放军报》

《文艺报》《中国人事报》《精神文明报》，再到一些杂志，我都投过稿，与编辑素不相识，但不少稿件都得到了回应。那时候写稿都是手抄，用普通信件邮寄。在每天几麻袋的稿件中，编辑能拆开你的稿件，通读并录用，足以说明他们公道、正派的职业道德。这让我对人与人之间的关系有了一种不偏不倚的认识，也时常涌起一种温暖、亲切的情愫。

　　不长不短的人生旅途中，我们时常会遇到沟沟坎坎，需要有人引路导航。在我初涉社会之时，"桥"伸出了它温暖的手，引领我领略文字的神奇、人与人之间情感的美丽。在与张榴、傅新岸、彭凌、朱淑清等编辑交往的过程中，我也生成了恒定不变的人生观，那就是，在别人遇河无渡之时，不要悭吝，不要袖手，用你的微笑和真诚去架起一座彩虹般的桥。

　　感谢"桥"，感谢张榴，感谢人生旅途中为我架桥铺路的每一个人！

假如重做大学新生

对南京的许多院校来说，今年都是一个值得特别庆贺的年份，比如我的母校南京大学，以及与之同根的南京农业大学等，迎来了自己的110岁华诞。对我来说，今年也是值得特别庆贺的年份，因为我的女儿也步入了大学的殿堂。

5月20日那天，我没有去参加母校的庆典，只是在那天的傍晚，一个人来到了学校——我是一个喜欢独自咀嚼心情的人。北园和南园呈现出一派节日的气氛，到处悬挂着红色的标语，张贴着系列活动的海报。校园的每一个角落都行走着黑发和白发的校友们，在这里他们回归了"学生"这个共同的角色。校门前的商品部里，学子们争相抢购着校庆纪念品。我则径直奔向我的目标——我们中文系的系小楼。日落时分，我和老师同学们欢聚一堂，大醉而归。

9月7日，我送女儿去位于江宁的大学报到，心情竟像29年前自己当新生时一样激动。报到的人群排起了长队，平素急躁的我竟不急不恼。这是一所无论专业还是建筑都与我历史久远的母校无多少共同之处的年轻院校，然而大学的精神总是相通，葱茏的林木昭示着树人的理念和宁静的境界。那一天，我的午饭只有面包和矿泉水，却微醺而返。

今天，10月21日，与我住所一街之隔的南京农业大学刚刚落

下校庆的帷幕,想必盛妆仍在,110岁的她该是怎样的风采?清晨,我便迫不及待地走向了校园。果然是标语高悬,橱窗琳琅,操场的舞台正在拆卸,晨练的教工仍在谈论昨天的盛况。七点不到,操场的四周已满是晨读的学子,图书馆前已排起了队伍,更有不少学子背着书包疾步奔向课堂。想必,昨天庆祝活动的热浪,更增添了年轻人只争朝夕、奋力拼搏的激情吧!这一幕幕,让我沉思而回。

为同学的情谊而大醉,为女儿的起航而微醺,为学子的勤勉而沉思。这三次校园行,有一个问题总是萦绕耳畔:假如重回校园当一名新生,我会怎样去做?

我想,假如重回校园做一名新生,我一定会更加珍惜光阴。大学一年级时我有一张学习计划表,几乎雷打不动地坚持。然而,随着年级渐长,我慢慢失去了这份耐心,跟着感觉走代替了按照计划做,跟着潮流动代替了随着心灵走。最后一次晨读埋葬在哪里?最后一次夜读消逝在何方?

假如重做新生,我一定要更加尊重我的老师。流连在系小楼前,昔日老师的影像纷至沓来,而他们中的不少人已经作古。重做新生,我不会放过他们口中吐出的任何一颗珠玑,会与他们共同度过更多的时光,减少对他们的畏惧,探求他们的学识,了解他们的生活,留作漫漫人生中温暖的回忆和坚定的支撑。

假如重做新生,我一定要更多利用浩瀚的图书馆。我会明白,知识之海永无涯际,我既要从老师那里汲取营养,更要从图书馆增加内储,老师的学识加上图书馆的赐予,会使我兼容并蓄,内心博大,无往不达。回头去想,许多名著都没有读过,哪怕当时一目十行地翻翻也好啊,不会成为今日无法补偿的空白。

假如重做新生,我一定要更多去听名家的讲座。我会明白,一个好的学生,不在于每门课都能考出5分,而在于有广博的知识和研究学问的潜力。透过名家的讲授,我们既能增长学识,更能从他们走过的路途中发现走向成功的独特之处,渐渐养成自己不同常

人的学术品格。

假如重做新生，我一定要放轻踏上系小楼的脚步。我会时刻记得这不是一栋普通的建筑，而是赛珍珠的故居，我会更多一份景仰的心情。曾几何时，系小楼成了一家经营单位的所在地，令我们惋惜不已。然而，今年5月20日那天，我欣慰地发现，这里已竖起了赛珍珠的塑像，建成了赛珍珠的纪念馆，这才体现了南大应有的文化啊！我轻轻踏上台阶，透过关闭的门窗向里注视，向赛珍珠，向我的老师们表示深深的敬意。

假如重做新生，我一定会更加坚守宁静的心田。投入职场二十多年，经过了多少颠簸碰撞，尝过了多少酸甜苦辣，才深深懂得，心灵的宁静何其珍贵！执着的守望多么难得！在喧嚣的红尘中，我们多么渴望有一片属于自己的沉静天地！重做新生的我，会以淡泊淡定自勉，更加辛勤地浇灌自己的心灵之花，让自己在日后漫长的红尘奔忙中永不失纯真的本色。

人生不是草稿，重做大学新生再无可能。然而，清晨经过校园洗礼的我，却依然要固执地写下这些文字，既给自己一份难得的宁静，也给作为新生的女儿一片殷殷的期待。这份永不能实现的假想，却让我沉浸在精神的愉悦里，沉醉于对女儿成长的憧憬里……

随风而至

　　这是一个有着微微凉风的夏夜。走进中山门，总觉得有股熟悉的气息扑面而来，果然，伴随着轻轻重重传来的话语，迎面走来两个微醺的战友。一番情炽的话语之后，我忽然就有了止步的念头，于是，走进月牙湖公园，坐在露天的长椅上小憩。

　　夜色使一切变得朦胧，变得虚幻。抬头望着沪宁高速公路上来来往往的车辆，忽然就觉得仿佛在看一部动漫片。然而，真真切切的是，公路的那一头就是我居住过18年之久的半山园，如今近在咫尺而又难以相亲。莫非迎面而来的战友就是上天着意的安排，来对我做往事的提醒？

　　几年前坐公交车上班，几乎天天路过中山门，会见到一些故友旧雨，让我觉得与半山园仍有着某种关联。现在坐地铁上班，车在地下行驶，便全无了地理的概念，只盼着快快到站，谁会去想地面上对应着的是哪方水土！今夜与战友命中注定般的相逢，不由得使往事随风而来。

　　世上有哪一个高人，能够说得清人与人之间的际会分合？一个"缘"字让人似乎心中了然，细思却又更加扑朔迷离。今天相遇的一位战友，我进半山园之初就与他为邻，以后住房调整、部门整合，交往渐少。离开半山园6年来，几乎从未谋面，亦无短信联系。未想他今年转业，居然单位与我同在一栋大楼。相遇之时，不由喜出望外。在单位楼梯碰面时，总会感到时空交错，恍如当年，日日

相逢在那栋原是民国政府盐务局所在的大楼里。

时光倒流、亲切如昨的感觉油然而生的那一刻,才知道,生命的过往从来没有离开过我们,而是在心海的某一片沙滩上静静沉积,经潮起潮落的冲刷而呈现不同的景象。想得起那栋办公楼里每个处室的方位,想得起每个人的笑容,想得起每周一在教学指挥中心的大交班,想得起春秋季开学时的升旗,想得起每周两次的清晨出操,更想得起听了18年的起床号和熄灯号。自己坐过的五个办公室里面的陈设更是历历在目,仿佛触手可及;身上的钥匙里,仿佛仍有一把能够打开其中的一扇门;办公室里来来往往的战友跃然眼前,呼之欲出……

人生为什么要有相逢?因为个体是孤独的,我们需要朋友,我们需要伴侣,我们需要与人同处的广阔空间。人生为什么要有分离?因为永远的相聚使生命单一,安逸的相伴使斗志消沉,我们需要领略新的生命风景。有人说,永远待在同一个地方,生命可能完美,比如攀到了职级的顶峰;但却不完整,因为他没有看到外面的世界。这句话确实很有哲理,但完全可以把功名之类的内容剔去。永远守着同一片天地,没有孤单,一派祥和,这固然是一种完美。然而,没有分离、没有挑战的人生难以到达深醇的境界。只有在分离中,透过模糊的泪光去怀想,然后擦干眼泪去打拼明天的天空,才会对人生不断有新的领悟——这领悟、这思索,引领我们走向新的成功,引领我们短短的一生逐渐靠近完整。

从时间上说,过去的东西永远不会再来,而从精神的积淀来说,过往的一切其实从未消失,它们融化在我们的血液里,隐匿在我们的举手投足里,和我们如影随形。我们今天的一切都是过往的所有铸造的,戎装的"我",正在内里坚定地支撑着今天的"我"。谁说往事如烟,随风而逝?在与战友邂逅的这个夏夜,所有的往事恰如花香,随风而至,沁满心脾,弥漫星空……

那聚集的灯光

那天,战友的孩子过百日,酒席设在明故宫一家熟悉的酒店。大厅里华灯齐放,五彩变幻的灯光聚集在战友溢满喜气的脸上。我忽然想起,8 年前,也是在这个大厅,我们系在这里为喜获军队"育才奖"的袁彩锦教授庆功,袁教授也是站在战友今天的这个位置,发表了热情洋溢的讲话。而几个月前,不过耳顺之年的他已远行天国。抚今追昔,触景生情,我心黯然。

作为部队的优秀舰艇长,袁教授年轻时奉调学院,从此潜心于潜艇战术研究,孤灯长卷,矢志不渝,终成海军首屈一指的专家,更是我们系的顶梁柱。记得那天当他用浓重的阜宁话致辞时,我站起来打断他:"请教授用普通话演讲!"顿时全场笑声一片。我离开海军已整整 6 年,那欢腾的场景如在昨宵,瞬间便物是人非了。记得我卸任时,袁教授才 50 多岁,还和我探讨过他 60 岁后能不能延续工作时间的问题。按他的成就和贡献,作为高级专家延迟退休应不成问题,而今天,他的心愿已成为让人长叹的断肠之梦!

酒酣情炽,战友很快进入微醺状态。过来敬酒时,他突然也想起在这个大厅的往事。当我告诉他袁教授已仙逝的消息,他骤然酒醒,许久才说出一句:"时间过得真快啊!"

是啊,时间过得真快啊!这是我们回首过往之时常会说的一句话,然而只有我们身边人的倏然离去,才会令我们对时间的飞逝产生深深的惊悸。去年这一年里,学院的陈冬元教务长、图书馆的

许遗锁馆长都在壮年时相继离去。教务长耿直率性，常和我纵论家国天下，直说得倦鸟归巢、暮色笼罩。大约三年前，在富贵山最后一次遇到他，他嘴衔烟卷，开言仍是那样慷慨激昂，并说如有我的文笔，定将一生沉浮付诸笔墨。许馆长正直自律，平素话语不多，默默耕耘，却在我第一本散文集面世时与我长谈一次，并说要在退休后也把自己的经历写成散文。如今，远入云端的他们已成了我们的回忆，他们的心愿成了永远无法实现的遗愿。从前，唱着那句"天之涯，海之角，知交半零落"之时，不解其中真味，如今回望前尘，轻轻唱起，悲凉浸彻心头。

都说人生如戏，我们都在戏中扮演一个暂时的角色，都有卸妆谢幕的时刻。长长短短的人生，完全可以浓缩成眼前这一个大厅里正上演的剧目。热力四射的灯光，甘美醇厚的琼浆，悠扬回荡的歌声，让这出戏灿然炫目；初生婴孩熟睡的恬静，母亲欣慰的笑容，众人同贺的欢腾，让这出戏充满生的意趣。我们的知觉和理性被这华美的场景完全蒙蔽，我们也许会以为人生俱是良辰美景乐事，因而张扬无忧；我们也许会忽略眼前相聚的人儿，自信后会有期；我们也许因为自视甚高而对别人有所轻慢；我们也许只把他人的祝福当成耳畔之风。然而，总有一天，当灯光俱灭，帷幕闭拢，剧中人甚或是我们自己告别舞台之时，我们才会痛彻心扉地悟到，纵然人生如戏，假如我们多一点警醒，多一点珍惜，我们的角色原来可以扮演得更好，我们的戏原来可以更加精彩啊！

"钢琴和小提琴的旋律依稀可闻，从楼下丝丝缕缕地升上来。"这是小说《生命中不能承受之轻》的最后一句话。那晚，特丽莎和托马斯在灯下翩翩起舞，特丽莎体验到奇异的快乐和同样奇异的悲凉。悲凉意味着"我们处在最后一站"，快乐意味着"我们在一起"。这其实不是特丽莎的觉悟，而是昆德拉的警示。记住吧，人生总是快乐和悲凉同在，或快乐注入悲凉，或悲凉融入快乐。对生命的长度不要过于自信，对时间的玄奥当存适度忧惧。我们随时可能处于最后一站，让我们用心珍惜"在一起"时那聚集的灯光。

枉凝眉
——怀念张希隆政委

　　每岁新年将至的时候,我总要给几位老首长发去拜年的短信。然而,今年,我再也无法给张希隆政委拜年了。虽然他离去这九个月来,我一直未舍得将他的号码从手机中删除,也一直不愿意相信这冰冷的现实。然而,此刻,当我欲问无凭时,我终于相信,我们已是天人相隔了。

　　与希隆政委在半山园相处的日子,在这思念的季节从岁月的那头依依浮起。

　　记得新千年第一年的8月27日,希隆政委从海军大连舰艇学院奉调到我所在的海军指挥学院。我作为干部处长,随同院领导一起到机场迎接。在机场的出口处,我首次见到了他,清瘦、挺拔是我对他的第一印象,清瘦、干练是他对我的第一印象。当天的接风晚宴上,由于旅途劳顿,再加上离开了他工作、生活30多年的大连总有些不舍,他话语不多,只喝了二三两酒,但看得出他的实诚和爽直。

　　相处日多,渐渐加深了对首长的了解,他果然是一个非常实在、正直、率性的人。从政治部主任到学院副政委,他从没有官架子,从不摆谱,脸上永远挂着和蔼的笑容。他爱好文学,写作水平高,骨子里有着我熟悉的书生气。作为政治部主任,他手握干部进出、升降的"生杀大权",但从不弄权,他对看人办事、看菜下碟之

风深恶痛绝。他一再嘱咐我干部人事工作要守规矩、讲程序,作风正派是头一条,不管什么人交办的事,这一点定要把握。别人给他的条子,他总是交给我,让我按政策办,让我叮嘱当事人一定不要去找他,更不能给他送礼。他的正直和守规使今天仍在从事干部人事工作的我受益终身。同时,他非常爱才,好几次有部队干部自荐,他看完简历后觉得是个人才,立即就让我按程序进行考察、提出建议。我们从自荐干部中选调了不少学院建设需要的教员和行政干部,其中一些人转业后成为省、市、区党政机关的骨干。

首长的真性情还体现在饮酒如水的豪情上。接触多了才发现,原来,初次见面时关于他不善饮酒的印象竟是错觉。一直从事文字工作的他算得上是个文人,也许文人多半与酒有着不解之缘。作为部属,我经常陪同他参加工作上的接待,他喝酒从不分三六九等,从不厚此薄彼,人敬一杯他必还一杯,决不会做"跑冒滴漏"之事,给大家留下深刻印象。作为农家子弟,他饮食上没什么讲究,酒前总是要吃一小碗阳春面,然后就很少吃菜了,高档一些的菜他几乎不动。我们了解他的习性后,就多上一些诸如老虎菜(一种东北凉拌菜)、芹菜炒香干、炒猪肝这样的家常菜,他便会怡然动箸。席间,幽默的他也常常会开玩笑,比如他常说他是"副政委"(注:学院副政委),我是"政委"(注:系政委),所以他这个副职应该敬我这个正职。类似的玩笑有许多,我们竟也"欣然"接受。他退休后,每每到南京来,我们这些深谙他习性的老部下,都会选善做家常菜的寻常菜馆为他接风,用一碗阳春面和几个土菜便"打发"了他,不用像接待有的领导那样有这样那样的思想负担,真正是心里非常轻松。

首长单身在宁,不免孤单。所以,有不少个晚上,我都在他的宿舍陪伴他。他的宿舍在我家前楼,风清月白的姣好夜晚,首长会约上三五下属到他家小坐。只是从食堂打回来的几个家常菜,加上东北烧酒或是啤酒,我们就能找到酒逢知己的感觉。这个时候,也是听首长谈人生经历、生活感悟的良机,他的许多思路、对大块

文章的构思,都在此时汩汩涌出,我从中学到不少诀窍。因为部里和学院许多重要公文都是我执笔,也因为我常常为其他部门写"救急"的文章,希隆政委人前人后常常不吝啬对我的赞扬。其实,无论他在哪个场合说话时,我都用心听着呢,过后稍加整理便是一篇好文章。更难得的是,他不仅谈自己的成功,也谈自己的挫折教训,告诫我们一定要牢牢记取,引以为鉴。酒至微醺、喝好不喝倒是他的信条,每晚九时半向远在大连的夫人和女儿报平安是他的"纪律"。那些夜晚,看他有点微醺时,我们便提醒他赶紧给家里打电话,然后等他洗好澡、安顿上床后才放心离开。天长日久,我们和首长形成了亦师亦友的深厚感情。

忆起在半山园的日子,总有歌声从远处飘来。首长喜欢唱歌,且歌喉清亮。那时候,学院有个自己的接待餐厅叫"半山酒家",其中的南海厅配了卡拉OK设备。酒酣情炽之时,我们总会请求首长一展歌喉,增添情兴。他最喜欢唱的歌是歌颂母亲的《人生第一次》、嗟叹爱情的《枉凝眉》、咏唱无锡的《二泉吟》。他并不完全按着音律走,更不模仿原唱,而是用自己对生活的理解诠释着这些歌,真正是情真意切、丝丝入扣,让我们百听不厌、深受感染。对我来说,最喜欢听的便是《二泉吟》了,因为无锡是我的家乡。我跟着首长学会了这首歌,并在某一个重听有感的夜晚,写下了一篇怀念故土的文章——《无锡的雨》。

因为心目中将首长视为兄长,所以在他面前,我总是袒露真实的思想,不会有丝毫的掩饰。在我提升副师职一年后,考虑到自己尚不到四十,很想到地方工作,接受新的挑战,领略新的风景,使自己的人生之路更加完整。当我向首长汇报自己的思想时,他先是竭力挽留,让我往前看,争取更大的进步。在得知我心意已决后,他转而支持我的想法,并爽朗地表示我可以和他"同进退",因为他已将届退休之年了。在我转业选岗后,他虽然觉得与我所学所长不对口,但还是发了一条长长的短信鼓励我,是金子总会闪光,让我一定要好好干,干出成绩来。短信的最后,他用了"必须的"

三个字和一个感叹号来加重他的期许。在我转业不久，首长也退休回到了大连，我们真正实现了"同进退"。我想，这也是和首长相处多年结成的一种缘吧？

退休后，首长基本上每年都会抽空来南京看看。虽然在南京工作的时间并不长，但他已把南京和大连一样看成自己的第二故乡，他舍不下战友，放不下弟兄。每次他回来，我们都像过节一样，天天陪伴左右，长时间不见面的战友们也得以欢聚一堂。他依然是那样挺拔，依然是那样善饮，依然是那样风趣，依然是那样充满朝气和热力。他常常说的一句话是，希望我们都能活到九十九，那时还能喝三两酒！我们衷心地欢迎他回来，真诚地希望他信守"常来偶不来"的诺言，急切地盼望着来年重聚时刻的到来！

2012年的年底，我们终于又一次盼来了首长，然而一同到来的却是让人不敢置信的消息，首长因患癌症在军区总院手术。我闻讯前去看他时，手术后虚弱的他躺在病床上挣扎着要起来，我连忙把他按住。直到此时，他心中想的仍是别人。他说，不要告诉大伙儿我来了，我们感情不一样，大家会难受，等我稍好些把大家聚起来说道说道。他嘱咐孩子尚幼小的部属，千万不要让孩子来看他，不要带孩子到病房来。我寄希望于出现奇迹，未料他春节后再回南京时已是不能进食，骨瘦如柴了。春节后的一天，最后一次去看他，他坐在床上打着点滴，双眼迷离，口不能语，不辨来人。我不敢相信，一个腰板如此挺拔的人，一个永远充满欢笑的人，就在这短短的几个月中，竟至形销骨立，让人无法相认了！我不忍再睹，含泪离开了病房。

那几天，我反复在网上听着首长最喜欢的那几首歌。随着"我第一次听到的哟是你的喊，我第一次看到的哟是你的脸"的高亢歌声，我清晰地看到了首长在半山园深情演绎这首歌时的音容。音容宛在昨日啊！要做一辈子娘的铁蛋蛋的您，怎么舍得就这样离开年近九旬的老母亲！说好了99岁再相聚啊！才66岁的您，怎么甘心就这样离开您的战友和兄弟！

　　奇迹终于没有出现。2013年清明节那天,首长驾鹤远行。我一直无法接受这个残酷的现实,近一年来,常常会在午睡中或是深夜时惊醒,想到他正躺在一个毫无温度的冰冻世界里,心便坠入无边的深渊,再也无法入睡。想起他时,我耳畔总会响起《枉凝眉》的哀婉旋律。我知道人死不能复生,凝眉也是枉然,悲愁又有何用!然而,对曾与希隆政委朝夕相伴的亲人和战友来说,在这遽然的生死离别面前,又怎能做到愁容舒展、坚强如许!又怎能不泪眼蒙眬、肝肠寸断!"若说没奇缘,今生偏又遇着他;若说有奇缘,如何心事终虚化?"空落无着的我,怅惘无解的我,只有虔诚地掬一瓣心香,写下这无力的文字,寄托无尽的哀思……

当时只道是寻常

　　早晨,常常会多坐一站车到古林公园下,穿过天津新村去大院上班。我完全可以不走这条线路的,这样的选择,只是为了重温一段年轻的岁月。

　　对天津新村的最初知晓,是因为同学益民到了省级机关工作,他的宿舍在河海大学的后面。星期天,他会经常邀我和三五同学去他那里小聚,我们会一起骑着自行车穿过马鞍山路,再穿过天津新村去他的宿舍。那时,在我们这些刚刚走出校门的学子眼里,省委大院和天津新村都是非常神秘的地方,我们很为益民踏上社会就能有这样好的开端而感到高兴。那群御风而行清风满袖的年轻人仿佛仍在眼前,但时光却已流走了20多年,当时感到平常不过的事,如今却成为再精彩的笔墨也写不成的诗行。

　　在益民去了省级机关的同时,我来到海军指挥学院成为一名海军军官。在这里,我遇到了银林,他后我一月从南京大学分配来到学院。那时的部队院校,地方高校毕业生寥寥无几,许多人认为我们不会安心在部队长干,也很难在军事院校有所成就。可是,我们却都坚守了下来。我从军18年,他比我时间更长,如今仍在海军司令部担任要职。这是后话。

　　真正想说的是,因为银林,我和天津新村结下了更深的缘分。结婚以后,他的爱人在天津新村分到一套小居室,就在新村的门口。夫妻俩都热情好客,于是,每到星期天,我们几家就会倾巢出

动,直奔天津新村而来。银林的爱人是标准的贤内助,做得一手家常好菜。特别是,他们常会把从老家如东带来的海鲜拿出来与大家分享,喝着在南京喝不到的浓浓鲜鲜的海鲜汤,汤热、心暖、情炽,每次我们都是不醉不归。

那些日子,是再寻常不过的周末,描画出来也是平淡无奇。不过是幼小的孩子们在地上玩着玩具,时而笑着,时而哭闹。男人们在一起抽烟,女人们聊着家常。孩子们吃饱了就会跑下桌去玩耍,等女人们也没了耐心陪喝得正酣的男人,男人们乐得少了管束,端起大杯喝个自在痛快。这是许多寻常人家相聚都会有的景象吧?但是,随着这些画面越来越被时光带进更加幽深的隧道,谁能不在怀想之时涌起深深的眷恋之情!

岁月总是越走越远,几乎没有任何生活景象可以一模一样地重现。随着时间的推移,好友们的工作单位都发生了变化,各忙各的,相聚真是谈何容易!随着生活条件的改善,大家的房子越换越大,越住越远,于是相聚变成了奢侈。随着儿女的长大,忙于课业的他们,难得有心情参加父母们的聚会,相聚也就少了几许情兴。那种儿女欢腾、大人酣畅的场面是难以再现了。曾住在天津新村的银林,与我现在本可以只是一墙之隔的银林,从南京到了青岛,又从青岛到了湛江,再从湛江到了北京。忙碌的他,会有闲暇想起他住过的这间小屋,想起年轻的朋友们欢聚的场面吗?

寻常的生活为什么会在日后引起不寻常的感受?是因为凡人的生活总是由平常的东西组成的,而这些平常的东西中往往包含着不凡的情谊。当时光带走过往,当友邻飘零四方,寻常事物所蕴含的不为人察的深厚情谊,会在岁月之窖中发酵成醇厚的老酒,让人沉醉不已。

"谁念西风独自凉?萧萧黄叶闭疏窗,沉思往事立残阳。被酒莫惊春睡重,赌书消得泼茶香,当时只道是寻常。"每天,当我走过天津新村,走过那间曾经记载着年轻的我们珍贵往事的屋子,就会想起纳兰性德的这首词,对寻常生活中蕴藏的不寻常生起无限的感慨和深长的回味。

瞬间永别

　　人事处发来我的简历让我核校,我按着时间顺序一行行看去,过往的一个个"我"迎面走来,忙忙碌碌中无暇想起的往事一幕幕浮上心头,惊觉时光流转之速。

　　我看见了大学时代的我。我的本科和研究生阶段一共有6年,6年不算短,如今想来,似乎也只用课堂学习、林中漫步、少年出游几个画面就可以浓缩。简历里有我在学生会任职的经历,回想起来感慨万端。20世纪80年代初期,改革大潮风起云涌,我是学校第一个通过竞选产生的学生会主席。那时候年轻气盛,既想学习好,又不想耽误社团工作。犹记得在全校学生大会上我的"豪言壮语":"要以我们的实际行动表明,我们南京大学学生会在改革的浪潮中一定会走在前列。"现在想来真是初生牛犊不怕虎,任何一个领域的改革都谈何容易呢?这是思想的较量、利益的博弈啊!蓦然回首,我清瘦的身影和稚嫩的话语早已与学生会那栋被拆除的小楼一道,被时光轻轻淹没。

　　我看见了初入军营的我。应招入伍后,我来到海军东海舰队干部教育训练中心,和同期分配到舰队的10名大学生一起,参加新兵军政训练。当时觉得三个月的时间何其漫长,在烈日下踢正步、每个姿势要停留十分钟的滋味真的是不好过啊!训练完毕后我回到海军指挥学院,又足足站了三个月的门岗。过往的官兵们都会对我指指点点:这是个研究生啊,怎么让人家站门岗呢?当时自己也有几分委屈呢!今日细嚼,那段时光不是对我耐力和意志

的最好考验吗？如今再想去守卫这所海军最高学府的大门都不可能了！后来的我，又去军委应急作战部队代职，在舰艇上过了半年的时光，克服了晕船，适应了出海。在异乡半年的时间当时觉得孤寂难捱，但今天不加思忖就能迅即在脑海掠过的，也只是海鸟追逐着战舰、急浪拍打着舰舷的几个片断了。

军旅生涯18年，年复一年，日复一日，做了多少事呢？应该说是不计其数的。然而，站在此刻的人生坐标点上看过往，也就是不停地写公文、不停地接电话、不停地开会、不停地出差吧，和首长、战友们之间有过多少亲切的交往和相聚呢？然而，现在也只能是偶尔相见，再也回不到从前。

大学毕业后，我的工作和生活圈一直在南京东郊。现在，这里正日益成为一块风水宝地。在马群，有我人民海军的一所医学专科学校，为海军培养了大量的医护人才；后来，这所学校划归陆军；再后来，这所学校奉命撤销。虽然学校不存在了，但它的建筑依然都在。因为工作关系，以前我经常来这所学校，所以对它有一种特殊的亲切感情。前几天去马群，发现学校的建筑正在被一栋栋拆除，原来这里已属房地产开发商所有，高档住宅很快就会拔地而起。站在主办公楼前，望着楼头我熟悉的"严谨、勤奋、团结、创新"的校训，感伤之情油然而起。我尚且如此，在这所学校工作了一辈子的战友们，他们的心头此时必然会荡起涟漪吧！他们会觉得几十年的相依原来是那么短暂！当这所学校从海军分离出去时，我们和它是暂别，而今天真的是永别了！我用手机拍下了学校落日下的景象，让它成为我永久的珍贵记忆。

因为一份简历，思想走得很远；因为一份简历，对人生有了新的感悟。当我们身处人生的某一阶段时，也许觉得漫长，也许觉得平常，也许觉得无奈。而时过境迁转头追溯之时，你会发现，是我们经历过的点点滴滴才汇成了今天的我们；曾经的人和事，在时光的长河里都只是短短的一瞬，而就在这瞬间，一切都已远去，一切都已成为永别。

为了永别，珍惜今天。

人生因回忆而美丽

周末的早晨,向紫金山勉力攀爬途中,一阵清冽的山风忽然就把我的思绪吹向多少年前一个同样充满热力的清晨。那是我们南京大学中文系 1983 级的同学们第一次集体攀登慕名已久的紫金山。近 30 年过去了,这一记忆非但没有褪色,反而随时光的流逝更加清晰。同学们的笑闹声仿佛仍在山间回荡,遥遥领先的同学似乎此刻就在山顶等着我们。多么美丽的回忆啊!忽然就悟到,人生是因回忆而美丽的,人生是因回忆而丰富的。

人生是一条长河,是记忆和回忆把这条长长的河流连缀起来。假如人类只能感到此刻的欢愉,那么这种欢愉必定是转瞬即逝的,因为"此刻"永不停留。是记忆,把每一个"此刻"变成了"永恒";是回忆,将每一个"此刻"反复回放,使我们的情感得到一次次的累加和冲击。多少年里,对初登紫金山的回忆,使得"紫金山"作为一个地理名词在我的脑海里反复印刻,更作为一个情感符号在我的心海里不断强化,情感的体验因此而日趋丰富,人生彼时此时的阅历相互联通之时,顿感生命不可言说的美丽。所以,我们要感谢上苍赋予了人类记忆,让哪怕只发生过一次的美好往事也永远不会消失,让我们能永远观赏和回味由我们自己担当主角的生活大片。

回忆带给我们的,既是一种仿佛触手可及的亲近感觉,更是一

种有距离的审美感受。回忆之时,不同色彩、不同性质的往事纷至沓来,使我们感受到融合和碰撞的漂亮。我们因着眼前的景象,不仅会回忆起往日美好的人和事,也会勾起一些伤心的甚至是痛苦不堪的回忆。这种种记忆交织着、触碰着,使我们忽而激动,忽而不安,忽而温暖,忽而清冷,情感就在这种色调的变换和浪潮的起落中得到审美的享受。回望往事之时,我们的情感就像多变的大海,时而如浪涛欢腾地奔向海滩,时而又如潮落后的沙滩一片冷寂。我们就像坐着"过山车",时而有冲至天际的惊心动魄,时而又有骤然坠落的惶恐无着。隔着时光的珠帘遥望着这些曾真切发生在自己身上的事,重温、悸动和咀嚼之时,情感也受到了洗礼和刷新。"寻寻觅觅,冷冷清清,凄凄惨惨戚戚",李清照的怀人词充满了回忆之时的五味杂陈,寻觅来的爱情记忆中必然有无数的温暖片断,而眼前的冷清空落又使人坠入无边的深渊。既然斯人已去,词人就只能靠着这种种回忆而使自己重回过往,体验一种时光重来的美好感情。所以,回忆中的一些相反或对立的事物也常常会让人感受冲撞之美,给予人更加丰富而深邃的人生体悟。

即使是对苦难、挫折这一类东西的回忆,不少人怀有的也往往不是厌恶和仇视,而是一种对人生逆境终究转成人生财富的感恩之情。知青生活粉碎了无数人的青春梦想,给许多人带来了苦难和噩梦,但为什么回溯之时人们更多的是一种怀恋?因为,尽管知青生活改变了人的生活航向,但却在另一个层面提升了人承受苦难的韧性和张力,提升了人的精神高度。有人说:所有的青春都是美丽的,哪怕青春中充满了苦难。在知性和达观的人那里,青春的苦难也同样美丽!当然,回忆还具有选择性。对于心理承受力不甚强或者不愿去回忆伤情往事的人,他们完全可以选择那些美好的人和事去回忆,而将那些不愿触及的往事尘封在记忆的深处。

得到、失去,成功、挫折,功名利禄、是非成败,这些人生中我们都要遭逢的东西,在情过境迁的回忆中都早已不是弄人的现实,而只是一些情感体验的画面,或深深怀念,或一笑置之。生活在"此

刻"的我们,大可不必对这些事情过于执着、过于计较,而只需认真地做好当下的事,读好手头的书,爱好身边的人,走好脚下的路,让我们的人生回忆里多一些美好的事物,多一些轻快的画面。

　　人生因回忆而美丽,并非我的妄言。在非常重视终点教育的西方国家,学者们一直试图通过研究濒临死亡现象来解开死亡之谜。根据临床死亡后经过抢救复生者叙述的濒死经验,濒临死亡的人躯体轻盈飘扬,被旋风吸到巨大的黑洞口,飞速穿越;在黑洞尽口闪烁的光线间,已逝的或尚活着的亲朋好友在迎接他(她),一生之中令人愉快的重大经历在眼前一幕幕飞逝而过;他(她)的躯体和宇宙融合在一起,同时得到了一种最完美的情感。无论这种说法是否最终能被科学所证实,我们宁愿相信,在人生的最后一刻,是对亲人和美好事物的回忆使我们感到自己的人生美丽无比,正如苍老的露丝在她最后的梦里又来到了"泰坦尼克号",又遇到了她的杰克一样,美好的回忆会使我们今生无憾、含笑远行。

当地铁穿过黑寂的隧道驶上高架，笼罩车厢的黑幕蓦地揭开，车厢骤然灿亮起来。紫园的阳光霎时洒满我沉睡一夜的心房，让我彻底走出梦的抑郁，感受到人间的光明和温暖。

——《马群的阳光》

穿越城市

漫步在我的清晨

新年正月的一个周末，晨曦微现，我已行走在通往月牙湖的大街上了。习惯了日日步行的我，在不上班的日子，也会早早起身，漫步在属于我的清晨。

或许是连日阴雨的缘故，直至天色大亮，路上依然行人寥寥。在短暂的空落之后，我忽然感到从未有过的辽阔和疏旷。在这几无行人的清晨，这条平素车水马龙的大街差不多整个属于我了啊！我拥有了它的全部，它所有的直线和曲线任由我流连抚摩，这种彻底相拥的感觉是多么美妙啊！然而，差不多是在同时，我突然就发现了自己的虚荣。刚才我为什么会感到空寞和失落呢？难道这样的漫步是要做给人看的吗？而既然只是独自身心的休憩，又为什么要在乎有多少同行者、有多少向你投来关注一瞥的路人呢！

自我的检讨令人汗颜，原来，快到知天命之年的我，仍然非常在乎别人的感受啊！即使在这样的独自漫步之时，也不希望被别人忽视和忽略，也不希望自己是寂寞的行者。

其实，随着向生命深处不断漫游，每一个人最应该忽略的，莫过于别人的目光。在职场的交往上，在日常人与人的相处中，我们自然要恪守孔夫子"己所不欲，勿施于人"的训导，注重别人的感受，不对人做讨嫌的打扰。然而，随着涉世愈深，在生活的许多方面，我们更应该持一颗旷达之心，认真倾听自己内心的声音，忽略

那些在我们年少气盛时以为很重要的事，忽略世俗的目光和点评。

比如，我们的功名之累既是自许甚高的一厢情愿，也常常是为别人背负的，其中有我们对别人功名的攀比和产生的不平衡，也有师长和亲人的过高期待。痛苦来自比较，欲望太强却又得不到满足，就会坠入烦恼的深渊。假如我们能看轻一点功名的分量，忽略一点别人的目光，把沉重的包袱放下，就会彻悟位再高、权再重，饭不过三餐，床不过三尺，寿不过百年，就会心安气顺。比如，我们的生活喜好常常顺应别人的好恶，人过半百就成年素面朝天，再不敢穿红着绿；老夫老妻虽满心希冀，却羞于在人前牵手而行。假如我们通达一点，就会释然，这些事又于别人何碍呢？只是我们自己的喜好和生活情趣罢了，为什么不能由自己做主？

想到我的写作。有人说：你能从平凡的生活小事中悟出人生的道理。有人则说：你是在无病呻吟啊！这些琐事有什么好写的呢？我以前也常为别人的评说所左右，也时常想罢笔。但今天，在漫步中有了新的反思的今天，我要说，业余的写作纯属个人爱好，是我早已习惯了的心灵生活的一部分，别人的评点是无关紧要的，我还是会继续无病呻吟的。在我身体无病、心智无恙的年华，作为一个鲜活的生命，任何一件平凡的小事都可能触发我的情思，就像这看似天天重复的散步，其实时时都会有新的感受。把这些感受付诸文字，是一个热爱生活的人对生命和世界的吟唱，是对自己心田和情性的滋润。平凡人的生活中哪里会有多少石破天惊的大事呢？对日月升沉的感慨，对草木枯荣的兴叹，对柴米油盐的吟咏，正是一个人生命力旺盛和情感充沛的表现，也是人生另一种形式的漫步吧。

在这样一个独自行走、思情奔涌的清晨，湖边的几个老人正用自己的专注诠释着"忽略"二字。他们凝神定气地演绎着太极的一招一式，经过的人，驶过的车，他们视而不见，充耳不闻，真正是精骛八极，心游万仞，沉浸在自己意念的世界里。我忽然又悟到，忽略，不必景空，而需心静。一个人只要有了自己的坚守，即使是

在嘈杂喧嚣的市声里，他仍能感受到如今晨清寞街衢一样的万籁俱寂。

　　盘点一下，在这短短的一生里，我们所追求和注重的东西，有多少却是身外之物呢？我们是否已为它们所牵累，为它们所驱赶？那么，放下它们吧！忽略它们吧！当我们的目光更多地转向自己的内心，我们就会轻快地漫步在每一个清晨，漫步在这属于自己的清新世界……

穿越城市

家住城东,单位在城西。每天,我都要两度穿越城市,看遍了风景,沉静了心境。

5 年前,带着对新领域的好奇和对未来的憧憬,我开始了对城市的穿越,穿越的工具是公交车和自行车。多年安于一隅的我把穿越设想得过于简单,总以为车行须臾可达,踏上路途才品尝了行路难的滋味。一个多小时的车程,走高速公路都可以抵达另一个城市了,而连续骑几十分钟自行车,在人到中年的我,也有些吃力了。

于是怀疑自己的选择,怀念过去的安逸,悔意渐渐滋生,心情愈加黯淡。

然而,我终究是明白活在当下的道理的,终究明白不能沉湎于过去。一段时间以后,我开始自我调整。首先,我把就寝和起床的时间各提前了半个小时。这样,当许多人还在梦乡的时候,我已经在公交车上了。这才发现,早起的风景真好,吐纳了一夜的空气是那样清新宜人,迎接太阳初升的感觉是那样神圣而具有诗情画意。更让我心安的是,莫道君行早,更有早行人,早起的人何其多也!人人都在为生活为亲人清晨即起、奔波忙碌的图景,总是让我生出久久的感动,感到别样的踏实。其次,我下班不再匆匆赶路,如果路途拥挤,我会选择先步行再坐车,或先坐车再在某一个站点下车步行。看着车辆在我的身后停滞不前,鸣叫不歇,心中便溢满战胜

慵懒、果断抉择的喜悦。

我开始放慢骑自行车的速度,并选择不同的路线,去看不同的景致。中山门是一定会经过的,路过承载着城市历史的博物馆,心中总是一片静谧。此后的路程便可以有多种选择了。有时我从清溪路拐向富贵山,途经我曾经工作过的海军最高学府,留下深情的一瞥。有时我从新街口骑向汉口路,穿过南京大学北园而往北京西路,重温学子的情怀。有时我从汉口西路穿行至上海路,忆念在这里聆听大师教诲的岁月。穿越城市的过程,于是变成了往事梳理的过程、情感洗礼的过程,过去之路、现在之路便在心中相互贯通,使我豁然开朗,车行不觉其累,路途不嫌其长,事务不厌其烦,一整天都会觉得充盈而饱满。

随着地铁的开通,穿越城市变得简便而快捷。家门口便是地铁站,照例是晨曦微现时起身,坐上头一两班地铁。到达汉中门后,倘或没有特别紧要的事,我会选择穿过乌龙潭公园步行去单位,下班则是同样的路线和方式逆行。没有像我这样从城东穿越到城西经历的人也许领略不到乌龙潭公园的疏淡景致吧?有着"南京小西湖"美誉的乌龙潭,它清幽淡雅的山光水色,总能抚平我焦躁的心。除妙香阁、放生庵等景点外,鉴于这里曾是曹雪芹故园的一角,20年前,经专家学者们倡议,在此落成了曹雪芹塑像,15年前建起了曹雪芹纪念馆。纪念馆门口蔡若虹先生撰写、刘浚川先生手书的"几番成败兴衰引来笔下幽思心中血泪,多少悲欢离合写出人间青史梦里红楼"联语堪称知人论世,让人回味不已。更让人心中生起温暖情愫的是,建馆的主要倡议者便是我的老校长匡亚明。每当经过沁芳桥上手执书卷若有所思的曹雪芹塑像,我就仿佛看见了老校长,忆起和他虽然不多却永志难忘的亲切交往。一天以这样的心情起始,怎会阴郁沉闷,怎会焦虑不安!

因为沿途的风光,因为心中的风景,穿越,从无奈变成习惯,从被动走向自主,从刻板转为生动。

如今,"穿越"是个非常时髦的词,从一个时空穿越到另一个

时空的电视剧频频上演,颇具人气。从现在穿越到千年之前也罢,从当今穿越到万年之后也罢,在我看来,这种虚幻的形式其实承载了现代化进程中人们憧憬、迷茫、欣悦、苦闷错综交织的种种心理。想来,我对城市的穿越也是一种精神之旅吧!穿越的是时空,更是心灵;释放的是体能,更是心绪。

真的,穿越城市的过程让我知道,有时候,最易拥堵的不是街巷,而是自己的心灵;最难穿越的不是时空,而是自己的思想。相由心生,境由心造,当我们能以一颗乐观旷达的心看待自身的处境,能勉力破除制约自己前行的思维障碍,能勇敢接受各种新的挑战,善于坚持,善于等待,善于调适,我们就完成了对自我的穿越,对自然和时空的穿越便相形见绌,穿越便成了一种独步人生、锻造新我的美丽境界。

家住城东,单位在城西。日复一日穿越城市的我,看遍了风景,沉静了心境……

左岸城东，右岸河西

那天傍晚去河西办事，方向感极差的我，走着走着就迷了路，忽然来到了金陵中学河西分校的门口。正值放学时分，一辆辆校车缓缓从校内驶出，开往城市的各个方向。我的眼睛一下湿润了，我分明看到了我那稚气未脱的女儿正坐在校车里，她的心正急切地奔向早已在城东迎候她的同样急切的父母。

是女儿，把我的生活从城东延伸到了河西，并天定般地从此与河西结下不解之缘。

女儿上初中前，我已在城东生活了14年，熟悉了这里的一草一木，心海里荡漾的是紫金山的葱茏，梅花山的烂漫，明城墙的凝重，半山园的古朴，对城东产生了相依相傍、相濡以沫的亲切情感。对河西一带几无印象，只有极少的几次，去河西看望大学的老师，除觉路途遥遥外，对建设中的河西没有太深的感触。而女儿，偏偏在初中择校时选择了金陵中学河西分校，于是，每周到河西看望女儿，成了那两年我们不变的日程。

当然是直奔校园！对于思儿心切的父母来说，选择最快捷的路线去学校都嫌过于漫长，哪会有心有暇去看河西的风景！所以，除感受了校园的简洁、大方、雅致外，对河西的风景仍是一无概念。心想，随着女儿初中生活的结束，与河西的缘分就中止了吧？

未料，在女儿初中生活的最后一年，脱下戎装的我，来到省委

大院工作。从大的板块来说,这里也属于河西了。工作领域是陌生的,然而,在情感上我对这块土地并无隔阂感。原来,女儿的初中生活是为我的今天做准备的啊!那段在城东城西来来往往的日子,是为我今天适应河西的生活做着心理的铺垫啊!

女儿求学时,我常常从城东奔向河西;今天,我天天从城东来到河西,又从河西回往城东。在这不息的往来穿梭中,我忽然就想到了塞纳河的左岸和右岸,忽然就觉得自己恰似一条小船,每天都在心的两岸间快乐行驶,感受不同风光,鼓动心的潮水。

辛夷坞说:每个人心中都有一条塞纳河,它把我们的一颗心分作两边。左岸柔软,右岸冷硬;左岸感性,右岸理性;左岸住着我们的欲望、祈盼、挣扎和所有的爱恨嗔痴,右岸住着这个世界的规则在我们心里打下的烙印;左岸是梦境,右岸是生活。

大抵如此吧?

在我,心的左岸是城东。它柔软,它是我成年生活的起始,岸上住着我生命中的大部分亲人朋友。它感性,城市古老的历史遗迹让人生起无垠的生命感慨和人文想象,岸上的一砖一瓦都能让我怀想不尽。从学校融入社会后所有的理想都在这里萌生,所有的奋斗都从这里起步,所有的爱恨都在这里消长。转瞬间,我在这里已生活了 25 年,那个读初中的女孩已是大学二年级的学生,我只有在梦里常常见到她童稚的模样。左岸啊,你真的只是梦境了!

心的右岸是河西。它冷硬,因为它是我生存的依赖,职业的依靠是多半会有些坚硬感的。它理性,河西还在生长,在拓升,在飞跃,发展中的蒸腾景象总会让我热血奔涌。在这块土地上,我必须要遵守职业所要求的各种规则,也会沿着从城东一路走来的足迹继续前行,踏着心灵成长的烙印,勤勉做事,恪尽职守,努力撑起新的天空。右岸啊,你真的是我实实在在的生活啊!

不过,不同于塞纳河,心的两岸也许是很难划分得泾渭分明的。打拼时的左岸也会冷硬,只是时空使我得以雾里看花;右岸又何尝不柔软?我一样遇到知冷知热的挚友、指点迷津的师长。两

岸的风光总有相似之处，一叶思想扁舟的摆渡更使得它们相通相融、蓊郁一片。左岸、右岸又慷慨地彼此给予滋养和支撑，使心灵之树根深叶茂。非常喜欢一句广告词：在城东，许自己一个未来。这是一则房地产的广告，然而却富有人文意味。在城东，我真的是许过自己一个未来的，那就是要走好每一步，过好每一天，做好每件事。我深知，好高骛远的空想赢不来明天，睥睨一切的狂妄只会输掉未来；美好的未来蕴藏于不忘初心的自励自警，起步于脚踏实地的笃定从容。城东的岁月润泽着我在河西的生活，给了我一种不会变更的恒心和信念。今天，我仍会在河西许自己一个未来，那就是永怀初心，不负城东。而河西的激滟风光，也映耀着城东的山水，让我回望出发的驿站，教我铭记生活的恩赐。我想，待到有朝一日结束了职业生涯，不管我居住在城东还是河西，怀想起走过的心路，左岸右岸激起的，一定都是温柔的浪花；两岸的生活，都会成为黄昏的我美丽的梦境。

那天的校车里，当然不会有我的女儿，然而，站在河西的土地上，我却恍惚看到自己正在城东的车站等候着归来的女儿，时空错失，意乱情迷。左岸城东，右岸河西。左岸是现在，更是过去；右岸是现在，更是未来。过去、现在和未来交织缠绵，难分彼此。眩晕的我只知道，涌荡于心的两岸之间的，是一泓潮起潮落的思念，是一澜难以诉说的情爱，是一海奔流不息的憧憬……

清晨，从卫岗开始

在南京的地铁站口，街巷饮品店中，路边广告牌上，报纸和电视上，你随处可以看到"清晨，从卫岗开始"这一清新的语句。也许，在你这只是一句很普通的广告语，而在我却会读出完全不同的意味，心头会有一种微醉的感觉。因为，卫岗是我的家园，我的每一个清晨真的是从卫岗开始的。

与卫岗最初的接触记忆犹新。那是 20 世纪 90 年代初，我和一个好朋友骑着自行车从半山园出发，去位于马群的海军医学专科学校。一直以南京大学为中心的我们，对于东郊是异常陌生的，所以才会不明就里地敢于骑自行车去马群。行至卫岗，那一长段陡坡迫使我们下车推行，疲惫不堪。而去马群长长的路也不像今天这样平坦而宽阔，我们足足骑了近两个小时才到达目的地，卫岗便与那段长而陡的坡一起留在了我的脑海里。

后来看了一些关于卫岗的史料，才知道卫岗是颇有历史文化内涵的，卫岗与明朝的往事密切相关，因明孝陵的卫戍部队孝陵卫曾驻守在这里的山岗上而得名。"卫"是明代军队编制的名称，明代各省辖区均分为数个防区，每区设卫戍守，卫所驻地均为军事重镇或要害之地。明孝陵是太祖朱元璋和马皇后的陵寝，故设孝陵卫驻守此地。孝陵卫的编制远比一般卫大得多，有时竟达万人。没有想到，现今看起来只是一段无奇斜坡的卫岗，竟有着如此深幽

的过往,对当年爬坡之苦的怨气也就烟消云散了。再后来,海军医学专科学校撤销,它的存在也成为历史。对海军有着深厚感情的我,每当路过卫岗,便会想起那一次的马群之行,心中对军旅生涯产生深深的缅怀。

也许世间万物真是有某种命定的联系,更没有想到的是,10多年后,我会成为卫岗的居民,我选择了这一带的美林苑为新的居所。做出这样的选择,只是因为与单位靠得近,步行不到半小时就可到达。值得玩味的是,美林苑竟也与民国的历史有关。这里原是宋美龄的跑马场,美林苑的取名便是用了"美龄"的谐音。而打出"清晨,从卫岗开始"的南京乳业集团,其前身便是由宋庆龄、宋美龄两姐妹创办的国民革命军遗族学校实验牧场。一个偶然的选择,使一段不见于正史的史实在我心中鲜活起来,对卫岗从此有了新的感情,这种感情因居住时间的增加而日臻深厚。

零距离置身于卫岗,真切体会到,南京千家万户的清晨都是从卫岗开始的。这里有全省最大的乳品加工基地,每天凌晨,一辆辆满载新鲜牛奶的货车从这里驶向南京的四面八方,使南京人的早晨芬芳弥漫、香浓四溢。而我的每一个清晨更是从卫岗开始的,日复一日,年复一年。在转业待安置的两年里,我从这里出发漫步月牙湖畔紫金山下,行走在大街小巷林木丛中,度过了悠闲从容的赋闲时光。而如今,从这里出发奔向新职场的我,沐晨风、迎朝阳,呼吸着每天清新的空气,感受着与卫岗的美丽情缘,心情总是轻舞飞扬。

读张小娴的《韩国是他的》,感慨万千。当你夸韩国的书制作很精美时,那位韩国朋友会说"真的吗?谢谢你";当你夸韩国的电影很好看时,他会说"是的,大家都很努力";当你说韩国的泡面很好吃时,他会说"太客气了,太客气了",好像整个韩国都是他的。是的,卫岗不是我的,我只是这里的一个居民。然而,我又确实把卫岗当成我的,为南京人的无数个清晨从卫岗开始而骄傲,为自己的每一个清晨从卫岗开始而自豪。

清晨,从卫岗开始……

每当人们从这里走过

今年的清明，虽然没有杜牧笔下雨纷纷的凄清，但清晨的风依然使人感到丝丝寒意。清明的天气似乎总是有些特殊的，似乎总在用乍暖还寒提醒着我们什么。漫步在卫岗坡上的绿树丛中，我又来到了韩恢的墓前。

这是一座坐南朝北的墓，单门冲天的牌坊上，于右任先生撰写的挽联赫然在目：杀身以成仁志在党国，崇封建华表永慰英灵。半球形的墓前陈放着两个花篮，近前一看为韩恢的孙辈所祭。这两个崭新的花篮，与陈旧简陋、年久失修的墓地形成色彩和格调上的鲜明反差，显得分外醒目。我不禁想，除了韩恢的后人，还有多少人会想起这位同盟会的老会员、黄花岗起义的谋事者、讨伐袁世凯的急先锋呢？甚至，有多少人知道他的名字呢？

1887年，韩恢出生于江苏泗阳。他少有大志，一心报国。在私塾读书时，先生教他《论语》《孟子》等书，他虽能背诵，却不感兴趣。当先生责问他为什么不好好读书时，他出语惊人："当今世界，列强林立，读此类东西，能兴邦强国、利我中华吗？"显示出与年龄不相称的博大志向。1908年他加入新军后，在军中同盟会会员的介绍下入会。1911年，他参与策划了著名的黄花岗起义，并在起义失败后保护黄兴冲出重围。1913年，孙中山在上海发出讨袁通电，韩恢被推为江苏都督，率军作战失利后，随孙中山流亡日

本,加入中华革命党。1922 年,陈炯明发动叛乱,炮击孙中山居住的粤秀楼。危难之中,孙中山急电召回韩恢,授以讨贼军总司令之职。韩恢亲自率领五百官兵与陈炯明激战,以少胜多,把陈军打得落花流水。孙中山被韩恢救出,离开广东赴上海。韩恢回到上海后,奉命重新组织人马,以期打开江苏局面,重建苏北根据地。未料,韩恢的行踪被江苏督军齐燮元侦悉,1922 年 10 月 28 日在其外出观剧时将其诱捕,押往南京。11 月 1 日,韩恢在南京小营就义,年仅 35 岁。中山先生闻讯异常痛惜,将其妻和幼子接到广州善加抚恤,1923 年以大元帅的名义追任韩恢为陆军上将,挽联中的"崇封"即指此事。1928 年 11 月 1 日,在韩恢殉难六周年之际,国民政府在南京第一公园烈士祠内举行了隆重的纪念大会。随后,将韩恢遗骸从小营迁葬卫岗,并专门建造了一座墓地,横额上阴刻于右任手书的"烈士韩恢墓道"六个大字,字下镌刻一对相互交叉的国民党党旗和国旗,韩恢成为较早入中山陵园区安葬的民国要员。

然而,烈士的英灵并未能永久安息。"文革"期间,韩恢墓遭到破坏,仅牌坊幸存,但也被推倒而断裂成数截。20 世纪 80 年代,南京市政府出资重修韩恢墓,并将其列为市级文物保护单位。断裂的石柱被重新接好,牌坊仍旧竖立在原来的位置,牌坊上原由于右任手书的挽联因无法找到原样墨迹,只能由"布衣楷圣"刘浚川先生重书,再刻于石柱上。由于安葬较早,韩恢墓原本就非常简陋,后由于周边不断进行道路和小区建设,墓地更被挤占压缩,已无墓园可言。我 10 年前迁居卫岗时就曾来拜谒过韩恢墓,年复一年,每次从这里走过,都为其偏居一隅、杂草丛生的荒凉景象而感慨不已。

今天,我们可以在茶馆边悠闲品茗,边平静地谈论当年仁人志士们所做的一切。然而,假如我们怀有一颗知人论世的体察之心,就可以深深感受到革命的极其艰辛和极端不易。革命,要时刻准备献出自己的生命,然而,史书上可能没有你的名字,后人也会把你淡忘,仿佛你从未来到这个世界。正如韩恢所做的惊天动地的

壮举,都只包含在史书上"同盟会""黄花岗起义"之类的名词之中,个体的作为被集体的荣耀所涵盖和淹没。是的,烈士参加革命不是为了名利,他连生死都可以置之度外,更不会去想到身后的荣辱,去计较后人的冷待。然而,怡然享受着先烈用鲜血换来的幸福生活的我们,终究不应该忘记他们。铭记他们,是为了昨天,更是为了明天。现在流行"穿越",我想缅怀先烈也是一种穿越,这种穿越比起回到秦汉唐宋的神话式穿越,应该更有意义吧!

当21岁的韩恢加入新军时,革命思潮风云激荡,他高兴地说:"此真吾辈之事业也!"他经常深夜外出参加革命活动,一天被队长发觉,责问他为什么深夜外出,韩恢从容地回答:"为思想啊!"队长问:"何为思想?"韩恢笑道:"队长为堂堂晋东学生,尚不知思想吗?"弄得这位队长张口结舌,非常狼狈。现在,是不是该轮到我们来自问:被网络、娱乐、麻将和肥皂剧充塞的我们,还能像韩恢这样全心全意地去追求事业吗?为物质、欲望、功名和利益包围的我们,还知思想为何物吗?

也许是因为这两个簇新的花篮,也许是因为见有人在拜谒,一对大学生情侣站在墓道外窃窃低语,但终究没有入园。虽然死后万事皆空,虽然烈士永无怨艾,多么希望,每当人们从这里走过,都能停下匆匆的脚步,对烈士投来崇敬的目光;每当人们从这里走过,都说这是多么美丽的生命之花……

马群的海风

马群没有海,然而却分明有海风扑面而来。

这里,曾驻有一所人民海军医学专科学校。现在学校虽已撤销,然而,驻宁海军部队的许多官兵,却定居于此,把这里当作永远的军港。

我,也是这许多官兵中的一分子。

每天清早,当我徜徉于站台等待第一班地铁,一轮红日从东方喷薄而出,清凉的晨风从站台与天际相接之处阵阵吹来,我总是闻到大海的气息,一个熟悉的旋律在耳畔响起:"我爱这军港的早晨,早晨的空气凉爽清新,绚丽的朝霞映红天际,白浪花捧出了红日一轮。啊,军港的早晨,多么壮丽,多么动人!军旗和太阳一同升起,报道着新的一天已经来临。"当地铁渐驶渐近,地面微微震颤,多像起锚时轻轻摇晃的军舰。当地铁缓缓驶出站台,我总有着奔向大海的激动和憧憬,迎着猎猎的"海风",我告诉自己:新的一天从这里起航了!

每天晚上,当我走下站台,对面医校的住宅楼已是灯火点点。我就会想,这高架上的站台,多像我们的军港;这住宅楼里的灯光,多像岸上官兵宿舍的簇簇灯火!对大海的思念便不可遏止地涌上心头。

这才知道,离开军队6年的我,从来不曾忘怀大海。

这才知道,海在舟山,海在湛江,海在青岛,海更在我的心里。

　　似乎早已适应现在工作领域的我，每当走进这个小区，亲切感总是油然而生。虽然对面相逢，有的人我一时想不起他的名字，但我知道，他们都曾是大海的儿女。这一个个将妇挈子悠闲漫步、看似寻常无异的人，都曾是人民海军优秀的舰艇长啊！为了海军教育事业，他们离开军港来到南京，孤灯青卷，甘守寂寞，以院校为大海，以课堂为战场，在三尺讲台上传授着战略战术，奉献着自己全部的智慧和才华。院校整编、脱下戎装之时，他们也曾泪湿衣襟，甚至抱头痛哭。然而，拭去了泪水，他们又抖擞精神，在南京的四面八方开辟了新的战场。我深知，平平静静行走在小区中的他们，心里却如大海一样汹涌澎湃，他们的心头永远有海风吹拂，永远洋溢着海鸥追逐战舰的诗情，他们带着海风赋予的情怀，在新的领域倾心书写新的诗篇。

　　不消任何言语，无须任何表白，你就可以感受到他们对大海的深情。几乎家家的客厅里，都陈放着一只战舰模型；几乎家家的装饰柜里，都珍藏着大大小小的海螺。小区的名字原先叫"栖霞军休所"，这些大海的儿女们却执着地给它起了一个有海味儿的名字：紫金海岸。这个朴实无华的名字，既表达了对海的思念，又倾注了对第二故乡南京的热爱。在我们的心中，大海已与紫金山下的南京融为一体，不可分割，东郊密密的丛林，就是辽阔的大海；这里的松涛阵阵，就是海风的呼唤声声。

　　每天清早，当我驻足站台等待第一班地铁，朝霞染红了天际，清凉的晨风从遥远的所在拂面而来，我总是闻到大海的气息。站台对面的楼里，有我朝夕相处的战友；他们的心里，有我永生难忘的大海。我默默地对他们说：亲爱的战友，新的一天开始了，让我们从这里起航，开辟生命里更加美丽的湛蓝！

马群的阳光

与马群的情缘，是我在人民海军服役的一大收获。在马群，曾有海军的一所医学专科学校，因为工作的关系，我常常到这所学校来。每次当车停在教学楼前，下得车来，便觉得这里的阳光特别明媚，天地特别寥廓，一股城市没有的清新空气带着太阳的味道拂面而来，令人神清气爽，心摇神荡。

若干年后，这所学校撤销了，一块空置的土地被用来建造我们两所院校职工的住房。我所在的单位在中山门内，许多人不愿意离开城市住到这所谓的乡下。然而，当我第一次来看还是框架的居住楼时，我便爱上了这片土地，只为那明朗洁净、宽宏无涯的阳光。

我选择的住所，每个房间都有明窗，每个角落都那样敞亮，让你踏进门的瞬间心也为之绽放开来、晴朗起来。而8米长的阳台上，更是洒满了阳光，一直到下午三四点钟仍是暖意融融，让你满足地感觉到太阳的偏爱和私宠。

那时候，我正赋闲在家。两年的时间里，我几乎天天乘坐公交车到马群，不嫌夏日的阳光灼人，尤喜冬日的阳光拂照。我在这里读书写作，闲坐遐思，前路虽未见晨曦，心中却是阳光一片。

这两年，有了地铁，从我的居所去马群只需10多分钟。双休日的早晨，我会迎着初升的太阳踏上去马群的地铁。当地铁穿过黑寂的隧道驶上高架，笼罩车厢的黑幕蓦地揭开，车厢骤然灿亮起

来。紫园的阳光霎时洒满我沉睡一夜的心房,让我彻底走出梦的抑郁,感受到人间的光明和温暖。而当地铁经过医校,在这里相识的战友和师长的面庞总会清晰浮起,亲切的话语在耳畔回响,心中经久不落的太阳与这大自然新生的太阳无间相合,放射出夺目的光芒,照亮了马群,照亮了整个世界。

进得住所,拉开所有的窗帘,推开所有的窗户,阳光团团簇簇奔涌而来,让你无法抗拒。打扫完卫生,泡一壶茶,笃笃定定地坐在阳台上,或手执一卷信手浏览,或闭起眼睛任阳光抚摩。清醒也罢,眩晕也罢,且与这慷慨无边的阳光合为一体,飞舞飘荡。

马群的阳光如此充沛明朗,是因为这里的土地仍没有被林立的高楼占尽。比起城市,这里依然拙朴开阔。从遥远地平线上冉冉升起、高至云天的太阳,它的光亮抵达我的住所时,没有打一丝折扣啊!这怎不叫人满心欢喜!从我客厅的窗口望去,对面的楼群离我已有两三栋楼的间距,阳光可以向我无隙照耀。从我家的阳台上望去,对面的楼房最高层也没有达到我这一层的高度,阳光可以对我无阻挥洒。在南京,真的很难找到这样宽敞无遮的阳光地带了。所以,打开网络,你到处可以看到"马群地铁,阳光之旅"的售房广告,如果不是因为自己也是马群的居民,我定会认为这是虚言妄语。

马群的阳光如此澄净明澈,还是因为人的心境吧!想当年,这里是宋代金陵驿所在地。1279年的深秋,抗元失败被俘的文天祥,在被押往大都的途中路过金陵,抚今追昔,触景生情,写下了"草合离宫转夕晖,孤云漂泊复何依。山河风景元无异,城郭人民半已非"的苍凉之句。秋日夕阳西下应是令人心醉的美景,但因为满怀亡国之恨,在文天祥的心中,哪里还有什么阳光?在他的眼中,哪里还有什么夕阳景致?而欣逢盛世的我们,沉浸在这样君临尘世、和煦无垠的阳光里,自当是另一番心境了。

陶渊明说:"结庐在人境,而无车马喧。问君何能尔?心远地自偏。"其实身在人寰,地远心也自静的。马群少了城市的喧腾,

多了乡村的纯朴,踏上这片土地,平素为冗务杂虑扰乱的心,一下便会安静下来。我常常斜倚在阳台的藤椅上,闭上双眼,什么也不愿意想,就那样沐浴在阳光中,待最后一丝光线游移而去才睁开眼睛。独坐阳光下也是一种生活啊! 闲坐阳光里又有什么不妥和不安? 老树画画的诗说:"动念多少烦恼,枯坐亦是生涯。但倚江边衰柳,何必惦记黄花。"此时,根本不去想什么历史的真伪,想什么人生的目标,想什么职场的是非,就这样半醒半睡度过一个不宏大、无意义、没内容的下午,从外到里让阳光透视,从里到外让阳光翻晒。谁能说这不是一种人生? 谁又能说这样的一个午后是一种浪费?

　　人生是一个渐有领悟、渐入佳境的过程,马群独有的灿烂阳光让我若有所悟,而每有所悟又让我更爱马群没有纤毫杂质的阳光,使心灵升华到更新的境界。就这样歌咏着马群洞透澄澈的太阳,拂去心的尘灰,满怀爱的情愫,亮亮堂堂地迎接每一个新的清晨,快快乐乐地拥抱爱你的人给予的温暖阳光……

我在新街口

自从地铁开通后,我都是坐地铁上班,天天经过新街口。播音员用英语播报的"新街口"三个字常常让我忍俊不禁,既不是普通话的发音,也不像老外的口音,别别扭扭的。就这样天天随着那怪腔怪调的播报经过新街口,心里平平淡淡,没有生起过什么特殊的情感。

忽然有一天,当又听到那声怪异的播报,地铁停驻在新街口时,我忽然意识到,因为我处于隧道之中,新街口对我来说只是一个地理名称了,我已感受不到地面上那个热力迸发、生龙活虎的新街口了。而新街口对我来说,本该是鲜活生动的啊!

思念,疯狂地生长。我终于去了一趟地面上的新街口,那真真切切的新街口。

随便走走,漫无目的。

繁华不入眼,喧闹不入耳。视听所及,没有什么中华第一商业圈,只有我的青春、我的大学。大学时的星期天,常常是在新街口度过的。

犹记得1983年的9月,上大学后的某一个星期天,我第一次去新街口。从南京大学后门的广州路出发,顺着中山路上的南京画店,经过延安电影院和一个邮局,便来到了新街口。对清贫的学子来说,首选的不会是商场,而一定是书店。中学养成的隔几个星期就要去书店的习惯,就此延续下来。虽然囊中羞涩,不可能大量

购书,但携得一两本自己喜爱之书欣然而归的感觉,真的不亚于南面而王啊!

不光是我,许多同学的星期天都是在新街口的书店里度过的。只要看到喜爱的书,是顾不上下一周的菜金够不够的。下午从书店归来后,大家争相交换浏览买回的书,诉说着喜悦的心情,全然忘了明天在食堂里将会遭遇的窘迫。

印象最深的一次,是书店举办书展,组织了许多平素买不到、价格又不贵的经典书籍。那天的书店,在门外和相邻的工人文化宫都摆上了密密的书摊,真的是人头攒动、川流不息。那天我去了两趟书店,而余宁、李特南竟然去了四趟! 原因是回来后一看,某某竟然买到了那本自己心仪已久的书,心里一痒,便拔腿又去。我至今记得余宁最后一趟回来时天色已黑,他一直呱呱地说个不停,兴奋得难以自控。平时生活费就很紧张的李特南,为此至少啃了一周的馒头!

第一次去新街口的我,到了中午饥肠辘辘,过了学校食堂开饭的点,又不知该在哪里吃饭,便顺着学校的方向往回走。走到长江南北货商店的一个巷子旁,忽见一小店热气蒸腾。快步向前,喜出望外,原来竟是一家馄饨店! 对于我这个无锡人来说,没有比馄饨更有吸引力的午餐了! 花一毛七分钱买了一碗小馄饨,大约两毛钱的样子买了两只肉包,便成就了一顿美美的午餐,并从此爱上了南京的辣油小馄饨。可笑的是,对道路和方向没有什么概念的我,每次到书店回来后,都会去那家店吃馄饨,哪里会想到南京这样的小店比比皆是呢!

长江南北货商店,是在这篇文章里绕不过去的话题,这是做学生的我去过的靠近新街口的唯一一家商店了。这家南京有名的特色商店,经销各种时鲜瓜果、南北干货、名产蜜饯、特色炒货,分设海产珍品、腌腊糟醉、干菜调味、酱菜腐乳、糖烟酒茶奶粉和罐头等专柜,汇集了全国各地著名的土特产,让人觉得"到了长江,就到了家乡",年节时店堂里常常是水泄不通。学子不可能常常光顾这

里,我只是在放寒假前,会在这里为父母选购一些食品,表达儿子的孝心。记得在这里买过的东西有板鸭、肉松和饼干。今天,站在"东亚快餐"的门前,回想着曾经的长江南北货商店,心里涌起无尽的感慨。

中山路上的邮局,对当年的我来说是一个标志性建筑。我天生方向感差,常常不辨东西南北,全靠着一些建筑物来认路。到了邮局,我便知道书店快到了。人生就是缘。巧而又巧的是,后来,我妻子的一个好朋友退伍后就在这个邮局工作。我曾经来找她买过一些杂志。更早的时候,当我在海军部队挂职时,在军区当通信兵的她,竟把我妻子(当时还是女友)的长途电话接到了舰艇上!如今,当我驻足邮局,恍然感到,无论是从学业还是情感来说,这座民国建筑都是我青年时代的一个驿站啊!

那时候大学生最普遍的文化娱乐生活就是看电影。我们去得最多的是长江路口的胜利电影院和管家桥的延安电影院,记忆里似乎延安电影院的票价更便宜些,所以去得也多。记忆最深的是有一次延安电影院举办世界名著影展,许多同学都省下饭钱去买票,过了一个在那个年代非常奢侈的文化大节。不少同学的星期天都是买书、吃小吃、看电影"一条龙",物质、精神双丰收,岂不快哉!

大学毕业参加工作以后,我住到了城东。曾有许多个星期天,我步行到新街口,只是去那熟悉的书店逛逛。悠闲漫步途中,我仿佛又回归了那个青涩的学生,大学生活的种种场景汇聚而来,令我心潮涌动。后来,人到中年的我,很少去新街口买书了,似乎也没有生出过什么怅惘。然而,今天的新街口之行却让我晓悟,在我的心里,一直有着独特的"这一个"新街口,它不是闹市,也无关繁华,它记录着我的学子足迹,奔腾着我的青春心情。

昔日,我曾在新街口。

今天,我又在新街口。

我正站在一个熟悉的地方。

我又不知身在何处。

贯通

从前在南京大学做学生的时候,知道沿着学校后门的广州路可以走到人民医院。后来做了半山园的居民,发现广州路和珠江路原来一脉相通,珠江路的西头是南大,东头则是半山园了。世间的道路原来是既各成其径、又相互贯通的啊!这点简单的发现,却让人心头有豁然开朗的感觉。

转业后到了现在的单位,两年多一直坐公交车上下班。去年地铁二号线开通了,下班时,我便从北京西路出发,沿草场门街、国防园步行至汉中门地铁站,飞驰的地铁十多分钟便可以把我带回家园。有一次和同事谈起下班的路线,同事说:你走远路啦!沿天目路过虎踞关,从人民医院对面的乌龙潭公园穿出去,便可以直接到汉中门了,路程要近很多!

人民医院?从这里很快就能到人民医院?人民医院在我心目中曾是何其远也!试着走了一趟才发现,只需20分钟便到了广州路的西头。这样,人民医院—广州路—南大—珠江路—半山园,终于在我心中形成了一条清晰的路线,它们因我人生经历的转折而连贯起来。

世界上既然有着星罗棋布的大街小巷,而又要让人们入得其内,出得其外,想必它们多是能相互贯通的。桥归桥,路归路,不愿意尝试着走走新路,甚至不愿意把已走的路稍微延伸一下,是一种安于现状的慵懒思维。好莱坞影星马修·莫康纳常常因为迷路而被朋友取笑,但他却怡然享受迷路的快乐。他说:"只要能到达目

的地,欣赏一下沿途的风光,那又何妨?这种感觉就像我们上高速公路时,前面有七八条车道可供选择,每个人的选择不同,看到的风光也就不一样。"我想,莫康纳的"迷路"是一种暂时的表象,他知道条条大道通罗马,总能找到前进的方向,而且他因尝试走不同的道路而欣赏了人生的不同风光,岂不快哉!

大自然妙手天成的景象总能给我们以深刻的启迪。自然之路是如此四通八达,生活之路又何尝不是息息相通?行走在广州路上的我学文,行走在珠江路上的我习武,行走在北京西路上的我从政。虽没有能力攀上事业的高峰,但前一条道路积累的阅历和情思都能助我走好人生的下一条路。在我初到军营心理不适之时,80多岁高龄的导师写信开导我抛弃狭隘的书生之见和迂腐的学究之气,认为既有一定的文才,又经历基本的武事锻炼,就具备了服务社会的基本能力,不愁前方无路。回望来路,正是导师宽阔的眼界和广博的心胸帮助我打破了路与路之间的阻隔,让我看到了更加广阔的前景,增添了我走好人生每一步的勇气和信心。

都说孔子、孟子、老子和庄子既是文学家,又是哲学家、思想家。其实,在那个至今令人缅想的百家争鸣的时代,先贤们何曾把自己设定为什么家?在他们的心目中,又何曾有文、史、哲的分野?在把天道和人道合为一体的祖先那里,不同的学术相互贯通、浑然无隙。国学大师陈寅恪先生以诗证史,以史证诗,思想的通达使他独辟学术的新径而为学人高山仰止。在众多领域取得杰出成就的季羡林先生在他研究某一课题稍觉疲累,沿着一条小路去另一住所写他的《糖史》时,学术的道路早已相互贯通。在当今这样一个信息高速公路互通互融的时代,不同的学术流派自然要有门户之别,但绝不能囿于门户。不妨变陶潜"门虽设而常关"为"门虽设而常开",打开门出去走走其他的路,也敞开门让别人进来看看你走的路。如果我们都有这样的胸襟,那么,这个时代会因路与路的贯通、思想与思想的交汇而更加丰富多彩和大气磅礴。

就这样安心地走着

"和上回一样,我们在街上踱步,偶尔随意走进一家店里喝咖啡,之后又继续踱步……我们只不停地踱着步。幸亏东京还不算小,不管怎么走总是没有尽头。"这是《挪威的森林》里一段描述,渡边和直子就这样漫无目标地在落叶飘零的东京街头走啊走……喜欢这一幅画面,也许是暗合了我的某种生存状态。多少年来,我就是这样不停地在一条条街巷里走啊走,只不过我心里没有直子那样的阴影,我有的只是随遇而安的泰然。

27年前,我只身来到了南京。某一个星期天,我从广州路步行到新街口的新华书店,并在一个小巷子里初尝了热辣辣的南京小馄饨,从此爱上了这条路线,爱上了那条巷子,爱上了那一句南京独有的"阿要辣油啊",来到异乡的不适很快消失,我安然地度过了我的大学时代。

大学毕业后,我成了半山园的居民,从此我便行走在半山园一带的街巷里了。喜欢明故宫的落日斜阳,喜欢博物馆的深邃博大,喜欢后宰门里巷的林林总总。工作之余,我会在小街上慢慢闲逛,怡然享受耳闻目接的一切景致。我知道哪家的水饺最正宗,哪个摊位的蔬菜最新鲜,哪个大排档的生意最红火,哪个书店的书最有品位。天长日久,与小街彼此相熟,每当走过,店主们都会向我亲切点头,微笑问候。

从军一年后，我从南京去了舟山，体验真正的海军生活，"把驻地当家乡"的信念使我很快爱上这个千岛之城。海上生活是孤寂的，然而，我却能从中找到属于自己的乐趣。军舰停泊码头的时候，每当吃过晚饭，我便会邀上三五战友，一起漫步在岸上长长的小路，小路旁的山景总会让人有新的感怀。节假日，我会一个人走出这条长长的小路，穿过一条刚修的隧道，在不大的舟山城随意地走着看着，然后随便找一家小饭馆，点上一菜一汤改善一下生活，度过一个自由惬意的假日。当我半年后离开舟山，竟有些对故乡般的依恋了。

由于自己的坚持，由于想领略更多的生命风光，18年的从军生涯在某一天画上了句号，我开始为期两年的赋闲生活，我也从部队大院搬迁到了月牙湖边。两年的时间里，我以月牙湖为圆心，继续一圈圈地走啊走，在街道、超市、商场，在湖水旁、城墙上、山麓下，处处留下了履印。我坚信，岁月的积淀会使人更加成熟而丰厚，这一信念支持着我雍容地走过这段在别人看来寂寞难熬的赋闲时光。

走啊走，我走到了一个新的大院，又走到了一条新的小巷。每天，当许多人还在梦的尾声游弋时，我已经登上了地铁或公交车。不觉三年过去，我早已习惯了大院的花木葱茏，习惯了小巷的琳琅满目。徜徉在大院，我是愉悦的；行走在小巷，我同样能感受到一种亲切。

不要以为我是在说行路，我其实是在述说着自己的人生感悟。生活是没有既定道路的，无论走哪条路我们都要安心从容。从军之初，人们说我一定难以适应，孰料我戎装一穿就是18年；代职舟山，大家说作为书生的我一定无法习惯海上生活，谁知我克服了晕船，放下了架子，很快和战士们打成一片，离开之时难舍难分；闲居岁月，有人以为我一定会百无聊赖，我却坚持在书海语林中漫步，两年出了两本文集；转业履新之时，不少朋友为我的选择感到惋惜，料定我会心态失衡，而我却安然地走到了今天。做学生，就与

校园相偎相依;当军人,就与大海融为一体;是书生,就与文字永不分离。到哪座山就唱哪里的山歌,上哪条船就喊哪里的号子,我们需要学会扮演多重人生角色,步履稳健地走在一条条不同的人生路上。

人们常把随遇而安看成一种消极的人生态度。其实,在变幻莫测的生活面前,我们真的需要一种淡定和从容。无论行走在哪条路上,认真地做好自己的事情,快乐地欣赏沿路的景致,终不会一无所成。白居易说:"心泰身宁是归处,故乡可独在长安。"只要以豁达的心态去看待生活,只要不钻进思维的死胡同,无论行走在地球上的哪一条街巷中,我们都能找到故乡的感觉,都能求得精神的归宿。

我还会像渡边和直子一样,慢慢地沿着生活的道路不停地走下去。也许我也漫无目标,但我心里不会有直子那样的阴影,因为我深深知道,生活永没有固定的道路,更不会一马平川。既然如此,又何必常常心有戚戚,又何必总是瞻前顾后,不妨就这样安心地走好脚下的路吧!

生活的景象处处相似

离开二条巷好几个月了，今日因得友人的邀约重来，耳闻目接的一切都格外亲切，与小巷相守的日子又温情回放。

因为工作的需要与小巷结缘，一年的时间里，履印遍布了小巷的各个角落。每天清晨，我就会成为巷子里的早行人，感受早点铺热气蒸腾的景象。巷子里的早点铺，几乎可以囊括所有的平常早点。一年下来，我知道谁家的豆浆最浓，谁家的馄饨最鲜，谁家的面条最有特色，谁家的包子最具风味。我总是认为，生活就是行走，一种永不停顿的行走。基于这种认识，无论到哪里，我都喜欢独自漫步。工间休息的时候，我会在小巷里慢慢踱步，什么目的也没有，就是随意地走着、看着。天长日久，熟悉了巷子里的各色店面，熟悉了菜场的分类布局，熟悉了来来往往的面孔。看着巷子里或奔忙不休或悠闲品茗的人们，听着小商贩们的叫卖声和无休止的车声人声，就此读懂了巷子的主题，那就是柴米油盐酱醋茶。于是又想起从前走过的各种小巷，便又悟出了一个道理，那就是生活的景象处处相似。

最早存于记忆中的巷子，是故乡那条长长的棚下街。穷人的孩子早当家，我上小学的时候便提着篮子去这条巷子里的菜场买菜，或拿着布袋去米店买米了。星期天，也会和小伙伴们一起去巷

子里的废品店卖报纸、旧书本或牙膏壳。和这条我离开不久的二条巷一样，棚下街最多的店面也是早点和食品店，最诱人的面点是肉馅的玉兰饼和刚刚出锅的葱油饼。犹记得，下午四五点钟的时候，人们总是排着长长的队，在等着新鲜出锅的玉兰饼和葱油饼。民以食为天，寻常的巷陌能有什么奇特的景象呢？不过是人们为生活而奔忙，为生计而劳碌。如今忆起来，巷子里林立的各色店铺、恬静的小桥流水、穿梭的不息人流，多么像一幅久远的《清明上河图》啊！

　　来到南京后，最早接触的小巷便是同仁巷了。因为那时还在上大学，做学生的我，是不可能有许多时间来逛这条小巷的。知道它，只是因为有同学发现了巷子里一元钱一份的猪肝肉丝小煮面。店面虽小，但人气颇旺，每次去都要等一阵才能候到座位。今天看起来非常普通的小煮面，对当时的我们来说却是异常奢侈的消费了。对小煮面出锅一瞬间鲜香扑鼻的记忆是那样深刻，以至于后来我无论在哪个面条店，眼前都会浮现出同仁巷那家面条店弥漫的热气。假如能有时间多逛逛这条小巷，我想我一定也能发现更多与二条巷相似的景致吧！

　　成为半山园的居民后，日日行走的便是后宰门小街了。小街上有一家很大的菜场，有林林总总的饮食店、服装店、理发店、杂货店和小书店。在这条小街上流连的时间最长，与多数店面的主人和菜场的菜农都已相熟，见到了总是会打个招呼，价钱上从来都不用担心有诈。最喜欢这里一家小吃店的馄饨和水饺，每个星期至少要光顾一两次。小书店则更成为我散步的必到之处。小街是如此丰富多彩，生活的日常所需几乎不用出小街就能满足，多半的朋友都集中在这个区域里，工作的节律也早已适应，十多年下来，便与这条小街息息相通，休戚相关，似乎永远离不开它了。

　　然而，生活永远不会停止。几年前，随着搬迁，我来到了苜蓿园的老街上；随着转业，我又来到了新的单位。又能有什么不习惯呢？苜蓿园老街的景象与后宰门街又能有什么大的不同呢？无非

还是那些相似的店面,还是那些车声和人声,还是那些上学放学的孩子和辛苦接送的老人,还是那些上下班的人们和轻快漫步的学子,还是那些沿街吆喝的小贩和卖唱的盲人,还是那些吵吵嚷嚷的夫妻和撒娇使性的情侣。而在新的职场里,一样能遇到真情的知己、友好的同事。无论哪里的街巷,都离不开"民生"一词;无论哪里的职场,都离不开"生活"二字;而人们一切的奔波劳碌,都演绎着对人生对家人对亲朋持久的爱。

在小巷里,生活的景象处处相似,有热闹和喧嚣,有轻松和闲适,有争执和不悦。放大小巷而为大街,而为城市,而为国家,生活的景象又何尝不是处处相似?太阳每天照常升起,生活的剧目每天继续上演,生命中的旅伴每天来来往往。所以,不必惧怕新的街衢、新的道路。正如哈代所说的那样:人生意义的大小,不在乎外界的变迁,而在乎内心的经验。只要我们拥有善于发现和欣赏的丰富心灵,无论行走在生活的哪条道路上,都能感受到同样充满热力的景象和充满情爱的景致。从容面对每一条正在行走的道路,自信迎接每一个新的早晨吧,因为生活的景象处处相似。

公园和医院

　　人民医院的对面,是乌龙潭公园。把公园建在医院对面,也许是偶然的巧合,但细细寻味,却很有意思。

　　公园里鲜花盛开,绿树婆娑,一派欢乐;医院里一床难求,病患呻吟,几多愁苦。公园和医院,实在是代表了人生"乐"与"苦"的两极。

　　日常的生活中,人生的两极似乎隔得很远。风华正茂的青年怎能想到愁病相仍的老境?"春风得意马蹄疾"之日又怎会想到"屋漏偏逢连夜雨"之时?然而,相隔如此之近的公园和医院,却让我们顿感人生的两极原来相邻而居,近在咫尺。

　　每天上下班,我都会行走在医院和公园之间的马路上。是否,人生的过程就是从公园到医院这条短短的马路?马路上,车水马龙,熙来攘往,在繁华热闹、喧腾如许的景象中,幸与不幸的一切都可能发生。人生的苦与乐、悲与喜、祸与福、顺与逆、安与危,都不是绝对的,瞬间就可以转化,正如几分钟就可以从医院到对面的公园,也可以从公园到对面的医院。

　　可悲的是,我们常常会抱着单向的思维。医院里的病人常常会灰心丧气,认为生命中再无风和日丽;公园里的游人往往会快然自足,以为生活中永无雨雪风霜。

　　自然对人类的提示常常别出心裁,生活对人心的拯救往往自出机杼。把公园建在医院对面,真的很有意思。心旷神怡地走在

公园里的人,假如看到对面的医院,能多一份人生多舛的忧患和珍重生命的清醒;满怀愁绪躺在医院里的人,假如想到对面的公园,能多一份战胜疾病的勇气和憧憬未来的信念,公园和医院就都成了我们怡情养性的地方。

而无论是公园还是医院里的人们,假如都能从公园和医院的比肩而领悟到生命的短暂,人生最重要的不是虚妄的功名利禄和虚浮的门庭若市,而是此刻在阳光下与心爱的人携手同行,而是自己和亲人的健康平安,而是人内心的恬淡静谧,我们就没有辜负生活独特的警示。

生活的学校比比皆是。只要你有一颗善于发现、善于领悟的心,这对面矗立、相视无声的医院和公园,就是我们生命的最佳课堂。

一个人的车站

越来越走向中年的深处,早晨醒得越来越早了。中年以后的这一普遍规律无非是提醒世人:生命的长度越来越短了,起床吧,去看人间的风景吧;珍惜吧,别浪费大好的时光了。

于是,今晨,六点未到,我已经在地铁站口了。门还未开,我就坐在街边闲望着稀稀落落的行人和车辆。六点,地铁的大门准时开了,扶梯而下时,一股凉风迎面吹来,吹走了我最后一点困倦。进得站去,方意识到我肯定是"前无古人"的,往身后看,也竟然没有一个来者。哦,今晨,这是我一个人的车站啊!

离第一班地铁的到来还有整整 20 分钟,我从站台的这一头走到那一头,就这样来来回回地走着。漫步于这空阔清寂的站台之时,忽然就想到,人生不就是从这一头走到那一头,这一站走到那一站,几个来回就走向终点了吗? 每个人,无论是尊是卑、是贵是贱,他人生的最后一个场景必然是一个人的孤独徘徊——所相伴的人一定会先他而去,"一个人的车站"是每个人都不可避免的大结局。

因为无论怎样相爱,最后我们总会只剩一个人,所以,我们才那么热切地期望,在这短短的人生旅途中,能有一个心心相印的人与我们一起构筑"两个人的车站"。记得年少时看过一部苏联影片,就叫《两个人的车站》,是部爱情片吧,情节已全然忘却。但我记住了这个名字,这个极具象征意义的名字。回望我们和恋人在

一起的日子,何尝不似一个又一个站台?我们和爱人在一起的日子,更是"长亭复短亭"的驿站之旅,我们相亲相爱走过人生的一站又一站,最后,来到孤寂感伤的一个人的车站。

人生之旅不是"一"和"二"那样简单的数字哟!我们会经历多少无法用数字表达的忧愁苦痛!在"两个人的车站"里,我们会有多少无奈的擦肩而过!大学放暑假时,我去看望初恋的女友。那时,我们分手两年了,但毕竟还是同学,是好友。告别的时候,站在她家的窗前,静望着默默的流水,她说:"你唱首歌给我听吧。"于是,我轻轻哼起了那首《小站》:"记得那是夏季,雨季多风又多雨。不知有意还是无意,两颗心互相躲避。面对面两列火车,擦肩各奔东西。也许是命里注定,有相聚就有分离。哦,忧伤的一出戏。"分手的时候,苦痛萦怀,彻夜难眠。多少年后的今天徐徐回望,擦肩而过却给了人深醇、厚重的记忆,小河边的告别留给我多少悠远的美感!走过了一个人的车站,才知道爱和被爱的温暖。

一个人,经历过了爱情的伤痛,才会有来自崩裂处的新生;一个人,独自徘徊在人生的站台,才知道真情的可贵;一个人,多想想人生残酷的结局,才知道把握此刻、珍惜所有。

如果人生能够重新来过,我的爱人,我和你的第一次,一定要相约在清晨这静寂的车站。我会先来等你,如今晨一样。我从车站的这一头,你从车站的那一头,慢慢地、慢慢地走到一起。当我们相拥的那一刻,在这两个人的车站里,呼啸而过的第一班地铁为我们热烈轰鸣、放声高歌……

头班地铁无座位

　　每天清晨,我几乎都是坐头一两班地铁上班,头班地铁的时间大约是 6 点 15 分,第二班地铁的时间大约是 5 分钟后。时间长了,我发现了一个规律,稍微迟一些倒反而有座位,而头一两班地铁竟是座无虚席,站着的人也已为数不少了。

　　站在地铁里反正没事,于是就琢磨起这头班地铁无座位的现象来。从衣着、神情、行囊等各方面来看,坐头一两班地铁的人,应该或是赶着上学的学生,或是单位很远甚至要穿越城市的上班族,或是奔赴工地的民工,或是赶火车的异乡客,或是像我这样怕拥挤而早早出门的人。我不禁感叹:对许多人来说,生活并不是件容易的事;当大多数人还在梦乡或刚刚醒来,呼啸的地铁已经把这些早行人带到了各自的目的地。

　　一天两天的早起,算不得辛劳;长年累月的赶早,真的需要支撑。是什么支撑着这些落满早班地铁座位的人?我想,是若干年后那场决定人一生命运的考试的压力,是对在职场上占据一席之地的忧惧,是某一天终于能在自己建设的这个城市里拥有一寸土地的梦想,是打拼多日回家和妻儿老小团聚的渴望……这样的支撑,算不得宏大,谈不上高尚,却很真实、很美好,让人在辛酸中感动,在感动中思索。

　　坐着的人们,无论是孩子还是成人,其实都是困倦的,不少人

低头打着盹。然而，为了生活，为了未来，为了自己，为了家人，他们明天还要照样早起，照样在头班地铁里继续清晨未竟的梦。他们不是不知道自己这样很辛苦，但他们一定会有一个好的心态，会有一个合适的参照系。他们会想：我们能够有这样的生活已很知足，能在茫茫人海里有一个职位，有一个可以挣钱养家的地方，能够坐着地铁去上学、去上班、去打工，比起许多人来，我们应该算是很幸福了啊！

我的思绪越过车窗，替那些刚刚起身或者还在酣睡的人们代言：看到这些早起的人们，我们更感到知足，我们的单位很近，不需要这么早起；我们的工作很稳定，不需要担惊受怕；我们的家就在南京，不需要来回奔波。你们比我们辛苦，我们比你们幸福。

日本有一部改编自细川貂同名漫画绘本的电影《丈夫得了抑郁症》，讲述了身患抑郁症的丈夫与他的妻子之间发生的感人故事。在公司巨大的工作压力面前，丈夫的心理失衡了。有一天，当妻子陪丈夫外出看到水泄不通的地铁时，不禁说道："原来，这么多年你一直在这样拥挤的人流里上下班，压力是多么大啊！"丈夫闻言，不禁失声恸哭。在为这位妻子的理解而动容的同时，我也要说，无论我们有多大的压力，都要善于换个角度看问题。与其埋怨境遇，不妨对自己说：这样已经不错了，比起许多人已经很好了。我想，如果没有这样的心态，头班地铁一定是空空落落，人们早已消磨了把握今天、相信未来的信念。人生在世，也许实现不了多么远大的理想，但为自己、为亲人而劳作，为生活、为情谊而担当，总是光荣的、自豪的，理应执着，理应无畏。

头班地铁无座位，我看见了生活的艰辛。

头班地铁无座位，我感到了人心的坚韧。

头班地铁无座位，我生起了情感的波涛。

谢谢你

　　每当清晨迈上地铁,移动电视里就会响起深圳关爱行动的主题曲《谢谢你》:"我不认识你,我要谢谢你,无私奉献的人们,谢谢你……"听着孩子们清亮的童音,这随着早晨清新空气一同而来的感动就会长久萦绕心头,让我一天都有愉悦的心情笑对迎面而来的每一个人。

　　捐助失学儿童是深圳关爱行动的内容之一,也是全社会的普遍行动。可爱的孩子,当你终于圆了上学的梦,也许教室仍不宽敞,也许课桌还很简陋,但如果你能想到在你身后无私帮助你的叔叔阿姨爷爷奶奶哥哥姐姐,感恩这颗善良的种子一定能助你学业有成,茁壮成长。

　　要感恩的又岂止是孩子们呢? 在我们的身后,有多少人在默默为我们付出辛劳,支撑着我们每时每刻的生活,维持着社会年复一年的运行! 当我们清晨打开门看到门口放着的牛奶,我们知道送奶工早已披着晓露而来;当我们扶着纤尘不染的扶手下楼,我们知道保洁员早已迎着晨曦而去;当我们下班见到空空的邮箱又塞满了报刊,我们知道邮递员已踏着夕阳而归……这些普通的人们,也许我们永远也见不到他们,也许见到他们也只会擦肩而过,然而,我们的心底可曾涌起过一丝感激?

　　在国外某护理学校的一堂课上,教授别出心裁地出了一个测试题:打扫学校卫生的那个妇女叫什么名字? 结果,几乎所有的学

生都无法给出正确的答案。教授的一番话给我们所有的人上了一堂终生难忘的人文课："在你的一生中,你会遇到许多人,每一个人都是重要的,他们值得你注意和关心,即使你所做的只是微笑和道一声'你好'。"读到这里,请你问一下自己:你知道单位和小区保洁员、传达室门卫的姓名吗？你对他们微笑过吗？

其实,知不知道他们的姓名并不十分重要,重要的是要明白他们虽然只是普通的劳动者,但却是非常重要的,是社会不可或缺的成员。如果没有他们的劳动,整个社会一刻也运转不下去,我们的物质生活系统将陷入瘫痪,更不要说精神生活的丰富多彩了。所以,我们真的要感激这些默默无闻的人们。如果我们有了这样一颗感恩之心,就不会鄙视平常的劳动者,就不会觉得自己比他们高贵,就不会在他们主动和我们打招呼时一脸漠然。社会已进入21世纪,如果我们仍不能确立人生而平等的观念,如果我们仍会自觉不自觉以社会分工论尊卑,那么,无论有多少摩天大厦擎天而起,现代化终将是虚无缥缈的海市蜃楼。

春节后上班的第一天,走进天津新村小区,赫然入目的是社区致保洁员和保安员的感谢信。这封信不长,但我相信,每一个读信的人心头都会盈满感动。读信的那一刻,我们都会悟到,生活的美好不仅在于有那么多熟悉的亲朋好友在关心着我们,更在于有无数陌生的人们在身后悄悄帮助着我们。我们不认识他们,也许永无相识之缘,但他们的关爱无处不在无时不有,他们是我们"熟悉的陌生人"。

感谢一粥一饭,因为粒粒皆辛苦;感谢一布一衣,因为丝丝皆辛劳;感谢一书一报,因为页页皆辛勤。感谢熟悉的陌生人为我们所做的一切的一切,因为桩桩件件都是爱的奉献！

萍聚

一天清晨,出得地铁站,无意间向右一瞥,"萍聚村"五个字赫然入目,心头忽如水滴花枝,微微一颤。

这个村落由一条小路通入,我看不到村子的尽头。但从路口可以看到两栋不高且略显土气的楼房。面对着这样诗意的名字,我不由起了如张若虚那样的痴问:何人初到萍聚村?村庄何年初见人?何人命名萍聚村?我猜想,也许这是由外地人组成的一个小区吧?这些外地人三三两两、陆陆续续来到南京,在这里安家落户,随着人越聚越多,逐渐形成了一个村落。这个村子该叫什么名字呢?于是,有一个有文才的长者说:就叫萍聚村吧,既然我们萍水相逢,就应该好好珍惜相聚的缘分,叫萍聚村多么有意义啊!于是,萍聚村就这样诞生了,在喧闹城市的一角默默生长。在村口,我还看到一个门面不大但很雅致的"梦蝶餐厅",不由又生出一番遐想。萍聚是梦,是庄周为之恍惚的蝶之梦啊!是同一位高人想出了这个与"萍聚"照应得这样妥帖的名字吗?

对"萍聚村"的来历做这样的说道,当然只是我诗性的猜想。地名是由政府命名的,现代都市里哪会有这样自发的村落?但我宁愿做这样的想象,因为"萍聚"二字实在是人生的真实写照,在给我们诗意的同时,也给我们理性的思考。所以,我愿意在地名的意义之外去做一番思想的驰骋。

"萍"是浮萍、水萍之义,是水上的浮草。古人以为,人生就像

浮萍,于是留下了"萍泊""萍浮""萍寄"等字面不同但内蕴相似的词汇。王勃在《滕王阁序》中写道:"关山难越,谁悲失路之人;萍水相逢,尽是他乡之客。"从此,"萍水相逢"为人们广为运用,抒发对人生的感慨。所以,无论"萍聚村"这个地名是人们自发起的,还是地名审批部门命名的,都包含了深厚的文化底蕴,让人浮想联翩。

我想到,小到这个村,大到一个城市、一个国家,我们所遇到的人其实都是萍水相逢。偌大的地球,其实也是一个"萍聚村"啊!人的聚散正如浮萍的漂流,没有一定的方向,没有恒定的路线,任意东西,离合无常。没有人能够长久相聚,没有人可以永远相伴,"萍聚"也正是"萍散"啊!前不久,在路上遇到一位昔日的同事,虽然彼此不假思索地叫出了对方的名字,但我还是为他的变化感到深深的震撼。当年的他,高大健壮,行走生风;今天的他已是白发苍苍,老态龙钟。屈指一算,已有10多年没见面,想必他也会惊讶于我的变化。在与他道别的一刹那,我心中生起从未有过的萍聚之感。许多人,其实从我们相见的那一刻开始就注定了少有甚至再无重逢的机会,他日能够相逢已是幸运,能叫出名字更是幸运中之幸运。人与人之间的关系,真的是如宋人薛季宣所言"萍聚我和君"啊!

我想到,在短短的人生里,人们常常忘了我们只是萍聚,忘了我们要倍加珍惜萍水相逢的情缘。我们相互猜疑、忌妒、排斥、争斗;相爱的人反目为仇,相亲的人成为陌路,相疑的人永远隔阂。如果能时时想到我们只是一棵漂流的浮萍,我们会分离,会永别,也许我们就能多加包容,聚散依依。我们就会给别人一个了解自己的机会,和他们成为朋友;我们就会舍得花一点时间陪自己的亲朋,惧怕他们有一天离开我们;我们就会送一个温暖的拥抱给自己的爱人,我们明白有一天,家中他(她)的座位会空空荡荡!

每当路过萍聚村,我会情不自禁地哼起一首老歌:"不管以后

将如何结束,至少我们曾经相聚过。不必费心地彼此约束,更不需要言语的承诺。只要我们曾经拥有过,对你我来讲已经足够。人的一生有许多回忆,只愿你的追忆有个我。"歌词作者对于人生一定也有如我一样的感受,你是否会从歌声中获得一些晓悟?

美好的时光总是走得太快,一回头,就不见了

小 Y 的夜车

　　为期 3 天的学习班结束了,占用了半天周六的时间。吃罢午饭,大家收拾好行装,轻松地上了回城的大巴。车到大桥,大家都注意到,小 Y 下了车。上午他曾跟我说,回不回盐城很犹豫,因为只有一天的休息时间了,到家已是暮色苍茫,第二天晚上又要启程回南京,时间上有点划不来。但这会儿,他还是下了车,因为个子高而微微有点弓的背上,挎着他那颇像销售人员工作包的背包,挤进这川流不息的车流、人流里。我知道,他去拦回盐城的车了,他终究放不下他那还有两个多月就要生产的妻子。

　　我透过车窗,看见他正低头发信息,我知道他是在向我打招呼。果然,我的手机响了,他给了我两个字:走了。简洁中仿佛透着一点焦虑、一点无奈。我不由得安慰他:全车人都在关注你呢!他幽默而自嘲地回了一句:现在采访我就是焦点访谈。我读给大家听,大家都笑起来,但我分明听出这笑声中有一丝酸楚。

　　我不知该如何回答他了。我很想告诉他:你成不了焦点访谈的,因为夫妻的分离在我们这个人口众多的国家,实在是太普遍了,根本成不了焦点。但我不能对他说这样的话,毕竟,我们所能关注的只是我们周围的很少一部分人,在这一部分人中,小 Y 长年的奔波之苦实在是太突出了。

　　作为名牌大学的优秀选调生,小 Y 几年前来到盐城,先在乡镇,后在市级机关工作。在这里,他遇到了他倾心的女孩,与她恋

爱结婚。去年,他又作为选调生中的佼佼者被选到省级机关工作,在事业天地更加广阔的同时,也开始了夫妻两地分居的生活。起初他想,不就是每周来回一次吗?南京到盐城又不远,自己也年轻,这点困难可以克服。于是,每周五晚,小 Y 就坐上回盐城的汽车,每周日晚,又坐上回南京的夜车,到南京常常已是深夜了。

刚开始,这样的生活也许是新鲜的吧?小别也许还会带来胜过新婚的浪漫感觉吧?可是,一年多下来,我感到他有一些疲惫了。我们这个处室文字工作任务重,上班时并不轻松,周末两天又都要在路上度过,时间长了总会有些倦的。

在回南京的路上,小 Y 有时会给我发信息,告诉我他在夜车上,正在看夜色,有时也流露出不安的情绪。他实在舍不得怀孕的妻子,不知道这样两地奔波的日子何时是个尽头。我安慰他:这样的日子总会过去的,今天你觉得这样的日子有些忙累,也很对不起爱人,但多年以后,当你们终于团圆,回味今天的日子时,会漾满美丽的情思。那时,团聚的平淡也许已取代分离时相思的激情,但每当想起曾有一段时间,你归心似箭地冲向车站,又满怀不舍地离开家门,充满惆怅地坐上夜车,心里涌起的,便全是悠远的美感。对往昔的回味也许可以给平凡的婚姻生活不断注入新的热情吧!

电影《周渔的火车》中,周渔坐在夜车里的场景不断重现。美丽善良的周渔每周都要乘火车到省城看望生活清贫、个性有些忧郁的诗人陈清。尽管这部影片说的是,对陈清的那种无微不至的关爱和服从,使她最终觉得自己失去了独立的人格,爱情变成了一种负担。但周渔坐夜车的场景不厌其烦地重复,让我看出了另一种意味,那就是人生就是这样一个充满矛盾、充满惆怅、充满失落的旅程,我们须有达观的向往。我相信,小 Y 的爱情不会成为负担,而只会在惆怅和失落中产生新的元素,得到新的成长,因为他还年轻,美好的未来正在不远处等着他。

真的,小 Y,既然无法避免眼前的分离,就在夜车里仰望明月,好好欣赏属于你的爱情夜色和属于你的情感风景吧!你要想到,

当你思念着爱人,吟咏着"此时相望不相闻,愿逐月华流照君"时,她也在对月吟诵着"明月何皎皎!照我罗床帏。忧愁不能寐,揽衣起徘徊"。这可恶又可爱的分离啊!终会为你们还很长的生命旅程注入深邃、注入诗情。

　　真的,小 Y,许多年许多年以后,当你想到,在你们年轻的时光里,曾有一辆"小 Y 的夜车"每周穿梭于盐城和南京之间,夜车里载满着新婚的缱绻,载满着离别的思念,载满着团聚的渴望,你真的会心醉不已,会感激岁月的别样眷顾,会流下幸福和怀念的泪水。你也无须别人来给你做"焦点访谈",自可以拉着爱人的手,一遍遍在心里重放属于你们的老电影——《小 Y 的夜车》。

又见月牙湖

今天似乎是入伏以来最热的一天了,清晨下了一趟楼,刚到楼下已是汗如雨下,空气仿佛凝固,树叶纹丝不动,在阴凉地下室里的菜农们仍憋不住满头大汗。孰料,天有不测风云,下午城东竟下了近一个小时的大雨。雨后的空气清新如许,于是想起久违的月牙湖来了。

晚饭后,我来到了已大半年没来的月牙湖广场,长椅上已坐满了人,我也挑了一张椅子坐下,悠闲地看着来来往往的人们和广场上的风景。许多人是结伴来散步的,其中不少是青年、中年和老年的伴侣。我也曾多次动员妻同来,可惜她不爱散步,这也正好成全了我独来独往、独自沉思的习惯。

在赋闲两年的日子里,几乎夏天的每个傍晚我都是在这里度过的,因此,即使经久不见,这里的画面我仍能清晰想见。今天,广场依然如以往一样是孩子们的天下。他们踩着滑轮在广场上快乐地嬉戏,男孩疾速,互相追逐;女孩徐行,小心翼翼。不时有孩子摔倒,男孩爬起来就继续狂跑,女孩则会忍不住哭出声来。看着那个穿着粉红色童裙,每走一步都生怕摔倒,脸上神经紧绷的小女孩,我不由得想起幼时的女儿来。滑轮上的她就是这副可怜兮兮的模样,你伸出手去扶着她都不敢往前迈步。后来,她长大了一点,和我一起来月牙湖散步时,常常笑话这些孩子的胆怯;后来,她再长大了一点,就不太愿意和我一起来散步了;现在,她长成一个大姑娘了,我的邀约已基本不起作用,她更愿意和同学在一起了。她的

世界在扩展,我的世界在缩小,这是人生的规律。不过,假如有时我过于严厉,她眼睛里还是会闪出和幼时一样怯怯的表情,这时,我就会觉得她还是个需要人爱护的孩子,就把责备的话又咽了回去。

一位母亲带着孩子走过广场,遇见一位老奶奶,孩子清脆地叫了声"奶奶",奶奶开心地说:"真有礼貌,你还认识我啊?"母亲启发他:"你还记得是哪个奶奶?"没想到,孩子没能像范伟那样抢答,有点拂了母亲要印证他聪慧的兴头。我耳边忽然响起一个童声:"是烂××奶奶!"那是我自己的声音,我清晰地听到这个声音从无锡西门桥下的大运河边传来。那时候,外婆住在河边,隔壁住着的一个老奶奶特别喜欢我,给我一个表示对小男孩疼爱的外号"烂××"。我不明其意,却记住了。每次遇见她,我就会说:"是烂××奶奶!"逗得她笑得前仰后合。如今,运河仍在汩汩流淌,老奶奶的笑声犹在水上荡漾,然而,慈祥和蔼的外婆,可亲可爱的老奶奶,连同那运河边曾有的古朴民居,都早已远逝在岁月的尘埃里。人生,就是这样一个从无到有,又从有到无的过程吧?

不似常到湖边来的老人有经验,他们带着蒲扇,坐在椅子上慢悠悠地摇着,既纳凉又驱蚊。我已耐不住蚊虫的侵袭了,于是沿着广场边铺满鹅卵石的小径向湖边走去,我脱下凉鞋,赤脚走在鹅卵石上,耳边响起赵鑫珊哲理散文中那句"脚踏在泥土上就是适意",在略微的酸痛中享受着与地气相接的快意。是连续阴雨的缘故吗?湖水没有印象中的洁净,多了一些水草和漂浮物,而看湖上的天空,灰蒙蒙里仅有的那道虹,竟不是红色的,而是苍白中略显出难以分辨的红,似西瓜瓤与皮相接的那部分。不过,我并不扫兴,大自然也是有生命的,也有自己的心情和调节方式,我们不能要求天空永远晴好绚丽,要求月牙湖永远明澈如镜,正如我们自己也做不到永远晴朗、明亮一样。

所以,此时不妨挑战一下自己,不想沿着月牙湖绕一圈去寻找美丽的风景了,索性就站在水边,在这灰暗的背景下使自己的心情

亮丽起来吧！水边的台榭上，有三三两两的人倚栏闲话，煞是逍遥，如在世外；对面的岸上，时有游人走过，虽然不多，但却使湖光陡然生动。而那座有着朦胧美名字的湖边酒店，依然使我感到那么熟悉和亲切。夜上海！如果你问我夜的上海是什么模样，我告诉你的一定不是十里洋场的上海，而是这月牙湖边暗香浮动的"夜上海"。曾多少次和同事、朋友在这里相晤呢？那些亲切的面庞、真挚的话语，与月牙湖的氛围是何其协调！席已罢，人已散，心里会时时生出深长的思念。如今站在它的身旁，心头的情感之火更是在刹那间点燃，无法自已。

从我们呱呱坠地起，我们就开始走向成长，也同时走向消无。我们深知总要不断地告别一处风景去向另一处风景。然而，我们更加深知的是，真正的风景不是自然的风景，而是人心中的风景，所以，我们不惧人、事、物的变迁，河也好，湖也罢，自然的一切景物，都是情感的载体。又见月牙湖会撩起我的情思，又见雪飘过会勾起她的思念，又见茉莉花会涌起他的牵挂，又见炊烟会漾起你的温情……每当重访旧地或见到旧日景物，比如这寂静的月牙湖，比如这诗情的"夜上海"，无论这里有没有我们的故人，它们都是我们生命中永恒的风景，恰如"夜上海"的霓虹永远闪烁在我们心间……

被速度掠走的风景

　　长假坐高铁外出,列车开动前,广播里传来播音员的提示:"请送旅客的亲友抓紧时间下车,列车马上就要开了。"话语是那样亲切,我习惯性地四下望去,可哪里还能找到"送旅客的亲友"? 不由惊觉,那熟悉的一幕早已消逝多年。

　　清晰地记得,20 世纪 80 年代,每当放假和开学时,火车站里总会看到送孩子的父母和送亲朋的人们。他们在车上依依话别,在列车缓缓驶离月台时追逐着挥手致意。我工作后有一年去北京,回来时有一位老人和我同座,他的子女千叮咛、万嘱咐,又把老人托付给我才放心。这眷恋不舍的场景是多么动人啊! 这是自古长亭驿站执手相看泪眼的延续,这是"舟凝滞于水滨、车逶迟于山侧"的现代版本。

　　是谁带走了这美丽的风景? 是这令人又爱又恼的速度。速度,使相聚变得异常容易,我们无须再跨越千山万水,无须再经历漫漫等待。朝发京都,午间就可以到金陵,自不必殷勤相送。不必说国内的游走了,连地球也早已成为一个村庄,当我们从南京的东郊出发去新街口,被堵几个小时之间,旅行者却早已飞出了国门。速度,在为我们提供了前所未有的便利之时,也把人与人之间的思念和牵挂冲淡了。

被速度掠走的,又何止是月台上送别的风景?杜甫那"鸿雁几时到,江湖秋水多"的等待消逝在哪里了呢?曾几何时,我们像古人等待传信的大雁一样,焦急地等待着邮递员的到来,邮递员清脆的自行车铃声就像喜鹊报喜。如今,只消一封电子邮件或一则短信,所有的信息可以瞬间到达世界上最遥远的距离,到哪里去寻找倚门望邮车的风景呢?

想起了白居易的诗句:"绿蚁新醅酒,红泥小火炉。晚来天欲雪,能饮一杯无?"诗人问友人:我家新酿的米酒还未过滤,酒面上泛起一层绿泡,香气扑鼻。用红泥烧制成的烫酒用的小火炉也已准备好了。天色阴沉,看样子晚上即将要下雪,能否留下与我共饮一杯?这是多么温情的场面!如今,我们还有在家红泥火炉温酒待客的雅兴吗?饭店铺天盖地,何劳我们自己动手?不说待客了,就是为自己和家人,我们还有林语堂用熏黑的陶锅在烘炉上慢火炖肉汤的那份耐心吗?一小包浓汤宝就解决了时间、内容、佐料等所有问题。

速度,使在慢慢行驶的火车上欣赏路边风景的时代一去不返。徐志摩在沪杭车中犹能欣赏到"一卷烟,一片山,几点云影/一道水,一座桥,一支橹声/一林松,一丛竹,红叶纷纷/艳色的田野,艳色的秋景"这样清晰美丽的画面,在高铁内向窗外望去,未及看清,一切已是模糊一片。速度,使得瓜果蔬菜不再有季节之别,四季的果蔬可以通过大棚种植同时摆上餐桌,各守其时、应季而生的风景成为过往。速度,使小桥流水人家的古镇充斥了水泄不通的人流,清澈的河水散发出市场和利润的味道。速度,使车来车往成为人们的依赖,安步当车成为昨日的怀想。速度,使城市的大街小巷甚至隧道都拥堵不堪。速度,使"板凳甘坐十年冷,文章不著一字空"成为笑谈,谁能像剑桥大学那位诺贝尔奖获得者那样,用14年的时间去研究一个课题?速度,使孩子们沉溺于泡面和游戏的昏天黑地之中,再难觅沿着校园熟悉的小路、清晨来到树下读书的风景………

犹记得小时候过年时,妈妈在煤球炉前,开着小火,持一把圆勺,用一个下午的时间,慢悠悠地做着蛋饺,猪油香、蛋皮香溢满斗室。多少个白天和夜晚,妈妈把毛线的一头绕在倒放的方凳上,手执另一头绕啊绕啊,用绕成团的毛线一针一线地织出孩子身上暖人的衣衫。如今,速度带走了这一切,我们从超市买回机器做的蛋饺,我们从商店买回机器织的毛衣,我们再也吃不到母亲慢火做成的蛋饺,"慈母手中线,游子身上衣"成为永远的古典。

速度,让我们目眩神迷;速度,令我们惆怅不已……

让我们慢下来

最近在《读者》上读到一篇文章，题目叫作《一人逼停火车提速》，说的是意大利佛罗伦萨一列火车欲提速，由于一名普通上班族乌奥拉的反对而叫停。我们不妨来看看他的理由：

"每次我乘这种古老的慢腾腾的火车回锡恩看父母，旅途中都充满了悠闲和快乐。我和妻子、孩子在火车上可以尽情地放松自己，孩子们可以在车厢里随意地玩耍，跟车上其他的孩子一起做游戏。我和妻子则可以舒服地打开一本小说，慢慢地读。中间累了，还可以看看窗外的自然风光———葱郁的树木、碧绿的山坡，潺潺的河流，还有那些活蹦乱跳的小动物……如果车跑得像风一般快，我们哪有足够的时间去欣赏车外的美景。而且这种慢车，也令我们不用担心是不是坐过站了，更不会上了车座位还没有焐热，就又得匆匆收拾行李准备下车。平时上班，我们已经够忙够乱了，难道周末我们还得这样？！"

读着这段轻快、抒情的文字，我仿佛跟着乌奥拉一起欣赏着车窗外的怡人风景，也想起了自己从前坐过的慢悠悠的火车。然而，现在我是再也不可能在铁路上享受这种慢行的乐趣了。在这个快捷成为时髦的全面提速的时代，从南京到我的家乡无锡这段本要三个半小时的车程，先是缩短为一个多小时，现在又减为 50 多分钟，我只得无奈地坐着高价的高铁，完全是"被"快了。在接连的动车脱轨、地铁追尾之后，我们不禁要对现代人无比崇拜和无限迷

恋的速度进行反思:我们一定要这样快吗?我们能不能慢下来?

真是一个快得让人眩晕的时代啊!快速增长的 GDP、飞快建起的各种工程、快餐、速冻食品、速配婚姻、高铁、空中飞的……快捷,在给我们带来享受、娱乐和便利的同时,也带来了安全和质量之忧,更可怕的是带来了很多心理病症。我们不得不承认,因一味图快而带来的焦虑已成为一种时代病。钱挣得慢焦虑,提拔得慢焦虑,成功得慢焦虑,人们渴望"三十而提""三十而富",谁能有耐心像袁隆平那样花 40 年的时间研究"杂交水稻线路图"?

复旦大学讲师于娟在去世前写了一年多的病中日记。她认为,自己之所以得癌症,与争强好胜和急躁有关。她曾试图用三年半时间同时搞定一个挪威硕士学位和一个复旦博士学位,为此她日夜兼程,却还是没能实现目标,于是大为恼火。到了生命快要终结的时候,她却发现,拼死拼活提前一年又有什么意义呢?谁会在乎你早一年还是晚一年毕业呢?她笑自己从前太看不穿了,但为时已晚!

从来没有人能跑得过时间,与时间赛跑,最后必然输给时间,而且总要付出这样那样的代价。一向求快的我也有教训,大学期间心高气盛,为了证明自己的学习能力,偏要提前一年毕业,结果是换来了一时的虚荣和满足,却在研究生毕业时遭遇一个特殊时点而无法实现自己既定的下一个目标。抢了一年的时间,也使自己的学术基础远没有同学扎实,迎头赶上颇费工夫。现在那些正忙着熬夜、加班的人们,现在那些急急奔走在功名路上的人们,当然会有所得,但最终会失去健康,失去宁静,也许有朝一日,得到的所有东西都没法换取时间——这样的例子举不胜举。

夏日里去了一趟欧洲,印象最深的风景不是地中海,不是塞纳河,而是那些慢悠悠的老旧火车和那些午后散淡地坐在路边喝咖啡、喝茶的人们。原以为欧洲的火车必定是豪华的、飞速的,谁料想两次坐的火车都是外表陈旧,车厢狭小,设备简陋。夜间躺在窄小的铺上,听着火车与路轨碰撞发出的"哐当哐当"的声响,真像

回到了 19 世纪,不觉感到一种厚重和拙朴的岁月之美。盛夏的葡萄牙和西班牙,下午两点后,人们就不上班了,三三两两地坐在路边和街巷的小店里,边品着茶点、喝着咖啡,边聊着天,就这样打发一下午的时光,好一派让人羡慕的悠闲!导游戏说,葡萄牙人能在明天干的活儿决不放在今天做。各国有各国的文化,我们不去评判其优劣。但这样安适的画面给我的启示是:放慢一点脚步,好像地球还在转动,好像世界还在前进,好像什么也没有受到影响。我承认,这欧洲下午的悠然景象使我的生活理念发生了变化。

"任何一株花草树木都不急,万物从容。在一年中,它们都要开花一次,都有属于自己最美丽的瞬间。它们不提前,也不滞后,不慌不忙,从容不迫。"

"任何一个成功者都不急,大师从容。他们慢腾腾地起床、浇花、打坐、看落日,从来不理会时间。这些人往往就是大师,是各方面最成功的人,至少是活得最长的人。"

读一读这篇名为《万物从容》的文章吧,然后,让我们慢下来、静下来,慢慢地欣赏这不长的一生中遇到的每一幕风景,慢慢地陪着亲人朋友走,慢慢地过属于我们自己的好日子……

祝你周末快乐

　　周末的午后，正恹恹欲睡时，友人的一条短信不禁使我莞尔，精神为之一振。短信列举了9件周末可以做的事，录于此并稍作阐发，与会心之人一同玩味。

　　写一封手书的信，不寄出。在电子按钮轻轻一揿就可以打出各种美观实用字体的时代，鸿雁传书的浪漫已遗留在遥远的传说里；在功利的战火、物欲的硝烟四起的时代，家书抵万金的情怀又有几人能体会？在周末，不妨提起我们已被电子和网络捆束得无比僵硬的手，给你觉得合适的人写一封信，不必深思，随便写些什么，正像一首老歌唱的那样："很想给你写封信，告诉你这里的天气，昨夜的那场电影，还有我的心情。"不必寄出，只为了重温一下老式的生活，用自己哪怕是歪歪扭扭的字来软化如机器一样坚硬的心。

　　读一本喜欢的书，不多想。如果平素忙于职场的奔波冷落了书本，那么，只要我们愿意，周末总是有时间读一本自己喜欢的书的。既然不是为应试而读，就不必有系统、有目标，信手翻来，只要心里喜欢就行；既然没有写心得的任务，也不必去过多思索，只要轻松愉快就可。正如我手上刚拿着的一本董桥的《记得》，开篇说道：哪怕电子的狂风吹斜了他的老房子，他还是偏爱传统的纸质书，书香不书香挑起的事端他要倔到底。不禁为这个文化老头的

倔强发出几声会意的笑,一股这个时代少有的暖意从心底升起,但不复多想,不去再做大篇的文章。

买一束漂亮的花,不厌倦。家居生活日复一日,难免让人生出平淡之感。疗治审美疲劳的方子良多,买一束花不失为简单而便捷的选择。在不是情人节的平常日子,哪怕是一束玫瑰也花费不了几何,但一室之中有花香浮动,空间就会大为生色,刻板的"龙"就有了自己生动的眼睛。一束小小的花儿,使室内陡然有了生机、有了活力,心情也就被这或娇艳或素淡的花儿提振到新的高地,偶尔生出的厌倦之情也就慢慢消散。何况,买花本身也是一件让人赏心悦目的事呢!

洗一件发白的衬衫,晒太阳。晴好的周末,不妨让换季的衣服与久违的阳光亲密接触。一件旧了的甚或已发白的衬衫,记载了我们昔日的年华。虽然久已不穿,也许永远不会再穿,但不妨洗一洗,就让它挂着水珠在太阳下随风而舞。今冬的一个晴日,我整理夏天的衣物,面对一件旧得已无法再穿的衬衫,掂量再三未忍丢弃,而是洗净了让它在灿烂的阳光下尽情招展,只因为它曾伴我多年。衬衫发白,但记忆不老,留着它,看着它,因岁月荏苒而起的悠远美感会在平淡的日子里洋溢开来。

抽支想起往事的烟,不伤感。周末的闲暇里,也许往事最容易袭上心头。想起了往事,就抽支烟吧,烟雾里岁月在弥漫,吐纳中昨日又重现。美丽的往事自然历历在目,伤感的往事也许更加难以忘怀。年少的愿望也许未能实现,中年的抱负也许未能施展,情深的恋人也许未成眷属,相知的爱人也许终成路人,人生不如意事常八九啊!如果忆起了伤心的往事,发现时光已使伤感淡淡消无,甚至觉到了自己当年的青涩、往日的迂阔而哑然失笑,这支烟就算注满了尼古丁也值得啊!

一个人去咖啡馆,不孤单。假如"宅"得有些沉闷,就出去走走,换一个空间,换一种情兴。如果想去雅致之地,去咖啡馆好了,咖啡的苦中有涩、涩中有甘或许正适合让我们体会人生的种种况

味。一个人行走在路上，也许你会想起巴尔扎克"我不是在咖啡馆，就是在去咖啡馆的路上"那句名言，心中因和大师有了共鸣而不觉任何孤单。咖啡馆当然只是一种心灵依归的象征，书店、图书馆、茶馆、公园和影院都可以是我们周末的闲适去所。重要的是，如果在"一个人"的独自漫步中能不感孤单，重回喧闹的人群中我们就会保持一份理智和沉静。

走一条没走过的路，找新鲜。周末的行走假如并无目标，不妨找一条没有走过的路。不要怕迷路，不要怕绕道，新鲜的景致，邂逅的路人，终会使你有所收获。一个人总要尝试走陌生的路，看陌生的风景，听陌生的歌。在与"陌生"长久接触后的某个不经意的瞬间，你会发现，原本费尽心思想要忘掉的事情，真的就那样忘记了，我们的心灵骤然轻松起来。再说，你信不信？即使是家门口的路你也未必全部走过。周末的闲暇里，花一点时间走进附近从未踏进的大街小巷，你会发现，身边的条条小路可以通向你常去的方向，你的心田会变得无比开阔。

午后睡在沙发上，享懒散。假如看书一无情兴，写信亦无心思，洗衣懒得动手，出门不想迈步，那么，就懒懒地躺在沙发上吧，任午后的阳光穿过窗棂斑驳地照拂你恣意倚躺的慵懒身躯。人生的许多时刻不需要那么严谨和严肃，在这本应闲散的周末，也没有那么多要紧的事等着我们去经营。那么，就这么随意地在沙发上躺着吧，像一只懒猫那样地躺着吧。或想想柴米油盐，或什么也不想，只是愣愣怔怔、无所用心地发一下午呆。谁能说这不是生活呢？谁又能说这不是一个舒适的周末呢？

有星星的时候，看看天。夜幕降临，假如天上有星星，到露台或阳台上去看一看吧，或者直接走进静寂的夜色，怀着一颗敬畏之心，举头面对深邃的苍穹。有人说，每一颗星星代表一个曾经鲜活的生命，它们闪烁着逝去的亲人对我们的祝福；有人说，仰望浩瀚的夜空会产生哲思，群星闪耀着大自然智性的光芒。无论你是起了怀人之情，还是产生了对生活或深或浅的思考，望星空本身就是

一种远离喧腾的休憩,是与神秘宇宙互通信息的对话,我们可以带着一颗静谧的心去进入甜美的梦乡了。

祝你周末快乐!

我爱春的明媚

冬的凛冽不知从什么时候起悄悄地一点点减弱,暖湿的气息温柔却坚韧地冲破寒风的封锁,在空气中扩大着自己的领地。就在冷暖气流一次次乍暖还寒的对峙交锋后,终于有一天清晨,迎面扑来的尽是温暖的风,满收眼底的是那无处不在的新绿。我们不由得从心底叹一声:春来了!

春日迟迟,姹紫嫣红,啼莺舞燕,春色满园,池塘生春草,春风柳上归……描摹春的词句无以计数。在这如海的语汇中,我独爱"春光明媚"。只有明媚,才道出了春的明亮和春的娇媚;只有明媚,才是这个季节春的景色和人的心灵共有的风光。

是的,我爱这春的明媚。当春经过一个冬天的蛰伏重回人间时,"明媚"总是她给我的年年常新的惊艳之感。真正是"阳春布德泽,万物生光辉",冬的枯枝被欣然摇曳的新叶所替代,冬的暗寂被不再推迟的晨曦所冲破,冬的肃杀被坦荡明亮的欢腾所驱散……春对我们说:我的明朗、我的明丽、我的明快、我的明澈,我都毫无保留地展示给人间了,我是坦白的,我是敞亮的。春的明媚不由得感染了每一个浸浴其中的人,我们有些灰暗的心,在经历了一个季节的休眠后渐渐亮堂,和春天一起明媚起来了!

春是聪慧的,她懂得,前面是冬,后面是夏,如冰是冬的品质,如火是夏的骄傲。在"冰"与"火"之间她温柔地保持着一个恰当

的"度"。她在"草色遥看近却无"中渐渐来临，使人不至于因季节的陡然转换而对冬怀有厌恶；她在"首夏犹清和，芳草亦未歇"中渐渐融入下一个季节，使人不至于无法骤然适应夏的火热。此时，阳光温煦但尚未赤日炎炎，无声润物的细雨决不会势成滂沱，小鸟鸣啭然尚无蝉的聒噪，小草轻触也许还会含羞低首，姑娘们即使化上浓妆也不必担心被汗渍划出道道小溪。春，恰似一个装扮得体、举止有度的新娘，明亮而不刺眼，妩媚而带羞涩，这样的明媚让人赏心悦目，置身其中而不思近亵。"无邪"是诗三百篇的品格，岂不也是春的境界？

在春光的朗照里，我们不禁回首向来的萧瑟。在那个刚刚过去的冬季里，我们的心曾经是多么瑟缩啊！我们埋怨那寒冷的风，我们诅咒那冰冷的雨，我们急切地盼望春的到来，我们在开足暖气的房间里制造着人工的春天。当这一切成为过往，我们才懂得，假如生活恒为春天，我们根本就无法感受春天的明媚，我们又会抱怨人生的一成不变。我们才懂得，假如没有冬天，我们就没有了对春天的期盼，生活会因为在安逸中失去理想而变得无趣无味。正是这种对未来的渴盼，让我们觉得春一直在我们身边，希望的种子和春天的种子一起吐出新蕊。珍惜春天的同时，我们也会感谢冬天，感谢人生每一个季节给予我们的不同景致和多方教益。

在春风的吹拂里，我们不禁反思自我的修为。在这个明媚的季节里，最容易浮上心头的是"如沐春风"这个词。"如沐春风"之所以给人熨帖的温暖，正在于它独有的一种舒适度吧？在我们的生命里程中，有多少人给了我们如沐春风的爱？我们可曾让别人也有如沐春风之感？我们是否常咄咄逼人？我们是否过于喧闹？我们是否已没有了一丝一毫的羞怯？我们的心灵坦荡吗？我们的光芒灼人吗？我们的语声凌人吗？在这个明媚的春天里，检讨自己的人生旅程，或许我们会有新的感悟，领会春的明媚、春的胸怀对我们的启迪，从而开始新的有"度"人生。

春深知自己的使命，她是承前启后的。在冬的凛冽和夏的炽

热之间,她选择了用"明媚"来连缀。春的明媚,使得大自然的季节温和、有序地承接递转而不会有大的动荡。无论人生中迎接我们的是风雨还是阳光,让我们都能怀着一颗明媚如春的心去坦然面对,那么,人生四季的起承转合就会如春夏秋冬的轮回那样自然而流畅。

我爱春的明媚……

我爱夏的热烈

　　当人们依然沉浸在和煦的春风之中,享受着春的温暖春的惬意之时,倏忽间,清晨出门走到大街上,那宜人的春风竟已飘忽而去,迎面吹来的已是热烘烘的风了。放眼望去,春的景象真的已消退殆尽,落花已无痕,行道树已荫蔽如盖,正所谓"绿荫生昼静,孤花表春余",夏天就这样追逐着春天、驱赶着春天来到我们身边。

　　夏是一个有着独特个性的季节。人们常说夏天像个多变的孩子。忽而晴空万里,碧空如洗;忽而乌云密布,狂风怒作;忽而电闪雷鸣,大雨滂沱;忽而潇潇雨歇,又见彩虹。可是,你不觉得这正是夏有别于其他季节的一种率性、一种热烈吗?而如果你再稍稍展开你的视野,打开你的心扉,你会发现,夏真的有一种无与伦比的热烈,一种如火燃烧的炽烈。它不吝啬、不自私,它的爱简单而直接,热情而坦荡,释放出自己全部的热量来感化你,袒露出自己全部的胸襟来拥抱你,使你在夏季的骄阳夏季的熏风中淡无了小我,消融了心中所有的块垒。

　　夏的热烈自然是由火球似的太阳引领的。那轮悬挂在透蓝天空中的烈日把一切都烧化了,烧软了。云彩消失得无影无踪,柏油马路仿佛要融化成原初的液体,河里的水烫手,地里的土冒烟,行走和劳作的人们挥汗如雨。休要说太阳灼人,休要怨汗如雨下。你想,天地万物有什么能像太阳那样贡献出自己全部的光和热?

作为万物灵长的人,在自己的一生中哪怕有一段时间能像夏日的太阳这样无私、这样慷慨、这样执着,又能为别人送去多少热忱、多少赤诚?

夏的热烈在于它的浓烈,一切都在春的色调上加重了墨彩。白昼,蝉声鸣唱着夏的热烈;夜晚,蛙声和蛐蛐声演绎着夏的小夜曲。翻腾的麦浪,盛开的水莲,挺立的蜻蜓,暖风中裙装飘舞的少女,海滩上享受着日光浴的人们,无不在描画和诠释着夏的热烈。尤其是那漫山遍野的绿色,真是又浓又深。这绿色,已不似春天那样是花的陪衬,而是风景的主角,真个是绿肥红瘦了。行走在浓荫蔽日的大道上,林木参天的古刹旁,你会为夏的这种浓烈而感怀不已。给你炽热,就让太阳竭尽光和热;给你阴凉,就让树木挡住暑与火。这两种相反相成的给予,证明的都是夏的同一种热烈,同一种爱我所爱、无怨无悔的情怀啊!

夏天,从来就是一个热烈和壮丽的季节。就国事而言,90 年前那个炽热的夏天,在嘉兴南湖的红船上,一群风华正茂的年轻人用镰刀和斧头拨正了中国命运之舟的航向。就个体而言,多少人会在这样浓烈的季节开始自己的爱之旅?"那个永恒的夜晚,十七岁仲夏,你吻我的那个夜晚",刘若英的歌咏应该是许多青年人情爱的写照。无论是惊天动地的国家大事,还是缠绵悱恻的爱情故事,我相信,夏的热烈会给人力量,给人勇气,从而创造出爱的史诗。

在埋怨夏的炽热的人看来,既然有了春天,为什么还要有如此炎热的夏季?我想,大自然有自己的运行法则,有自己对待人类的独特方式。它通过一年四季的轮回,让人类感受不同的景致,也锻炼人类不同的机能和心智。冬天,是要让人类经历"冰"的洗礼;夏天,则要让人类接受"火"的考验。经历了"冰"与"火"两极考验的我们,会更加理智地看待自然、看待人生,增加心的韧性和张力,不惧新的挑战。同时,也会倍感春秋和煦时光的可贵,更加真挚、温和地面对每一个今生相遇的人。

　　不过,夏的巅峰之时,也许是过于热烈了,就像一个热情过火的情人。当两个相爱的人已如胶似漆,心中只有自己、没有了他人、没有了事业、没有了世界之时,就应该冷静下来,给爱情一点距离了。是的,这热烈的夏天持续的时间太久,让我们有点眩晕、有点迷失了。请不用担心,因为,秋会来的,秋会给我们带来理智、带来沉静,让我们和热烈的夏天暂时告别,让我们暂且冷却像夏一样炽热的身体、炽烈的心。然而,我相信,在秋的静谧中回首之时,想起夏天赋予我们的所有热忱、所有热力,我们依然会怀着感激之心说一声——

　　我爱夏的热烈……

我爱秋的沉静

　　丰子恺先生说,使人生圆润进行的微妙要素莫如"渐"。其实,时光的流逝和季节的嬗变也是渐行着的。渐,是大自然神奇的魔法呢! 过了立秋,温度计上的刻度虽然没有降低几何,但炽热的阳光究竟已温和了许多,早晚已有了一丝沁人的凉风,午后常常突降爽心的阵雨,蝉声已不那么聒噪,蛙声开始疏落,四周所有的气息都在慢慢地缓和下来。天高云淡,秋高气爽,这秋日独有的景况,让人感到被净化和抚慰的心旷神怡,被荡涤和升华的物我两忘。夏日骄阳烤炙的重重焦灼,就那样慢慢地沉淀下去了。金黄地毯上落叶窸窣,蜿蜒小溪里流水潺潺,夕阳西下时微风轻拂,一切只要凝心捕捉就能听到的细微秋声,汇成了理查德的钢琴曲《秋日的私语》。这秋天的喃喃私语是多么动听,多么沉静!

　　也许你不承认秋天的沉静吧! 自古以来,在人们眼中,秋天总是充满了萧条肃杀之气。曹丕慨叹"秋风萧瑟天气凉,草木摇落露为霜",杜甫怨叹"八月秋高风怒号,卷我屋上三重茅"。然而君不见,秋天寥廓的天空、柔和的空气、金黄的树叶、清凉的月影不正给我们以安适之感吗? 被许多文人墨客嗟悼的落叶,在泰戈尔看来却有一种静穆之美,他愿意"生如夏花之绚烂,死如秋叶之静美",这是何等"哀伤的漂亮"啊! 称道"秋宵月色胜春宵,万里霜天静寂寥"的唐诗人戎昱,也是对秋的沉静情有独钟的吧? 八月十五静

洒人间、见证团圆的如水月华,有哪一种景色堪与之媲美呢!林语堂用"秋林古气"四个字形容秋天的成熟,他说特别是初秋之时,喧气初消,月正圆,蟹正肥,桂花皎洁,那时的温和,是一股熏熟的温香。那么我所说的"沉静",是不是也有林语堂先生所指的"成熟"和"温和"之意呢?是不是也让你闻到了秋的悠适安娴所熏熟的温香呢?

对于秋之沉静的认知,当然是以我所居住的城市为蓝本的。南京的四季中,我最爱秋天,南京最美的色彩都在秋日毕现。梧桐、银杏、水杉和枫树的叶子,或如老年般成熟,或如壮年般灿黄,或如少年般红艳,真个是层林尽染,满目绚丽。晴好之日,阳光透过斑驳的树叶散落地面,优游安闲地淡淡舞动,轻扫着夏的烦躁不安。而当秋风乍起,踏在层层叠叠的落叶上,那沙沙的响声不由让你脚步放柔、放柔、再放柔些,不忍扰了落叶与大地共同织就的清梦——这梦里,有来春的再生啊!

如果要把四季做个比较,我要说,春是妩媚多情的,夏是热烈绚烂的,冬是苍凉遒劲的,秋则是稳健内敛的。秋就像一个成熟丰润的少妇,在经过了春之初恋、夏之热恋之后,懂得了矜持与沉稳,成熟而不挑逗,丰润而不风骚。秋以逐渐萧瑟的风、枯黄的叶,对夏过于浓密的一切删繁就简,去芜存菁,迎接下一个虽凛冽决绝却也冰清玉洁的世界到来。李广田说,那落叶是为生而落,而且那冰雪之下的枝条里面正酝酿着生命之液,它们有着沉着的力。沉着,不正是与沉静同出一胎的孪生子么?

对待人和事的心情,是有阶段性的。丰子恺先生说:从前只慕春天,而自从年岁冠用了"三十"二字,发现自己的心情最容易与秋调和而融合了。我想,以现在人的寿命而论,三十岁远不该生出秋意,而不惑之年之后,定有许多人会如我一样愈加热爱秋的沉静。我想,这是因为我们已经走过了众声喧哗的年代,我们像鹅卵石一样历经磨砺而具有了成熟的光泽和气度。狂喜和浮躁正离我们远去,我们开始向往和迷恋沉静如水的日子。中年是董桥所谓

的"下午茶"了,理当渐忘如烟前尘,淡看空渺功名,少一分对得失的计较,多一分对目下的感恩。有了这样一颗泰然之心,无论前方迎接着我们的是什么,我们都会波澜不惊,宠辱皆忘,笑吟"洛阳亲友如相问,一片冰心在玉壶"。这颗从容不迫的心,正是秋天沉静的韵致啊!

沉静不是死寂,沉静不是无思。秋天的沉静是滤尽荣华和苦难后的返璞归真,是绚烂绽放后具有深厚意蕴的雍容淡定。秋天的沉静,让我们在夏的热浪后静默地思考和祈祷,重新领略生活的本真,让人生走向与秋一样高远宁静的境界。

我爱秋的沉静……

我爱冬的凛冽

　　清晨，出了汉中门地铁站，一股凛冽的风扑面而来，让被地铁的暖气包围得有点眩晕的我顿感神智清爽。这凛冽的风，才是冬天特有的使者；这寒冷的空气，才是冬天特有的气息，我爱这冬的凛冽冬的寒意。

　　小时候，住在四壁空空的斗室里，糊满了厚厚窗纸的老式窗户挡不住寒冷空气的侵入。在昏黄的灯下，穿着父母亲手做的棉鞋做作业，寒气依然从脚底丝丝升起。然而，就是在这一年年的岁月流转中，我迎着寒冬、迎着凛冽长大成人。是对冬的这种温情记忆和感恩情怀，让我至今爱着冬的凛冽吗？

　　爱冬的凛冽，是因为一季有一季的风景，冬应该有别于春夏秋的。一个颇适于在冬天冷峻的氛围里思考的问题是，我们一边抱怨着大自然已没有鲜明的四季，一边却在冬给了我们鲜明的冰冷时巴望享受"冬天里的春天"。这是工业社会中的人们对人与自然关系思考上的一个悖论吧？如果我们口头上喊着还我们四季，行动上却把我们生活的空间调成一个恒温的环境，人与自然的和谐何时才能真正实现呢？

　　在空调中长大的女儿，已不习惯于冬的凛冽了，这样的大寒天气里，她是一定要开足暖气的。我却无法适应，往往在客厅温度渐高时，回到自己的房间，在些微的寒冷中读自己的书，写自己的文

章,想自己渺远的心事。因为在寒冬里长大的我深知,太足的暖气会使人恹恹欲睡,会使人沉于安逸,会使人意志薄弱。在温暖中稍稍有些寒意,才会使人清醒和警觉,使人富有生机和活力。

是啊,冬的凛冽赋予我们的,也许远远超过春天对我们的恩赐。假如我们的人生从来都是温暖的春天,我们就会成为温室里的花朵,经不起任何风雨。人生多舛,旅途坎坷,生活哪能永远是春光一片呢?人生也是有四季的,我们既要有享受明媚的安适,也要有迎接萧瑟的果敢。明白了人生不会永远是春天,我们就不会稍遇挫折便一蹶不振,就不会丧失对美好春光的憧憬。我们会懂得,虽然眼前是冬天,但春天还会远吗? 冬的凛冽经由理性的认知转化为我们宝贵的人生财富了。

在寒冷中长大的我,不会在冬天把自己包裹得密不透风,因为我知道让自己稍微感到些许寒冷,会自然地加快前行的脚步,增添到达目的地的力量。在寒冷中长大的我,会在温暖的出租车中打开一丝窗缝,为的是让自己知道,窗外是凛冽的寒冬,是自己必须面对的冷寂。在寒冷中长大的我,更不会把人生的道路设想成一路锦绣,我会在凛冽中迎接更加深醇而高远的境界。

我爱冬的凛冽……

2012 年的最后一场雪

　　2012 年 12 月 29 日,星期六,南京迎来了这一年的最后一场雪,始而细疏,转而绵密,终成狂舞。

　　我没有像有些人那样,在开足了空调的房间里边看着电视边恹恹欲睡,或是隔着窗户看飘舞的雪花。我走出门去,信步街衢,漫步公园,任雪花落满全身,心中泛起温馨和宁静。这是 2012 年的最后一场雪,在许多人的眼里,它也会是预告 2013 年的第一场雪。最后一场也好,第一场也罢,我想,它给予我们的,绝不只是一场落地即化、来去倏忽的雪。

　　我生起一种久违的亲切,2012 年的第一场雪飘落在 1 月 8 日,与这最后一场雪相距几乎一年,小别重逢,让人如晤旧友,深情如故。我感到一种经历洗礼般的圣洁,一年过去,心灵总会蒙上一些尘灰,堆砌一些累赘,今日经过这白雪的洗礼,不由感到荡涤杂质,洁净如新。我充满一种迎新的感奋,我总认为,只有寒到极致后迎来漫天大雪,才真正昭示着新年的到来。我怀揣一种吉兆的祈愿,都说瑞雪兆丰年,唯愿这场雪给人间带来丰收,带来吉祥,带来一年的好运道。

　　急雪扑面而来,无可阻挡;白絮沾满全身,何须拍打!此时,一首老歌在耳畔响起:"2002 年的第一场雪,比以往的时候来得更晚

一些。停靠在八楼的二路汽车,带走了最后一片飘落的黄叶。2002 年的第一场雪,是留在乌鲁木齐难舍的情结。你像一只飘来飘去的蝴蝶,在白雪飘飞的季节里摇曳。忘不了把你搂在怀里的感觉,比藏在心中那份火热更暖一些。忘记了窗外的北风凛冽,再一次把温柔和缠绵重叠……"这首歌一经问世,便为人们争相传唱。词作者特别申明,这首歌献给他亲爱的沈红芳。我们从歌词中也不难看出 2002 年的第一场雪对于作者的非凡意义。甚至,这首歌还引发了歌迷们对于沈红芳的探寻欲望。我不禁想,每年我们都会遭遇当年的第一场雪,为什么一个属于别人的、飘落在 2002 年乌鲁木齐的第一场雪,能够引起众多心灵的共鸣呢?

在这个大雪翻卷的岁末,我的思绪也随雪花翻飞,思考着这个突然涌现于我脑海的问题。我采用推己及人的思维来寻找答案。我想,这 2012 年的最后一场雪,或者说是开启 2013 年的第一场雪,之所以引起我的悸动,是因为来年将是我的本命年,这一个即将到来的年份对我有着特殊的意义。所以,雪本身只是一个媒介,雪本身不是答案。当人们听到《2002 年的第一场雪》那略带忧伤的旋律时,雪的画面会瞬间而过,倒是八楼、二路车站这样的场景,会唤起我们对发生于某一个时间、某一个地点的往事的回忆,我们会和词作者、歌者一起走进过往的世界,重温属于自己的昨天的岁月。

特定时间发生的特定的事,总是让人深刻感怀。假如这首歌叫作《第一场雪》,少了 2002 这个特定的年份,那么,雪将只是雪,温情的往事也将无处钩沉,这首歌便意境全无。正如一千个读者心中有一千个莎士比亚、一万个读者心中有一万个林黛玉一样,2002 这个明确的年份会让不同的人想起属于自己的那一个铭记终生的时间、那一件永生难忘的旧事。那么,这首歌在人们的心中,早已扩生了千万个别样的具有个性的名字,它可能是 1972 年的第一场雪,可能是 1983 年的那场秋雨,可能是 1990 年的那个初吻,可能是 2008 年的那趟末班车。而在我,则会想起走过的一季

又一季,写下诸如《2012年的最后一场雪》这样的率性文字。

　　大自然的景象划分着季节,提示着时间,而人对于时间的流逝是最为敏感的。在这个雪天,你在街上可以随处听到有人在说:时间过得真快啊,一年又过去了!是雪,是这一年中最后一场雪,给了我们这种时间的紧迫感。人的一生会发生无以计数的事件,时间将过滤掉许多琐碎烦冗,但对于人生的那些"第一次"和"最后一次",我们却常常难以忘怀,记忆的底版能够深深镌刻具体的时间、地点和人物。村上春树一定是深谙人们对于时间的敏感的,所以,他的描写常常把时间具化,比如看啤酒易拉环看了几分钟,思考问题思考了几秒钟,让人感到异常真实。《挪威的森林》头一句便是"我今年三十七岁",《舞,舞,舞》的扉页赫然写着"一九八三年三月",先入为主地把我们带入时间的情境。《2002年的第一场雪》的词作者也深谙人们对于"第一次"的钟情,他用一个最易打动人心的爱情故事,把本属于他自己的那一场雪洒满了所有听者的情感世界,让我们缅怀过去缅怀真情,使那场乌鲁木齐的雪具有了普适的意义。人们在对往昔的体味中寻找自己,在对从前的忆念中打量自己,在对时间的回望中审视自己,心头飘满不知是属于往日还是今夕的雪。

　　"2002年的第一场雪"早已消融,但它却成为一个象征,成为人们心中永远轻舞飞扬的景色,不分季节,无论晨昏。而在2012年的最后一场雪里生发了这样悠远的遐思,这场雪的印记必定也将永远留存在我心间了。那么,这雪还是雪吗?!

　　2012年12月29日,星期六,南京迎来了这一年的最后一场雪。站在岁末的街头,我的思绪如同这飘飘洒洒的雪花,始而细疏,转而绵密,终成狂舞……

2014：爱你一世

　　网络语言也许会为传统的语言学所排斥，但其中真有不少表达方式令人惊叹赞赏。如果没有网络语言的兴起，谁能把 2014 解读为"爱你一世"呢！这种神奇的"谐音"，令这个即将到来的新年充满了与以往任何一个新年都不一般的温情。

　　无论人们如何感叹世态炎凉、人心不古，无论人们如何嗟叹人生多舛、旅途坎坷，新年多少总会在我们心里激起情感的涟漪。我们虽然清晰地感到，随着年龄的增长、履印的增厚，对新年已失却了一种急切盼望的心情，然而从前过年的光景却总是在心底挥之不散。你的记忆中也许是那一盆只有大年三十才能吃上的热腾腾的饺子，我的脑海里回放的是父亲用细沙炒着自晒的西瓜子的画面，他的心湖里漾起的是穿上袖子接长毛衣的喜悦。男人想起的是拍烟壳、打弹子赢来的糖果，女人忆起的是旧棉袄换上了新的花罩衫，男人女人都忘不掉的是那三块五块的压岁钱。家里那一本票证今天剪了一张，明天又剪去一角，原本齐齐整整的一页页渐渐变得东残西缺，全无规则，我们知道：新年近啦，大人在办年货啦，要去走亲戚啦！正所谓"当时是苦，事后是甜"，贫穷年代过年的影像，每当重放，年深岁久，芬芳愈浓。那些我们一生一世都不会忘记的爱啊！

　　走远了，那些温馨的年代；走远了，我们的至爱亲朋。我们一

天天地长大,我们有一天终于离开了家乡,来到另一个城市。我们在陌生的城市里安家,我们在陌生的人群中打拼。人生何处没有爱呢?虽然父母不在身边,亲朋好友不能陪伴左右,我们却有缘遇到那些为我们指路、为我们遮风挡雨的人,令我们温暖一生。在她,可能是那个像大姐一样的师傅,常常把自己饭盒里的菜拨给她;在你,可能是那个像父亲一样的领导,一步步地引你向前走;在我,则可能是那个亦师亦友的老师,无私地教导我做人和做学问。每当我们遭遇挫折,对爱的信念动摇之时,他们的面容就会在眼前浮起,仿佛在说:不要紧,一切都会过去的,有我呢!我们的心里就会亮堂起来,恍然晓悟自己选择的道路要一生一世地走下去。

不管我们多么卑微,不管我们多么渺小,我们总会遇到自己的另一半。是他,是她,在这个陌生的城市里给了我们一个安定的家。窗外是狂风大作,天上是乌云密布,地上是尘烟四起,然而,爱人却给我们永远的宁静,关上家门,一切的失意都被关在门外了。年年岁岁相濡以沫,岁岁年年甘苦与共,爱人不觉两鬓染霜。在新年到来的时候,我们有没有想过爱人为我们常年的付出?他们的付出是否天经地义?我们可曾给予他们一丝体察?为什么我们在贫瘠的年代可以相敬如宾,在富裕的岁月却越走越远?为什么我们对领导小心翼翼,对同事笑脸相迎,对爱人却可以随意呵斥?不要以为我们可以永远相守啊!眼前鲜活的人,转身可能就是永远的背影和空茫!在 2014 年来临的时候,让我们都来读懂爱的要义吧!爱就是要勇于坚持守候,爱就是要担当一生一世,爱就是要走到地老天荒。

2013 年岁末,我参加了一场朋友孩子的婚礼。尽管现在婚礼的程式千篇一律,但我想,毕竟这是人生的一场特殊盛宴,新人的心里总会触发一些特别的情思。我的判断是对的,因为我看见了新娘的闪闪泪光,我听到了新郎的哽咽话语。新娘是我从小看着长大的孩子,我祝福她永远沐浴着爱的阳光。2013 是"爱你一生",2014 是"爱你一世",相信"爱你一生一世"会成为这对新人,

不,成为所有在今冬明春结成眷属的新人们共同的誓言。

不忘家国天下,是中国人的优秀文化传统。在2014年的脚步声已然走近的时候,所有中国人都为我们党的一次盛会而欢欣鼓舞。全面深化改革,坚定不移地实现中国梦的宏伟蓝图,书写的岂不是一个"爱"字!准许"单独"生二胎,提高国企上缴财政比例,制定渐进推迟退休年龄政策,网上办理信访,形成合理有序的收入分配格局,高考不分文理科……60项要点,哪一项不与你我息息相关!哪一项不体现出对民生的殷殷关切!儿女之爱,亲朋之爱,都是小爱;国家之爱,民族之爱,才是大爱。小爱固然要坚守一世,大爱却要延绵永世。

新年就要到了,也许你又要给亲朋好友寄上一张贺卡或明信片吧?注意新政了吗?今年你用不上单位发的贺卡了。我由衷拥护禁止公款购买贺年卡的新令,不是因为我是一个从政的小吏,而是这倒可能激发我们久已干涸的爱泉。我们早已习惯了在公家发放的明信片上签上自己的名字寄给他人,虽然不满于词句的枯燥一律,倒也觉得省事便捷。这样机械刻板的明信片又能传达多少发自内心的爱呢?那么,今年何不用自己的方式来传递爱呢?或是寄上一帧自己的近照,或是寄上一张自摄的风景,或是花一点时间自制一张个性化的贺卡。或者,只是拿过一纸白色的素笺,信手写上自己的心情和祝福。也许,这一执政者的新令,会成就我们爱的新令、情的新词、心的新曲,开掘我们爱的心智,提高我们爱的能力。

是的,我们要提高爱的能力。爱是一种情感,爱更是一种能力。爱一个人、爱一件事,要知道从哪里起步,自哪里切入,在哪里升华。没有爱的能力,又怎能担当一生一世的爱!在2014年到来的时候,让我们一起来思考爱的含义,增强爱的意识,完善爱的素质,拓展爱的泉源,提高爱的能力吧!

2014,爱你一世……

只消一个放下的念头，一个转身的选择，我们就可以从各种各样不必要的奔忙中逃逸出来。一卷在手，清茶在侧，有风邀风，有月望月，有花赏花，有雨听雨。

——《岁月静好》

独坐一灯

不忘初心

清晨,我总爱坐第一班地铁出发,不为别的,只为看太阳从马群升起。

在晴暖的季节,早晨起床,打开窗户,远处的天际正在一抹抹渐次染红,变幻出令人迷醉的五彩云霞,等待着太阳的绚烂出场。进得地铁站,那一轮红日正喷薄而出,镀亮了东郊层林尽染的大地和尚未醒透的楼宇,列车从日出的方向驶来,满披金光。那一刻,屈原的《东君》便在耳边响起:"暾将出兮东方,照吾槛兮扶桑;抚余马兮安驱,夜皎皎兮既明。"诗人说,东方即将升起黎明的太阳,车驾的扶桑木栏被照耀得熠熠发光。轻拍龙马将驰向何方?沉沉的夜色即将被我划亮。这几句诗多么符合眼前的情境,让我对初升的太阳生出无限的景仰,也温暖地回归着自己的初心。

初心,就是我们出发时怀揣的梦想,是我们一生渴望抵达的目标。初心,正如这初升的太阳一样霞光万丈,照亮着我们的前程。

年少时哪里会有"初心"的概念?读到《华严经》中"不忘初心,方得始终"的训诫是多少年后的事了。然而,对初升太阳的钟情却记忆如初。少年时,最喜爱王洁实、谢莉斯演唱的那首《校园的早晨》,最喜欢那几句明快的"沿着校园熟悉的小路,清晨来到树下读书。初升的太阳照在脸上,也照在身旁这棵小树",它们对于清晨在朝阳下读书的我来说是多么契合!多年晨读的习惯,使我对朝阳产生了难以言说的依赖和热爱。记得高考前在家备战的

几天，我每天清晨即起，把课本放在书桌上，闭上眼睛默诵其中的内容。夏天的太阳照在书本上，照在我的身上，尽管暑热难消，我却依然喜欢这种沐浴在阳光中的感觉，总觉得有一种力量在内心升腾。多少年后，当我脱下戎装来到省级机关，我依然习惯迎着第一缕阳光登上公交车，去温故自己少年的初心，汲取勇往直前的热力。

喜欢张晓风那篇《初心》。她从文字学"初，裁之始也"的诠释，设想某个女子面对着整整齐齐的一匹布，考虑是做一件孩子的小衫，还是裁自己的一条裙子，思来想去，下定决心，一刀剪去。她由此发出自己晓彻通透的感悟："人生一世，亦如一匹辛苦织成的布，一刀下去，一切就都裁就了。整个宇宙的成灭，也可视为一次女子的裁衣啊！我爱上'初'这个字，并且提醒自己每个清晨都该恢复为一个'初人'，每一刻都要维护住那片初心。"真的是这样，人的内心也是一个宇宙啊！当我们从更事时立志要做怎样的人起，思想的那一刀下去，也许我们自己的世界便裁就了。初心，作为人生的导航仪，是多么重要！

世界上最难的事之一也许就是永远保持初心。日本有一位清洁工，遵照母亲的教诲，每天都像第一天那样对待工作，保持着初心和新鲜感，享受着其间的乐趣。这是多么难能可贵啊！初心易失，初心易老，"靡不有初，鲜克有终"。挫折打碎了初心，歧途丢失了初心，岁月催老了初心。沉浸在奢华、喧闹、浮躁中的我们，怕付出代价，怕经受磨难，于是渐渐销蚀了"纵千人吾往矣"的豪情，忘了自己从哪里出发，向哪里进发，初心也许只在酒醉后的杨柳岸晓风残月中悄悄浮起，又在酒醒后的赏心乐事和良辰美景中黯然沉落。

其实，无论人生的境遇如何，我们总是可以选择心的生存方式的。读张文江先生《古典学术讲要》，先生在讲授《风姿花传》时说过一句意味深长的话："要了解十体，更要牢记年年来去之花。"就是说，一个人现在的状态里，要保持着初心萌发以来各个时期的

"花"。先生说,初心没有了,人就一点点老了。我们要坦然接受人生的各种磨砺和挑战,做《庄子》里保存的那把用了19年"刀刃若新发于硎"的刀,不管经历怎样的挫败,生命之刃也永不磨钝,永远做迎着朝阳出发的"晨曦的儿子"。

回望那个高考的夏天,仿佛仍能嗅到那太阳和汗腥交相混杂的特殊味道,在中年的我看来,那就是初心的味道吧。初心,是人生的阳光;实现初心,少不了辛勤的汗水。也是在高中时,读到冰心先生的一段话:"成功的花,人们只惊慕她现时的明艳。然而当初她的芽儿,浸透了奋斗的泪泉,洒遍了牺牲的血雨。"正是最需要励志的年龄,我把这段话抄在了几乎每个笔记本的扉页,鼓励自己以勤为径,争取最优的学业。现在想来,巧而又巧的是,这段话里竟有个"初"字,虽然没有说到初心,却和"不忘初心"的箴言内里相通。冰心先生给了我这样一种信念,只要坚守,年少时的梦便会成为一朵永不凋零的花。

也许,没有人能完全按照自己设计的人生路线行进,然而,无论走到哪一条路上,在滚滚红尘和如烟繁华中,我们仍可以秉承自己对世界、对人生的原初态度。如果我们能永久保持"人生若只如初见"的盟誓,又怎会出现"何事秋风悲画扇"的嗟叹;如果我们能始终怀有"江畔何人初见月?江月何年初照人"的追问,又怎会丢弃对事业的热忱?世事困顿,人生劳碌,也许我们都应该时时停下不知为何奔跑的脚步,去回望来时路,去听一听那首《不忘初心》:

说出爱你的那一天
下决心为你守护着永远
那些关于美好的心愿
我全心全意为你实现
不忘初心　相知相守在身边
在一起　我的世界慢慢变得温暖又新鲜
不怕未来曲折的伏线

独坐一灯深

　　明朝诗人何景明诗云："万山秋叶下,独坐一灯深。"大约是因为有多年独坐灯下读与思的体验,所以对这两句诗感到格外亲切。"深"的岂止是灯呢? 是夜,是秋,更是灯下的无垠思绪。而这种深远的境界是"红叶枝头春意闹"时绝对体会不到的。

　　如果说喧闹是人生的一种景象,那么,孤独则是一种更高的人生境界。独处时,身与世隔,思虑不受尘俗的干扰,我们可以清醒地观照世界、观照他人,也与自己的心灵静默相对,透过自己的外壳看到真正的"自我"。哪怕是在闹市里的独处,斗室之中,青灯之下,也会感受到"心远地自偏"的万籁俱静。

　　"车如流水马如龙"的宾客云集,"一日看尽长安花"的春风得意,固然可以给人带来欢腾的体验,但人心的真伪变得模糊,人对自己和他人的评判不免失准。也许正是有一份对世事人情的清醒认知,我们的先人才会寻求"独坐幽篁里"的静谧、"独钓寒江雪"的清寂、"独看帘月到三更"的孤愁、"独倚栏杆凝望远"的疏旷吧? 他们深知,过于喧闹的人生,是满盈的人生;善于独处的人生,是留白的人生;满盈易亏,留白有余。

　　"独坐一灯深"是一种意象,一种享受独处的意象,这是先贤冥冥中对我们的殷切警示。我们已被网络和信息包围得水泄不通,我们已被功名和物质异化为"压力山大"。那么,何不给自己一点孤独的时光呢? 也许是在工间休息时选择一条独自漫步的石

径,重放那些温情的人和事;也许是在午间找一家茶馆,慢慢地品啜一壶茶,也悠然品味"淡定";也许是在下班时忽然下了公交车,去走一条清寂的小路,做一回"吾日三省吾身"的曾子;也许是轻合帘栊,怀着恋爱一般的心情倚枕夜读,去寻求心的契合;也许就是独坐灯下,什么都可以想,精骛八极,心游万仞,或是什么也不想,脑中好似白茫茫一片大地真干净。

独坐也罢,独行也好,都是为了让自己浮躁的心趋于澄净,让自己在新的心灵起点上重新出发。不要艳羡那些成天奔波喧闹的人们,不要哂笑那些甘于独守寂寞的人们。要知道,今天独坐一灯下的点滴思量,都可能化作明天面对人生的巨大能量。在独处的那一小段时间内,我们逃脱了满溢着的花香酒香对我们的麻醉,完成了对自我、他人和世事的重新审视。即使是一无所思,我们在职场始终绷紧的神经也得到了放松,我们可以打点起精神去面对新的挑战了。

书桌的乡愁

　　清晨，走进书房，擦拭着书桌上积下的尘灰，不知为何，从前用过的一张张书桌都在我眼前浮现，不由情随心动，感慨万分。

　　小时候，我的书桌在高低床的下面。幼时家贫，一家四人仅有斗室一间，小学时就在吃饭的小方桌上写字做功课。到了上初中，我和弟弟都需要自己的写字桌了。勤劳工巧的父亲用拼凑起来的木料打制了两张窄窄的高低床，靠一面墙放着，使家里再无寸土可利用了。床的上铺睡人，下方则放了两张写字桌。写字桌自然也是父亲自己打的，非常简陋，只有两个抽屉而已，但已让我们高兴得不能自已。我们不仅有了自己的安身之窝，还有了做功课的独立空间啊！这张高低床下的书桌啊，助我考上了省重点高中。

　　长大后，我的书桌在厨房的一隅。上高中后，我们搬了一次家，居室稍大，但仍是一间，是与人合住在一套三居室里。好在外面多了一间厨房，为了保证我高考，父亲就打起了厨房的主意。他把几张硬纸板拼在一起，用报纸糊得服服帖帖，在厨房里竖起一道像模像样的"墙"。于是，里间是厨房，外间就成了我的"书房"。依旧是那张简陋的写字桌，桌子上方白炽灯的灯罩是父亲用硬纸板做的。我在昏黄的灯下大声读书，我在老旧的写字桌上演算习题。这张厨房里的书桌啊，让我走进了全国闻名的高等学府。

　　后来啊，我的书桌在卫生间的里头。工作了，住房难是每个单位的共性问题。好在结婚时，单位还给我分配了一间 20 多平方米

的单室套。新购的家具里有一张不大但却还雅致的写字桌,置于窗口,读书习文倒也自在。然好景不长,女儿的诞生打破了生活的安宁,也打破了写字桌的宁静。母亲也从老家来照顾妻女,空间骤然显得局促。于是,每到晚间,我就将吃饭的折叠圆桌搬入卫生间,开始我两三个小时的读书写作。卫生间异常狭小,正好容下一张小圆桌、一张方凳。把门一关,女儿的哭闹声顿时隔离,静谧之心油然而生,思情灵感喷涌而出。这张卫生间里的"书桌"啊,令我写出了一篇篇见诸报端的文字,也成就了我的第一本散文小集。

而现在,我的书桌在宽敞的书房里。住进单室套之后,我又搬迁过两次,写字桌也换过两张。自然是房子越搬越宽敞,写字桌越换越宽大。然而,坐在这宽大的写字桌前,我却常常只是心不在焉地翻着书刊,很难集中精力读进一些文字,写作的灵感似乎也已干涸,再没有了从前那种急欲铺纸提笔的冲动。为什么有了安静的环境,有了优裕的生活,有了独立的书房,我却反而没有了读书的激情和写作的热忱呢?面对着书桌上已积起一些时日的尘灰,我不停地想从前,不停地问自己,为这书桌而起了味永难言的乡愁……

岁月静好

　　这个长假对我来说，真是奢侈得很，不仅是因为有了整整一周的时间，而是在这一周里，我给自己疲惫的心放了个假。我婉拒了所有的应酬，除了为女儿做了七天的厨子，尝试了几道新菜，还读完了西蒙娜·德·波伏娃、司徒雷登和卡夫卡的传记，读完了4期最近的《读者》。独坐阳台，手执一卷，微风拂面，书香沁心，仿佛身处不是尘世、不是居所的另一个所在，那种充盈感、隔绝感和飘逸感使人微微陶醉，物我两忘。我想，此时，我便与一个真正的自己相遇了。

　　长假的第一天我便想写些文字，但发现，由于前一阵特别忙碌，我好久不拿笔的手居然有些僵硬。为了避免为赋新辞强说愁，也为了重新找到与文字相亲的感觉，我开始翻看从前的笔记。我读到一段十多年前自己写下的不成文的文字，大意是：今天的城市早已不是昨天的城市，城市巨大变化即将到来的前期震动使我们变得焦躁不安，对已拥有一切的极度不满足，对未来攫取名望、权力、财富的巨大渴望，使我们的心处在前所未有的躁动之中，人们正行走在"本我"与"非我"的边缘。我已忆不起来为什么当年没把这篇文章写完，但这段话却又连缀起我中断多年的思绪。不是人们都说焦虑已成为当代的普遍世相了吗？怎样去克服这种时代的焦虑？每个人自有自己的消解之法。但我以为"书柜代替酒柜，书橱代替衣橱，书香代替酒香，书桌代替牌桌"是最佳的良方之一。

　　这年头,大家都说忙。其实"忙"既有客观的,也有自己折腾的。八小时以内,我们都得为生存而忙,这是不得不之"忙"。八小时以外,我们完全可以放下职场的一切,去做自己喜欢的事。八小时以内,我只能做必然王国的公民;八小时以外,我完全可以做自由王国的国王,可以从那些无谓的应酬、充满八卦的派对中逃逸,只是回到家中,为爱人和孩子做一道新菜,夜晚傍着一盏小灯,倚枕而读,飘然世外。此时,世间唯有一个字存在:静。

　　时光越往中年以后的日子走,我愈觉得,对于职业,只需把它作为谋生的手段,维持温饱的保证,不要给自己捆绑上过多的名缰利索,赋予我责任就勉力担当,无须我担当就笑看风轻云淡。出了职场的门,就再不想那些钩心斗角、暗道机关,自由的时光虽南面王而不易。蒙田说过,人类的一切灾难在于人回到家还静不下来。有些人总把扮演的社会角色看成是家内家外真正的"自我",看成是一种永恒不变的东西。其实说到底,不管我们从事哪个行业,都是在做演员,在演一场不得不演的戏。八小时以内能演好就足矣,至于是不是主角,都不是那么重要。因为戏终之时,主角也一样要谢幕;他的戏份重,自然也比我们累。回得家中,我们就该换下戏服,卸掉戏妆,还原一个本色的自己。假如戏外仍痴迷于戏中,则会为戏所伤,天长日久,终会分不清何为戏情,何为自己。

　　前些天看一篇关于人生意义的文章。作者说,人生的意义并不复杂,就是吃得好一点,多玩玩,不羡慕别人,不受管束,多积累那些真正有益于心灵成长的人生经验,一生无憾。简简单单的几句话,实践起来也许并不容易。不羡慕别人谈何容易?别人拥有的一切我们都希望拥有,别人的成功我们总认为是潜规则的作用而心生妒意。不受管束如何能做到?在电梯里遇到上司,只因他未多加言语,我们的心中便会唱起《忐忑》。多积累人生经验则会被许多人视作无益,人们毋宁相信那些厚黑学的法则,一部谍战剧《潜伏》也会被总结出许多职场规则。一句话,许多人一生的大部

分时间都用于名利场上你死我活的厮杀,我们的心死在了各种欲望上。

我们常常陷于自己欲望设置的迷宫中而不得其解,我们一方面汲汲于功利之途,另一方面又想寻找世外桃源。其实,世外桃源不过是陶潜的寓言,到哪里也找不到这样逃逸尘世的所在。真正的精神田园还得向陶潜诗里去找,那就是"结庐在人境,而无车马喧"。只消一个放下的念头,一个转身的选择,我们就可以从各种各样不必要的奔忙中逃逸出来,一卷在手,清茶在侧,有风邀风,有月望月,有花赏花,有雨听雨,便可以做到心无挂碍,身处闹市也自成"不知秦汉,无论魏晋"的武陵中人。

在刚读的波伏娃的传记中,作者提到她的小说《人总是要死的》。虽然有些评论家认为这部小说并没有说明什么观点,但读者还是喜欢它,因为它用一种新异的形式探究了"生"与"死"这两个人生的重大课题。通过虚构一个永远不死者在人类历史中的种种遭遇,说明了永远不死者并不幸福,因为他无法懂得友谊和爱情的真正意义——这两种感情的稳固和持续是建立在我们都会死这一事实基础上的。因为我们知道自己都会死,所以才会倍加珍惜这些美好的感情,才会在有限的时间范围内发现绝对。这部小说给我的启示是,正因为我们是要死的,所以才更加需要在极其有限的人生中享受友谊、爱情和一切与心灵有关的生活,而不必对在功名之山上攀爬的高度过于计较。

胡兰成写给张爱玲的信上曾说:"愿使岁月静好,现世安稳。"岁月静好,是多么单纯、晶莹、安宁的境界啊!静是品质,好是质量。追逐功名之途何谈静?觥筹交错之间何来静?飞短流长之时何能静?失却了"静"的岁月怎么能有好的质量呢?只会不断产生新的无谓应酬、新的无由揣测、新的无端不平、新的无边功利、新的无形压力。只有如此刻,在不用匆匆赶车去往职场的当下,在秋日和煦温暖的阳光中,在自家别无长物的阳台上,在一页页书的定心翻阅中,方感到胸间蓄水,心底植竹,岁月是真正的既静且好啊!

让我们一起去逃逸

陶渊明的一篇《桃花源记》千古流传,先人们避离乱世、怡然自乐的情景,引起后人不尽的遐想和无限的向往。我想,这其实是作者虚构的世界,想象的驰骋。而人们明知现实生活中并没有这样的世外桃源却仍然深深神往,是因为我们不仅有"身",更有"心",我们的心需要有一个安顿的地方。

理论上说,"身"是应当听从于"心"的,然而,事实上没有一个人能完全做到身心的统一。从我们的"身"尚未形成之时,就注定了它要承载许多无法选择的东西。我们不能选择国家,我们不能选择民族,我们不能选择父母。在不同的时间来到不同的国家、不同的家庭,人生完全是不同的过程和结局。当我们的血肉之躯形成之后,我们要承受病痛的折磨,忍受寒暑的煎熬,经受风霜的侵袭。有许多无可选择的东西在等待着我们,许多人不能选择学校,多数人不能选择职业,不少人终生都在自己并不喜欢的职场上踉跄奔走。于是,涉世愈深,我们愈会深谙身不由己的含义。

处江湖之远的人身不由己,江湖自有江湖的规矩,不是可以随心所欲的;居庙堂之高的人身不由己,明枪暗箭防不胜防,逢迎背后的寒意仿佛刀光。而结庐在人境的芸芸众生,也自有诸多身不由己之事。不同的职业有不同的行规和操作流程,长年累月的重复必生单调刻板之感。整天埋首于文山的你,整天淹没于会海的

你，整天奔走于应酬的你，整天伤神于营销的你，整天费舌于谈判的你，都会发出一声叹息：身不由己！

身不由己，就要学会逃逸，让自己疲惫的身躯得到休憩和调整。我们无法逃避所有的会议、公文和应酬，但只要愿意，总是可以有休息和调整的间隙，特别是虚靡的应酬总是可以推脱的。每周有那么一两个小时，试着逃离你的重荷，逃离你的不快，去一个云淡风轻的地方，哪怕就那样坐着，看看风景，发发呆，你会感到身心又回归了自己。

逃逸，重在逃心，就是要有自己的喜好，有自己内心真正向往的东西。许多年前，由于职业的原因，我已经沉溺于各种应酬了，我深知长此以往我将不我。我问自己：有朝一日如果这一切都烟消云散，我靠什么才能体面而有尊严地生活？而等到那一天我已老迈，哪里还有精力重拾爱好？这种强烈的紧迫感迫使我迅速拿起了纸和笔，我开始用文字来倾吐自己的心声，表达自己真正的意愿。于是，多年来我虽不能做到身心的完全统一，但一直保持了一种身心的大致平衡。每当我沉浸于文字的世界，窗外的人声车声听而不闻，人生的种种烦恼繁杂都离我远去，我的心逃到了我的桃花源。

在这个世界上，我们注定有许多不由自主之事，但也注定有一些可以忘情之时。和许多人一样，我无法完全避开职场的闪转腾挪，那是俗世里一个忙碌的我。但我更知道，这些喧闹的东西不是生活的全部，更不是人生的至要，所以我不会抛弃我的文字，书桌旁的我是一个安静的我。如果你要问哪一个我更真，我说都是真的，那都是我，但文字里的我是一种本真，是永远不会丢失的原色。

曾经有一个下午我逃离了职场，与一个好友来到南师大的边门。校园的栅栏挡不住丛丛绿树的蓊蓊郁郁，在这满世界的绿面前，他痴了，忽然说：多像国外啊！这明明是中国的土地，他为什么会有身处域外之感？因为，这片绿对忙着经纶世事的他来讲已是久违了！他竟然不相信我们自己的大地上、自己的生活中也有这

样葱绿的世界啊！

因为陶渊明所记之地是武陵，所以，常德人据此建了一个桃花源公园，很多年以前我曾去过一次，却丝毫没有世外的感觉。所以，刻意的营建是构不成世外桃源的，真正的桃花源在我们心里。当你逃离喧嚣繁杂的那一刻，再怎样车水马龙的地方也会成为世外桃源；当你忘了自己的一切社会角色，就那样倾心地做着你喜欢的事的那一刻，你已逍遥游聘在这个世界之外了。

来吧，我的朋友，让我们一起去逃逸，哪怕只是片刻……

常识就是生命

今年最寒冷的一天,在我每天早晨上班时必经的小区里,一对尚未举行婚礼的年轻夫妇用蜂窝煤炉取暖,结果双双命赴黄泉。难道他们不知道煤气中毒的道理?所以,网友在惋惜他们太年轻之时,也发出了"常识就是生命"的慨叹。

常识就是生命!一语惊醒梦中人。生活中有许许多多的常识,这些常识引领着我们只有一次的生命迈向健康平安。生命的悲剧,往往源于对常识的无知。这对已到而立之年的夫妻,连一氧化碳中毒的常识都不知晓,这才导致了令人扼腕的悲惨结局。从这个意义上说,常识就是生命,确乎不是夸大其词。

生命的悲剧,也源于对常识的蔑视。有的人明明懂得那些生活常识,却根本不把它们当一回事,他们更相信自己的直觉和经验。我有一个同事,就是因为在宾馆用电热水器时未关掉电源,导致触电身亡。问她丈夫是否知道电热水器可能会漏电,他说知道,但在家从来不关电源也没出过事,所以认为这种提醒也就是说说而已。须知,常识是多少人甚至是多少代人在生活中总结出来的经验啊!在世世代代总结提炼的过程中,早有多少人付出过惨痛的代价啊!常识多半比个体的直觉和经验更可靠。

生命的悲剧,还源于对常识的侥幸心理。谁不知道"红灯停,绿灯行"的道理?然而,闯红灯者仍然不计其数,因为这些人相信

自己的眼力好,相信自己的反应快,只要左顾右盼,注意躲闪,车子哪会撞到自己身上?悲剧常常就在一念之差的侥幸间遽然来临!

人生在世,有许多常识是要遵循的,而生活的常识不仅仅存于日常生活领域,也存于政治和思想道德领域。"生命在于运动""不渴也要喝水,没病也要休息"这一类的提示是常识,"伸手必被捉""天网恢恢,疏而不漏"这一类的警示也是常识。然而,总有人或无视常识,自认为位高权重,任何戒律都奈何不得自己;或存侥幸心理,自认为那些不法交易神不知鬼不觉,到身败名裂之时才悔之晚矣!不仅自己的政治生命画上了句号,也给亲人的生活带来无尽的痛苦。所以,我们要牢记,我们的生命既是自己的,也是亲人的,我们的生命——无论是自然生命还是政治生命,都关乎我们最亲近的人!因此,我们要对常识存一份敬畏之心。

我想,所谓常识,就是人们对自然、社会和思维现象的规律性总结。世上固然有一些被实践证明是谬误的常识,然而多数的常识总是多少年来人们的经验之谈和前车之鉴。从某种意义上说,常识就是一条底线,就是一条不能碰的高压线。珍视生命,珍视名节,请从珍视常识做起。

清明时节话敬畏

清明临近,天朗气清,万物洁净,人们纷纷踏上了扫墓的路途。千百年来,无论时代怎样变迁,清明祭祖扫墓的习俗从来就不曾移易。我想,这里面包含了一种对亲人的追思,更包含了一种对先人的敬畏。

敬畏者,敬重兼畏惧也。是先人给了我们生命,留下了许多关于人生的遗训;是那些亡去的亲人给了我们温暖和关怀,为我们创造了今天美好的生活,我们焉能不敬重他们? 倘若我们起了不敬之心,他们的在天之灵怎能安宁? 我们又怎么能给后人做出敬天孝祖的榜样? 思之如何不生畏惧之情?

怀着这种敬畏之心,世世代代中国人会在清明前夕,携带酒食果品和纸钱来到先人墓前,恭敬供食,虔诚焚纸,轻培新土,叩头行礼,默默祈祷。休要说这是迷信,这其实是中华民族的一种美好风俗,是国家认可的非物质文化遗产,也是中国人精神生活和心灵生活的一部分。"文革"史无前例的"破四旧"都未能使这一风俗湮灭,足见其根植人心之深! 有了这种敬畏之心,我们就会对先人常怀感激之心,常常感受鲜活生命的可贵,常常想起他们的教导,生怕有所违背而得不到他们的庇护,生怕自己的言行逾越了道德和法律的准绳而遭惩罚。

读过一篇文章。作者老家的祖宅被列入危房拆除,老宅里供

奉的无数祖宗牌位如何处理成了难题。一位族内的长辈说,现在流行"破四旧",不如把这些牌位分给各家劈了做柴火生炉子。也许真有人这么做了吧?但作者的母亲,一个普通的农村妇女,却把分给自家的那些牌位洗干净放进了河里。她说:总觉得不能那样做,这河是连江通海的,就让祖先们顺流而去归入大海吧。这篇文章的题目叫:一位普通母亲的文化观。是的,敬畏也是一种文化啊!连祖先都不敬畏的人,却能够敬畏历史,敬畏百姓,那真叫天方夜谭!我们的祖先也是历史的一部分,我们的先人也是百姓的一部分啊!连至亲的人都可以不加敬畏,如何能指望他为国家和民族效忠尽力!

人生在世,是要常存敬畏之心的,不光是敬畏祖先,还要敬畏自然,敬畏规律,敬畏文化。这自然是天地的审视,这规律是祸福的循环,这文化是历史的积淀。有敬畏才知耻,有敬畏才知止,有敬畏我们就不会对功名利禄过于贪婪,人生才会取舍有方、行止有度。比如财富,自古以来就提倡散财分谤,《大学》说:"财聚则民散,财散则民聚。"一个人的财富达到盛极之时,他和别人、和社会的平衡就被破坏,就可能招来满溢之损。不少慈善家正是怀着这样的敬畏之心,在自己的财富集聚到一定程度之时就流通出去,回馈社会。人生的其他资源也大抵如此,是有一定配额的,你占据得过多就打破了平衡,就可能由福趋祸。这种玄奥的天机真会令理智的人们心生忧惧啊!

也许,有人对这种"平衡"不屑一顾,认为是一种偶然,认为是一种臆想,他们依然卖官鬻爵,大肆敛财,自以为天不知鬼不觉人不察。然而我要说,大自然的神秘和深奥远不是人类可以洞悉的,文化的宽宏和深邃也绝非我们可以尽达,还是心存敬畏为好,天不怕地不怕的狂妄之徒,到头来绝不会有好的结局。孔子就说过要"畏天命,畏大人,畏圣人之言";王夫之更是深刻地认为:"天有所不敢,故冬不雷而夏不雪;地有所不敢,故山不流而水不止;圣人有所不敢,故禹、汤不以天下与人,孔子述而不作。人皆有不敢之心,

行于恻隐羞恶辞让是非之中。"康德则说:有两样东西,我对它们的思考越是深沉和持久,他们在我心灵中唤起的赞叹和敬畏就会历久弥新,一是我们头顶浩瀚灿烂的星空,一是我们心中崇高的道德法则。东西方先哲几乎如出一辙的训导,不能不令我们心生敬畏。星空里,有苍天洞烛的火眼金睛,有先人凝视的锐利双眸。常常仰望星空,永怀敬畏之心,我们就会注重修身养性,不忘清廉自守,我们的人生就能如"清明"的含义一样清洁而明净,从而不负祖先给予的这只有一次的生命。

凭君莫射南来雁

　　一个在加拿大读书的中学生,在宠物店看中了一条非常漂亮但价格不菲的鱼,如果是在国内,店主会为这笔生意而喜出望外,毫不犹豫地把鱼卖给他。然而,店里的工作人员得知孩子的鱼缸很小时,却拒绝把这条鱼卖给他。工作人员解释说,这种鱼能活40多年,但对生活空间要求很高,如果鱼缸太小鱼就很容易死。他说:"难道你忍心看一条本来能活40多岁的鱼,在小婴儿的时候就死掉吗?"这句话,道出的是对一条小鱼生命的敬重,他对小鱼生命的敬重,也让我们对他生起深深的敬重之情。

　　这样的事,在国外比比皆是。在加拿大魁北克一个自然公园的山林里,一群凤头山鸡挡住了车子的路,相向开来的两辆车都停了下来,安静地等待山鸡横过马路。但山鸡却不肯领情,怒发冲冠,左冲右突,一个司机只好开门下车,弯90度的腰鞠躬把山鸡请下了路面。在落基山,当一头野鹿被车子撞伤时,车上的人立刻下车给鹿包扎伤口,并开车去急救站。在卢森堡城北,有一座世界上绝无仅有的"野鹿桥",就是为了方便高速公路两侧的野鹿行走,减少其横穿公路的危险。在德国,喜欢吃鱼的家庭中,多备着一种能让鱼服用后很快昏迷的药丸,他们在杀鱼做菜之前,会把药丸喂给鱼吃,待鱼昏迷后再杀,这样就避免了鱼的痛苦。能够把动物的生命看得和人的生命一样重要、一样有尊严,才是真正树立了生命

196

意识和平等意识,世界才会生动和谐。

　　一切的动植物当然是有它们的生命的,而且也必有自己的语言,只是人类尚不能破译罢了。花开花落有生命,日落月升有呼吸,风起云涌有因由,鸡鸣犬吠有悲喜,蚁迁鼠徙有信息。海德格尔认为,人不是自然和大地的主宰者,只是它们的维护者,人应该和动物、植物平等相处。是的,不要说生龙活虎的动物、生机盎然的植物,就连看似沉寂的大地也有自己的生命,它有自己的地质结构,有能影响自然生态的地气,对于天天脚踏着的大地,我们也应该有敬畏之心啊!

　　中国人并不野蛮,自古而来,我们对自然一直存有敬畏之心。《易经》"天地氤氲,万物化醇",《管子》"苞物众者,莫大于天地;化物多者,莫多于日月",苏辙"天之所生,地之所产,足以养人",都反映了先人对于自然的感恩和敬重之情。然而,随着工业化时代的到来,随着对物质利益特别是短期利益的追逐变本加厉,我们越来越无视草木的盛衰、鸟兽的悲欢、大地的安宁。在人对自然一次次的征服中,在人定胜天的盲目自信中,我们忘乎所以,冲淡了对自然、对动植物生命的敬畏之心。

　　自然和社会是一个生命的整体,互相给予,彼此包容。也许用得上"你敬我一尺,我敬你一丈"这句话,我们粗暴地对待自然,自然当然会以它自己的方式惩罚我们。砍树伐林换来的是风沙弥漫,射杀鸟兽换来的是生态失衡。而为了追求所谓的"政绩",动不动就挖地三尺大兴土木,大地元气大伤,换来的就可能是大地和执政基础的双双"地动山摇"。

　　杜牧《赠猎骑》诗云:"已落双雕血尚新,鸣鞭走马又翻身。凭君莫射南来雁,恐有家书寄远人。"杜牧以一颗悲悯之心殷殷劝诫猎人莫伤南来的大雁,这也是我们的先人从远古向我们发来的尊重生命的信息。莫射南来雁,因为它携带着思妇对征人的思念;莫踩葱茏草,因为它给我们带来满目的绿意;莫伐翁郁树,因为它用浓阴为我们遮蔽烈日;莫掘丰饶土,因为它的生命和人类的生命紧紧相连啊!

那些并不紧要的事

有许多事在人们看来并不紧要,可做可不做,可快做可慢做,其实它们的重要性全在于潜移默化、日久生效。

一是读书。北宋颜之推说:"积财千万,无过读书。"然而,现代人偏偏看重财富的积累,在有些人看来,内心的充盈远没有财富的聚敛来得重要。现代社会的快节奏、名利场上的奔波也使得人们淡忘读书、无暇读书。是的,读书的功效并不是立竿见影的,但一个人是否勤于读书、善于读书,人生的境界会全然不同。读书不能立即创造财富,不能瞬间带来成功,但却是创造财富的助推器、走向成功的思想源。杜甫说:"富贵必从勤苦得,男儿须读五车书。"朱熹所说的"问渠那得清如许,为有源头活水来",也是指人只有通过读书不断吸收新知识才能不断进步。试着每天翻几页书,相信闻书香可以去浊气,我们的事业和思想会不断升华。

二是锻炼身体。身体是革命的本钱是谁都懂得的道理,但坚持锻炼身体何其难也!有人懒得锻炼,有人无暇锻炼,有人三天打鱼两天晒网。在激烈的竞争和工作的重负下,我们许多人的身体实际都已处于亚健康状态。不少人羡慕那些退休的老人,每天清晨在公园呼吸新鲜的空气,活动胳膊腿儿,跳着健身舞,设想退休后一定也开始有规律的锻炼。而实际上,锻炼何需专门的大段时

间，工余零星的时间足矣！如我一直坚持的步行上下班就是很便捷、很有效的锻炼。当没有疾病侵扰之时，我们丝毫感觉不到健康的重要；当病患接踵而来，我们虽想锻炼，却已迈不动步子。锻炼要从健康始，锻炼要从现在起！

三是与志同道合的人交朋友。荀子说："居必择乡，游必就士。"意思是说要结交贤士。在我们这样一个熙来攘往的时代，不少人自感有许多"朋友"，然而仔细盘点，其中不少是因利益往来而结交的，并非真正意义上的朋友。真正的朋友是志同道合，同声相应，同气相求。一个人要想取得思想、学识、事业上的进步和成功，就必须善于结交志趣相同的人，结交智者，结交贤者，结交孔子所说的直友、谅友、多闻之友。与志趣相投的人交朋友，我们才会仰望星空、坚持理想、不懈奋斗；与诚实正直的人交朋友，我们才会脚踏实地、诚信做人、勤勉做事；与学识高深的人交朋友，我们才会学人之长、完善自己、不断攀高。

四是有业余爱好。民国时的《论语》杂志上有这样一段话："人有癖好，犹水有波纹。水无波纹，固一泓死水；人无癖好，直一个死人。有癖好，精神斯有寄托，生活斯有情味。"职业之外的爱好，对人的精神起到一种缓冲作用，对人的心理起到一种调节效应。业余生活中的高雅爱好，可以使我们得到休憩和调整，更好地积蓄能量去投身职场的拼搏。而且，生活的各个领域是相通的，正如音乐是流动的建筑、建筑是凝固的音乐一样，只要你做一个有心人，琴棋书画等业余爱好和我们的正业之间也必然能打通壁垒，我们可以在体味玩味中收到触类旁通之效。看看有些人退出职场后的茫然无措，我们就能深切地感受到，人生是需要业余爱好的，它既为我们的职业充电，也为今后的退出奠基。

这是一个充满竞争的社会，人的核心竞争力来自许多方面，而读书、锻炼、交友、爱好这些看来并不紧要的事，却是核心竞争力的重要内容呢！这些事，急功近利、浮躁空谈做不得，需要平心静气、持之以恒。

这些东西是真的

那些东西是假的：房子、存折、职位、微博粉丝数；这些东西是真的：一份自己喜欢的工作且不断改进自己的劳动、身体健康、站得笔直、躺下就能睡着、略高于平均的知识和略超过年龄的智慧、拥有一些永恒的爱但不纠结于情——这是我收到的一则短信，仔细玩味，颇有真意。

许多人孜孜以求的房子和存折，说穿了就是财富吧，其实是最不真实的东西。古人云：广厦千间，夜眠七尺；良田万亩，日食三餐。房子够住就可以，何必豪宅；金钱够用就可以，何求万贯。许多人恋恋不舍的职位，属于我们自己的日子更是短暂，一纸免职或退休通知就可以使它成为过眼烟云。不少人津津乐道的微博粉丝，更是虚拟空间的虚幻人物，也可以通过一些网络手段迅即增多，与我们博文的质量不一定有必然的关联，不值得为此陶醉。

人之所以有别于其他动物，在于我们在物质生活之外有精神生活，有心灵世界。在我看来，这些精神领域的东西反倒比物质更真实，它们使我们生活充实，使我们心胸博大，使我们满怀激情，正如上述短信所言，它们是：

健康。健康既非物质，又非精神，但健康是生命的基础，影响着我们的精神，影响着人生的一切。有一个好的身体才能有一个

好的心态,有一个好的心态才能躺下就睡着,躺下就睡着才能精力充沛地迎接明天的挑战。你能说健康不真实吗? 反过来说,健康不是物质能换来的,不是金钱能买来的,倒恰恰是好的心情能够促进人的健康,你能说精神不真实吗?

进步。假如有一份自己喜欢的工作,兴趣自然会使我们不断追求进步,这当然是事业的最高境界。然而,职业的选择常常是被动的,多数人的工作既谈不上喜欢也谈不上不喜欢。成功人士的经验是,面对你不喜欢的工作,最佳办法是赶快做完它! 作家六六说:"把时间花在进步上,而不是抱怨上,这就是成功的秘诀。"我相信,只要我们愿意在进步上花时间,在日复一日的"赶快做完"中会慢慢培养兴趣,逐渐提高能力,我们就能不断跨上新的台阶。

骨气。站得笔直,与其说是指身体,不如说是指精神。一个人无论在什么情况下,都要有自己本真的追求,保持精神上的站姿,不为富贵所淫,不为威武所屈。这样的精神姿态,也许会使我们失去一些什么,但却使我们活得更真实,更独立,更自由。我们正处于"奇官"罗崇敏所说的"官本位思想非常浓烈、潜规则非常强势、价值迷茫非常突出、实用主义非常盛行"的时期,骨气于人显得何其重要!

智慧。特别欣赏这则短信中"略高于平均的知识"和"略超过年龄的智慧"的平实表述。这两者其实是互为关联的。知识无涯,我们无法穷尽,略高于一般人就好;约略高过平均水平的知识才可能产生超过年龄的智慧。大智慧只能为少数人拥有,但我们可以通过学习的积累和实践的磨砺,使自己站得更高、看得更远、想得更前;有智慧,有旷达,有幽默,有性情,有见识,有眼光;不以物喜,不以己悲;静观庭前花开花落,闲看天上云卷云舒。

真爱。爱是人生多舛旅途中最温馨、最有力的支持,我们需要真诚之爱的相伴。我们要追求爱情、追求友情,但却不要拘泥、狭隘地去看待爱。大千世界的纷繁复杂和变幻莫测,使得爱的世界也呈现出种种风云气象,你想得到的人得不到,你爱的人会离你而

去。超脱一点看,这都没什么关系。只要我们不纠结、不纠缠,变成友谊的爱情可能更永恒,有的人一辈子也无法与你生活在一起,却永远在你心间。

人生什么东西最真?因为人总要离开这个世界,所以可以说什么也不真。但在我们逗留人间的这几十年间,我要说:心灵的世界最真,美丽的心情最真;少一点物质的享受可以,没有了精神的支撑真是要命!

四个拥有

移动公司铺天盖地的信息常常令人厌烦，但也不是一无可取。最近我收到的一条信息就使我感到特别温馨："你要记住，一定要拥有真正爱你的人，拥有知心的朋友，拥有向上的事业，拥有温暖的住所。"我想，能够做到这"四个拥有"，这一生就应当说比较完满了吧。

拥有真正爱你的人。我爱你、你爱我的山盟海誓自古及今不绝于耳，但拥有一个真正爱你的人绝非易事。世间爱情，百转千折，云山雾罩，一言难尽；茫茫人海，一线相牵，情缘谁定，扑朔迷离。有的人朝朝暮暮相守一生却寡爱无情，有的人"盈盈一水间，脉脉不得语"却相爱一世，两者带来的心理感受都是痛苦不堪。泰戈尔说，世界上最遥远的距离就是明明知道彼此相爱却不能在一起。然而在一起却彼此不相爱又何尝不会产生世界上最遥远的距离？真正的爱情是什么，谁也说不清，只有用我们的心灵去感受。冈察洛夫说：爱情包括灵与肉这同等重要的两个方面，要不爱情就不完备，因为我们不是神，也不是野兽。我们不妨问自己，我们拥有的婚姻或者爱情，同时具备了这两个方面吗？他还说，真正的爱情应当是一种坚强的友情，愿意为对方赴汤蹈火。你愿意为她、她愿意为你赴汤蹈火吗？

拥有知心的朋友。在这样一个快捷而利益需求旺盛的时代，我们的朋友似乎比以往任何时候都多，一纸合同、一场应酬，都可

以使许多人成为所谓的朋友。但"知心"二字恐怕难以加在不少人的头上。我理解的"知心",是志向相同,是心曲相通,是不离不弃,是无私无求。是同性,彼此没有物欲;是异性,相互不存情欲。也许我们往来甚密,常互诉心声;也许我们经年不见,却毫不隔膜。有权时不阿谀,无势时不远离,有利时不索取,有难时不漠视,这才是真正的知心朋友。

拥有向上的事业。作为社会的人,我们必须拥有自己的事业,人的价值只有在群体中,在对事业的追求中才能得到实现。什么是向上的事业?我理解不是说职业本身的尊卑贵贱,而是无论你从事什么工作,都能以一种积极进取的精神去对待它,使它呈现出向上发展的趋势,你整个人的精神面貌也会日益向上。对待事业,可以有不同的态度,或兢兢业业,或得过且过,或敷衍了事,或一无用心。而我,总是坚信一分耕耘一分收获,相信责任会带来成果,勤奋会使人向上,有追求、有目标的人生永不会空虚。

拥有温暖的住所。人生在世,总要有栖身之处。不必别墅,不必豪居,大小适中,温暖就行。怎样的住所才是温暖的?我想,最重要的是有自己的天地,有疲惫后完全放松的归属感。除了必要的家居物什,这个住所的装饰、摆设、布置必须体现你自己的性情,必须契合你自己的心灵。苏东坡是把房间的四壁绘上雪,成为一间雅致的雪堂;毛泽东是在床的一侧摆满了书,便于随时取阅;刘禹锡的陋室里只有素琴金经,苔痕草色。只要有一颗灵动充实之心,诸葛草庐也会温暖无比;如果只剩一颗纷奢空虚之心,阿房华宫又何温暖之有?

雨果说:爱情是盏永不熄灭的灯;巴尔扎克说:友谊是联结两颗同类心灵的纽带;歌德说:事业最要紧,名誉是空言;伍尔芙说:人要有一间自己的屋子。我想,温暖的住所是安身之基。在这温暖的住所里,倘若有真正爱我们的人相伴,有知心的朋友往来,有向上的事业生长,这一生,又焉复何求!

美丽的风景看过便好

　　旅游总会带来各种各样的遗憾,归来之后,有人总觉得许多景点没有看到,心中怅然不已,于是便一访再访,结果仍是有所缺失。有人则唯恐眼前好景观不尽,于是处处留下足迹,结果只能是走马观花。其实,风景哪有看得够的时候,即使同一处景观,不同时节,不同心情,不同伴侣,心中所得也大不相同。美丽的风景看过就好啊!

　　这种遗憾心理,其实是一种贪多务得之心,总想天下美景都归于己。然而,大千世界,无论是自然景观还是人文景观,无论是"物",是"名",还是"利",都不可能尽属于我们。人生,到底应该做加法,还是做减法,值得我们好好思忖。

　　听金正昆教授的课,他常常说:痛苦来自于比较。我想说,痛苦其实是来自于比较中产生的欲望。人有思想,有情感,不可能不对人间之事作比较。但比较的方法大有讲究。与自己的从前比,我们便会觉得总有某些方面有了进步;与不如自己的人比,我们便会觉得自己应当珍惜所有。倘若总是与超过自己的人比,与拥有高位香车美人别墅的人比,我们的心理永远不得平衡,就会拼命想在自己的生活中增加些"名""利""禄",到头来却发现,不仅想增加的东西什么也没得到,反倒无端增添了许多烦恼和焦虑。

　　想通了,转瞬即逝的人生有什么是属于自己的呢?时间?逝者如斯,其流走之速是抓也抓不住的。空间?房屋的拥有权只有70年,就是有一两万年又怎样呢?最终还不是要易手他人?金钱?从我们拥有它的那一刻起,它就不断地流向商场、超市、酒店、银行、股市,在这个世界不歇地流通周转。功名?一纸文书立即就可以使其烟消云散,即使不出任何差池,我们也总有退休的一天。所以,拥有过人间的时光就好,拥有过安身的居处就好,拥有过一定的金钱就好,拥有过适当的岗位就好——美丽的风景看过便好。

　　世界原本是简单的,简单得只是一个"一"。由"一"衍生出来的"千""万""亿",既使世界丰富多彩,也使人间烦恼不断。作为在时间的疾驶中越来越走向"无"的人,不妨多做减法,学会"断舍离",使自己的思想和生活都简单些、干净些,因为我们总是要归零的,对繁复持太多的奢望,我们会难以面对最后的平淡甚至苍凉。

　　对生活无尽的奢求,往往不是生活本身要求的,而是我们的对比和欲望产生的。我们需要的生活实则非常简单。《增广贤文》说:"良田万顷,日食一升;大厦千间,夜眠八尺。"看电视剧《牵挂》,主人公用百姓的语言阐述了同样的道理:"钱多有钱多的过法,钱少有钱少的过法,有沙发能过,没有沙发也能过。"睁眼闭眼之间,也许短暂的人生就过去了。在人间旅游的几十年里,我们能够衣食无忧地观赏花草虫鱼,能够身心无恙地享受视听之娱,能够安逸从容地走向生命黄昏,我们就应当心满意足、不存遗憾了。

　　真的,美丽的风景看过便好。

用数字表达的人生定律

也许是因为数字简明直观而又高度概括,所以人们常常用数字来表达人生的定律和法则。

日本著名作家医师、内科医学博士志贺贡提出了关于健康和人生的"0.8定律"。他认为,就健康而言,心脏每0.8秒跳动一下,是人体循环的最佳状态。烹饪时把一勺盐改为0.8勺,不仅最能够引出生鲜食材的原味,而且对肾脏也不会造成太大的负担。他进而指出,人生需要一些舒缓的空间和余地,而不是让身心一直处于紧绷状态。凡事尽力而为,但不要过度追求完美。透支会赔上健康,也牺牲了陪伴家人的时间。这一定律昭示世人:人生的幸福和悠闲就在0.8以外的那两成空间孕育着。

美国著名推销员吉拉德积长期工作之经验,总结出了"250定律",即每一位顾客身后大体上都有250名左右亲朋好友,这些人又会有同样多的各种关系。开罪一名顾客,将会失去几十名、数百名甚至更多潜在的顾客,相反则会产生同样大的正效应。这一定律对于我们拓展积极的人际关系,为事业发展搭建最广阔的平台,不无指导意义。意大利经济学家和社会学家帕雷托提出了"8020定律"。他认为,在任何一个大系统中,约80%的结果是由该系统中约20%的变量产生的,例如在企业中,通常80%的利润来自于

20%的项目或重要客户。这一定律被各个领域的人们广泛运用。经济学家认为，20%的人掌握着80%的财富；心理学家认为，20%的人身上集中了80%的智慧；社会学家认为，数量少但程度深厚的人际关系好过广泛而浮浅的交际，要把80%左右的时间花在20%的重要人物的关系处理上。把这一法则运用到我们的人生规划上，我们会懂得，人的专长可能有很多，但真正发挥作用的很少，所以要有所为有所不为，找到人生最关键最重要的事情，花20%的时间去取得80%的成效。这一法则也告诉我们：80%的人都会经历挫折，人的一生往往只能实现20%的心愿，这是生活的常态。

与"8020定律"相类似的是犹太人的"78：22法则"，他们把它视为宇宙的大法则。他们认为，世界上的一切都是按78：22的比例存在的，比如空气中主要成分氮与氧的比例，我们身体中水与其他物质的比例都是78：22。犹太人认为世界上78%的财富永远是掌握在22%的少数富人手里，而78%的普通人只掌握22%的财富。20世纪末，美国的卡内基等一批心理学家提出的情商理论汲取了这一法则的精华。他们认为情商水平对于一个人的成功来说影响重大。人一生的成功，78%靠情商，22%靠智商；成功者78%的机会由不到22%的朋友提供，这些22%的朋友对他们的生活起到了重要的作用；人如果能对自己做出正确的评估，找出78%的一般优势和22%的最佳优势，努力发展最佳优势就可以轻松迈向成功。

"90/10法则"也会为面临巨大生存和竞争压力的现代人提供颇多教益。这一法则意谓：生活的10%是由发生在我们身上的事情组成的，而另外的90%则由我们对所发生的事情如何反应所决定。我们确确实实无法控制发生在我们身上的10%，比如堵车、病痛、灾祸、失业等，但我们完全可以决定另外的90%。同样一件事，用不同的心态去对待它，就会有完全不同的结果。怀有健康、晴朗和乐观的心态，人生的质量会大大提高。

　　中国人则擅长用数字和简约的语言相结合来表达生活的法则，短小隽永，意味深长。"一寸光阴一寸金""三十年河东，三十年河西""行百里者半九十""十年树木，百年树人"这样言简意赅的语汇在我们民族的文化宝库中比比皆是。像"8020 定律"的某些含义，宋人方岳用一句话就说得明明白白：不如意事常八九！

每个人都有其独特之处

春节，老父亲打电话来告诉我，他正在做木工活儿呢。他说，年纪大了活动活动筋骨对身体有好处。他今年已经74岁了，做起木工活儿来劲头依然不减当年。除了木工，他还是个很优秀的裁缝，很称职的电工、水工和油漆工。这些手艺，都是他年轻时自学的。直到现在，家里的水管漏了或是堵了，都是他自己动手修理和疏通，从来不求人。谁能想到，看上去只是一个乐呵呵老头的父亲，身上竟有这么多让人艳羡的手艺呢！我不由感叹，每一个人其实都是有自己的独特之处的，哪怕他平凡得不能再平凡。

不管人们对央视的"星光大道"节目怎么评判，我觉得它至少给普通人提供了展示才艺的机会，让我们认识到每个人身上都有自己闪耀的"星光"，从而学会不以尊卑贵贱去论人。那个来自山东的农民歌手，硬是通过二十多年的抄歌谱、听磁带学会了美声唱法，这种韧劲本身就是他的独到之处。有人说，如果有名师指点，或许他早就成名了，不需要走这么多年的弯路。其实这很难说，究竟是自学还是有老师指点更容易成才，每个个体的情况千差万别。对有些人来说，自个儿琢磨出来的"旁门左道"或许能走上"大门正道"走不通的路。再说了，如果这位农民歌手是科班出身的话，他的独到之处也就无从谈起了，"让全世界都知道，中国的农民也

会唱歌"的自白是多么独特啊!

我在日日走过的乌龙潭公园看到过一位老者,晴好的日子,他总是用一支粗粗长长的特制毛笔蘸着水,在地上的砖格内写下一首又一首古诗词,围观者甚众。不少人把这手艺看得非常简单,跃跃欲试,结果发现连笔都提不动,遑论写下那么漂亮的书法了。有人问老先生今年高寿,他幽默地说:年纪大了,只晓得解放那年二十岁。已八十三岁高龄的他自小坚持习书,他不需要出名,不需要成为中国书法家协会会员,他要的就是阳光下的这份自信、自得、自在,谁能说他没有才华,谁能说他不是独特的呢?

一个人的独特,既表现在手艺或技艺上,还表现在其内心世界上。子路在后面远远跟着孔子,跟丢了,遇到一个老头,用拐杖挑着除草用的工具。子路问他:"你看见我的老师了吗?"老头说:"你这个人,四体不勤,五谷不分,谁知道你的老师是什么人?"说毕,照样锄草不误。子路听了恭恭敬敬地站着,第二天把这事告诉孔子,孔子只得尴尬地掩饰说:"这是位隐士。"谁能说,这个老农没有智慧,没有丰富的内心世界呢?他是在教导子路不要光来理论上的一套,要懂得实践呢!所以,不要看不起迎面而来的那个普通工人或农民,不要无礼地去冒犯他们,也许他们的一句话会让你一辈子都觉得难堪。

这样对生活有着自己独特见识的普通人真的比比皆是。在南京二条巷巷口,有一位修鞋的老师傅,我去修鞋时经常和他闲聊。穿一身旧棉袄、操一口扬州腔的他,经常能说出些颇有哲理的话来。有一回巷里正在挖路,我问他烦不烦。他说:不烦,挖路、盖房子都是搞建设,就是为了把国家这口大锅里的东西弄满些,大锅满了,小锅里才能满,大家才能舀出干的东西来,否则只能舀出汤来。谈到社会风气,他说:毛主席那时候风气好是好,但是生活不好,老百姓还不敢说话,说错一句话就是反革命。总的来看是现在好,生活上去了,想说什么说什么,派出所也不来抓你。谁能说他只会修鞋没有思想呢?

　　一个人的独特，更在于他能够从别人的独到之处得到些许领悟，来丰富自己的内心世界，增长自己的才干。这次跟领导出差，她谈到一些老领导，说的都是他们身上与人不同的独特之处，比如既有思想又能付诸实践把事做成；比如既严厉批评人又不记旧账，照样关心人的成长进步；比如善于发现有才华的人，敢于压担子，等等。听罢，我猛然悟到，她身上表现出来的一些令人赞叹的特质，其实正是向这些老领导学习的结果。一个人，如果善于发现别人的独特之处，并用心汲取为提升自己思想和才能的养分，这种胸怀和眼界本身就很独特，天长日久，他就会因博采众人之长而成为一个与众不同的独特的人。这种境界，虽不能至，心向往之！

丰富自己

去某地调研时，一个同志说：虽然我们的工作性质比较单调，但我们要通过组织各种学习、培训和其他活动来丰富自己。这话说得多好啊！人不是为活着而活着，人活着就要有所追求，有所作为，不断丰富和提高自己，使自己成为一个有学养、有内涵、有情趣的人。

丰富自己，首先是要勤于学习。中华民族自古就提倡以学修身，一部代代相传的儒家典籍《论语》就是以"学而时习之"开篇。互联网已使得"地球是平的"，不学习就无以立足，无以发展。学习对于人的丰富，是体现在思想、品行、学识、情感、情趣等多方面的。我们的人生是有限的，人生经历也是有限的。当我们打开书本，我们实际上是从别人的人生经历中、别人的学习成果中汲取着营养，我们因而在潜移默化地丰富着自己、润泽着自己。腹有诗书气自华，只要我们钟情于学习，假以时日，我们总能够在某一点上与众不同，我们就能够不断超越往昔的自我。

丰富自己，还要学会生活。人生的乐趣是多方面的，我们须得学会生活、享受生活，要有一种或多种自己的爱好，否则精神生活就会贫乏单调，丰富何从谈起？无论是热衷字画、酷爱古董，还是徜徉山林、情寄花草；无论是沉湎经典、收集邮票，还是垂钓湖畔、寻猎郊外，都是在丰富自己的精神世界，享受生活的各种情味。当代社会已为我们开辟精神生活更广阔的天地创造了越来越好的条

件,我们要善于在享受人类文明文化成果中丰富自己,而丰富了的"新我"就能以新的知识、新的情怀,为社会做出新的贡献。

丰富自己,最重要的,是不把人生的任何事情当成唯一,对人生的一切,我们要整体观照、把握主次、善加统筹。我们要执着于事业,但不能以此为人生唯一追求,不能因职场的忙碌而置生活其他美好的东西于不顾。我们要坚持学习,但学习之外还要交友、独学无友则孤陋寡闻,读书之外还要实践、读万卷书还要行万里路。我们要珍惜情感,但不能因情场失意而放弃人生更重要的目标,不能因过度沉溺而陷于人生的死胡同。我们要享受生活,但娱乐生活要有节有度,不能玩物丧志,迷失了对人生更完整、更理性的把握。

一个善于把人生诸事分清轻重缓急、有序统筹兼顾的人,才能既有追求,又有淡定的心态;既有情趣,又有恒久的志向。他的心智是健全的,他的内蕴是充沛的,他的生活是生动的。这才是一种整体的"丰富",一种平衡的"丰富"。为了让这短短的人生更加美好,为了成为一个对社会更有益的人,丰富我们自己吧!

平常心

我们常说要保持一颗平常心,然而很少有人去作深入的探究。词典释曰:"平常:普通,不特别。"那么,平常心就是一颗普通的心、不特别的心。在我看来,怀有一颗普通的、不特别的心,至少要做到四个方面。

怀平常心须戒功利心,立普通志。功利心特别就特别在一味追求实际的利益而不顾现实的可能。带着一定要成就宏大功业的目的性去处世,心理往往会失衡,做事往往会偏颇,结果反而是功不成名不就。年少时谁都会有远大理想,这固然应当鼓励,但在实现理想过程中,要学会顺应大势和调整航向,把志向定位在合适的高度。窃以为,不可对"有志者事竟成"持刻板的理解,对多数人来说,志向应当定在诚实做人、扎实做事、小有成功的普通标杆上。记住两句古话:但行平等事,不用问前程。

怀平常心须戒自恋心,当普通人。不少人在人生的某一阶段都会取得值得骄傲的成绩,然而这一切也都会成为过去。最怕的是从某一个略高的山峰步入了生活的寻常轨道后,对过去念念不忘,对现实耿耿于怀。过于自恋,对自己的过往时时炫耀,唯恐别人忘了自己曾有的荣光,结果既在别人眼中成了一个"特别"的祥林嫂,也根本无法做好眼前的事。再辉煌的人生也有谢幕之时,经历过就是最美丽的风景。终极之时,去掉所有外在的东西,我们每一个人都是普通人,让我们坦然承认这一普通而不深奥的现实。

记住两句古诗:吁嗟身后名,于我若浮烟。

怀平常心须戒焦躁心,做普通事。焦躁是什么？就是为事情做不大而着急、做不顺而烦躁。焦躁的人追求速度,喜欢攀比,几斧头就想毕其功于一役,几句话不合就怒发冲冠。其实,任何事情从小到大、从不顺到顺都有个过程,越急越无奈,越烦越无着,盲目攀比更只能是没了方寸、乱了阵脚。不如认清自己的条件和基础,定下合适的目标和进度,踏踏实实做好每一件普通的事,遇到问题时仔细思考症结所在,找准切入点加以改进。如能这样宁静稳健,总有一天,普通事的累积会助你迈上更高的阶梯。记住一句格言:从我做起、从现在做起。

怀平常心须戒自扰心,度普通日。竞争激烈的时代,人往往多有忧惧。一方面,我们提倡具有一定的忧患意识,这是从精神状态的层面说的,要保持学习、进取、奋斗的姿态。另一方面,忧惧不能变成担惊受怕,不能变成惶惶不可终日。有的人事事追求完美,时时生怕出错;有的人看到上司的脸色不好就惶恐,看到同事不够热情就猜疑,生怕自己有什么事没做好,生怕自己被炒了"鱿鱼"被落了单;有的人遇到小小的挫折就如雷击顶,无以度日,这些都是杞人忧天的自扰。八小时内把私事忘怀,做好自己分内的事;八小时外把职场放下,过好自己安静普通的日子,天没塌下来之前无须多虑。记住一句俗语:过好每一天,快乐每一天。

"平常"二字很普通,不需要过多的解释;"平常"二字又不普通,保持一颗平常心何其难也！在熙来攘往的世声中,"平常"是一支悠扬的琴曲,给我们平静心境、平和心态,让我们处变如常、本心如常。请君常听此曲,常怀此心！

人类的悲欢并不相通

　　鲁迅先生总是一眼洞穿人生的真相,他在《而已集》中写道:"楼下一个男人病得要死,那间壁的一家唱着留声机,对面是弄孩子,楼上有两人狂笑,还有打牌声。河中的船上有女人哭着她死去的母亲。人类的悲欢并不相通。"先生描绘的这一幅让人感到些许冷意的画面,却正是人类生活的真实底色。就整个人类来说,我相信我们的悲欢是相通的,我们会为许多事发出共同的悲喜之情。但就个体而言,我们各有各的悲欢,不可能时时为对方的悲喜引起共鸣。骤然思之,我们似有失落;细细想来,这也是人之常情。

　　人类的悲欢并不相通,昭示我们生活中两极现象的客观存在。世界上每天都在发生着"一个男人病得要死""有女人哭着她死去的母亲"的悲惨事件,也每天有无数的人享受着唱着留声机和打牌的乐趣,主题、情节、结局截然相反的生活剧目每天都在上演。只是,在我们生活的圈子里,在我们居住的楼宇里,这些悲欢之事没有同时集中上演而已。但我们应当透过目下的景象,看到这世上同时正在进行着的生活悲喜剧,也许我们对生活就会有更清醒的认知,就会多一点旷达,少一点狭隘;多一点知足,少一点挑剔。

　　人类的悲欢并不相通,提醒我们不要无限放大自己的悲欢。

有许多人,特别是对自我看得极重的人,对一己的悲欢也格外着意。悲时要不断地向别人倾诉,让别人一起陷入自己的悲哀;喜时恨不能告诉全世界,让别人来分享自己的喜悦。这就是对自己悲欢的无限放大。在你絮絮地向别人倾诉或炫耀时,你有没有想到,也许别人正遭遇着不幸?有多少人要急着回家去照顾孩子、照料老人?每天为生活奔波忙碌的他人又有多少时间来关注我们的悲和喜?所以,倘或遇喜,至亲挚友同贺足矣;倘或逢悲,三两知己倾诉可也。休要怪别人冷漠,休要说人心不古,别人永远没有义务比我们自己更关注我们!

人类的悲欢并不相通,告诫我们葆有一颗行止有度的敬畏之心。人类的悲欢并不相通,是就悲欢的情感而言,"亲戚或余悲,他人亦已歌"是再正常不过的现象。然而,人类的悲欢之事是可以相互转化的:今天病得要死的人,明天也可能逢凶化吉;今天狂笑的人,明天也可能遭遇不幸。因此,在不可知、不可测的生活面前,我们要永远有所敬畏,把握好悲喜的度,悲时不颓丧,喜时不张狂。常想想鲁迅先生笔下那些色调迥异的画面,常想想平静生活后掩藏的真相,我们就能以一颗平常的心对待悲欢离合,以一颗淡定的心看待荣辱得失,体会到别样宁静的人生境界。

卡萨布兰卡的呼唤

那晚，参加一个朋友的婚礼，照例是婚庆公司千篇一律的仪式，以致当那个一袭白色长裙的女孩演奏起小提琴曲时，我也以为她是公司聘来的演员。酒过三巡，人们纷纷离座去寻找熟悉的朋友，人头攒动，熙来攘往，几乎没有人在意女孩的演奏了。然而，当她再次登台，第二首小提琴曲响起，我不由得放下了杯箸，凝神静听，因为我听到了那首风靡全球、经久不衰的《卡萨布兰卡》。

"我坠入爱河/在与你一起看《卡萨布兰卡》时/在露天汽车剧院后排/摇曳的亮光中/可乐与爆米花在星光下/仿佛香槟和鱼子酱/爱意深长/在这漫长炎热的夏夜里。"随着悠扬的琴声，我默诵着《卡萨布兰卡》的歌词，仿佛置身于里克饭店的迷乱光影里，流连在影片营造的梦幻声影里。这首歌深情中蕴含着淡淡的凄凉，然而，经由小提琴器质的转化和小提琴手心情的调谐，淡了抑郁，多了流畅，与今晚的情境并无隔阂，反增添了几许平静和深沉，令程式化的婚礼顿具文化品位。

也许是婚礼过于喧闹，也许是许多人仍然抱有我最初的误会，所以，仍然没有几个人注视舞台。朋友见我如此专注，便告诉我：女孩是新娘的小学同学，自幼学小提琴，主动来为婚礼锦上添花。原来如此！多么好的发小！多么良苦的用心！尽管台下没有多少人在静心谛听，但女孩依然非常投入，我想，她的思绪一定飞向了

战争年代的摩洛哥,她一定听到了遥远时空那头的呼唤,她也正在试图用琴声唤醒喧闹的人们,提醒人们这是一场有关爱而不仅是酒的圣洁仪式。

钟情《卡萨布兰卡》,因为它是一曲爱的天籁之音。试问,有哪一首歌能像它那样,与影片的主旨如此契合,以致被许多人误认为是《北非谍影》的主题歌?里克饭店亮起的烛光,银幕上泛起的光影,姑娘眼中映出的摩洛哥的月光,恋人心中漾起的爱情的波光,如此神奇地交织成这首歌如梦如幻的意境,让人迷失,让人沉醉。影片中山姆演奏的 *As Time Goes By* 被巧妙无隙地嵌于歌中,更贴近了影片所要表达的对时光流逝的无奈、对被迫分离的怅惘。卡萨布兰卡这座城市、卡萨布兰卡这个名词因这首歌而成为美好爱情的标志。只有怀着一颗真挚爱心的人,只有对爱的破碎之心悉心体察的人,才能在从未去过卡萨布兰卡的情况下,谱写出这样反复歌咏着"卡萨布兰卡"而令人失去意识、失去自我的旋律,这样的旋律自是只应天上有啊!人间能得几回闻!

离别,是影片最后的情节,也是最令人伤情的结局。当里克毅然把通行证给了伊尔莎和她的革命者丈夫维克多,飞机即将起飞之时,伊尔莎回头最后望了一眼里克,泪水不由得噙满眼眶。这两个在巴黎共度过挚爱时光的人深知,这一别,余生从此再也不会相见,漫长的一生里,思念将会是更加漫长无涯啊!虽然普通人的爱情,遭遇不上里克和伊尔莎这样的非常年代,但相聚之欢、离别之苦是并无二致的,正如歌者唱的那样:"我们的爱情故事永远不会出现在银幕上/但看着你离去/我的心一样痛楚。"只要是经历过聚首欢愉和离别痛楚的情侣,都会被影片和这首歌唤起相似的情感体验,在对旧日欢爱的追忆和昔时伤痛的抚摩中感受五味交陈的难言心境,欲哭无泪,欲诉无语,欲问无凭。只有对人类之爱的共通性有着一颗锐敏之心的人,才能以这样简朴含情的字符和深幽回复的音律直击人心,使我们心中最柔软的部分涣释近无。

这个有着一颗真挚爱心和敏锐之心的人叫贝特·希金斯。也

许是他的祖先歌德给了他艺术的禀赋,青少年时期他就表现出了出色的写作才能。他把自己的这种才能成功地用于歌曲创作中,他创作的《基拉戈》曾占据美国流行歌曲排行榜长达 36 周,唱片在全球发行。1982 年,正处于恋爱之中的贝特·希金斯在看了《北非谍影》之后如醉如痴,以对影片的感知和对爱情的感悟写下了这首《卡萨布兰卡》,献给了他的女朋友。同样深深喜爱《北非谍影》的女友,芳心为贝特·希金斯和他这首歌深深打动,答应了他的求婚,成了他的妻子。了解了这首歌背后的爱情故事,这个也许永远不会上银幕但却同样动人的爱情故事,我们是不是更会坚信《卡萨布兰卡》是一曲情的倾诉、一曲爱的召唤呢?

在这首歌风靡了世界 28 年后,2010 年,词作者和歌者贝特·希金斯来到中国举办"卡萨布兰卡的呼唤"巡回演唱会。"呼唤"!歌唱会的主题已如此鲜明,对于物质文明正高速发展、人心却日渐荒芜的国人来说,心灵受到的震动是无须赘言的。而就在前天,已经不可重来的 2011 年 12 月 31 日,在央视举办的起航 2012 新年晚会上,贝特·希金斯以他略带沙哑而磁性十足的声音,再次演绎了这首美妙绝伦的爱情歌曲。他仿佛不经意地弹着吉他,看似随意的动作,却是绚烂后的平淡,是十年功后的炉火纯青。我们惊诧并沉醉于他那与唱片几乎无异的声音,这让我们确信,无论是在现场还是在录音棚,他都是用真心在演唱!

《北非谍影》拍摄于 1942 年,《卡萨布兰卡》创作并成名于 1982 年,40 年的时光流转,里克和伊尔莎的爱情故事依然唤起了贝特·希金斯心中最深挚的爱。从 1982 年到 2012 年,30 年的时光流转,影片主人公的爱情故事、歌者的爱情故事,依然让我们情动不已。网络语言说,2012 年是 201"爱"年,接下来的将是 201"生"年和 201"世"年。多么美丽的谐音!多么美好的祝愿!相爱的人们从今开始将会"爱你一生一世"!尽管时光一直在流转,这个不平静的世界也一直在并会继续发生这样那样的变幻,但只有一样东西从来没有也永远不会在我们心中流失,反而会与日俱增,

世代相传,这就是爱——这是里克和伊尔莎用一生的分离昭示我们要倍加珍惜的情爱,这是来自卡萨布兰卡这座历史名城和诗意之城的深切呼唤。当我们被物欲蒙住了双眼,当我们为功利吞噬了身心,让我们打开这张老唱片,在贝特·希金斯略带忧伤的倾诉中,回到那属于里克和伊尔莎,属于贝特·希金斯,也属于我们自己的卡萨布兰卡……

浪漫在心

在某大厦准备会务,闲暇时聊天,营销部一个姑娘说:我看过你写的书,今天看到你的人,觉得有差别啊!我笑问她差别在哪里,她说:"感觉没有书里的人浪漫。"旁边一位认识我时间稍长的女士说:"浪漫是你能看得出来的吗?他和别人浪漫时你怎么会知道?再说,浪漫是在心里的。"

在为她的某句话一笑之余,我想:浪漫是在心里的,这话说得多好啊!是的,在我看来,浪漫首先是一种情怀,而所有的浪漫行为,都不过是浪漫情怀的外露。

就像此刻,微醺的我,不愿坐地铁,也不愿坐公交车,只想在这无边的夜色里慢慢行走,体会一种夜的深沉、夜的博大、夜的温柔。耳边响起一首歌:"多么想飞到晚空去,这闹市想必更动人。千家灯火给我去俯瞰,看情侣怎么过夜深……"独自浸润于这深秋微凉的夜,轻轻哼着老歌,想象着万家灯火映耀着的爱情故事,怀揣着想飞到夜空去的渴望,心中满是柔情。这种浪漫,又何须别人知晓呢?

浪漫情怀,带来的是一种感动。在这个物欲难填和自我膨胀的年代,许多人的心房已经坚硬如钢铁,许多人的泪腺已经干涸如沙漠。而我,在看着许多人以为俗而又俗的电视剧时,在细细品味多少年前同学的旧信时,在听到一句不期而来的关切话语时,在听着地铁口那个盲人拉出悠扬动听的《化蝶》时,在耳闻那个出租车司机欣喜地说出"你看,银杏树的叶子都黄了"时,心里依然会充

满感动。感动也是一种浪漫,感动在心而口不言则是一种更高的境界。这种浪漫,又何须别人理解呢?

浪漫情怀,带来的是一种充盈。在那些没有应酬的夜晚,我会很早就上床,倚靠床头,开一盏小灯,读自己爱读的书——我在职场上浮躁疲惫的心常常要靠这种方式来熨平。在这样宁静的夜晚,会接受许多深邃的思想或有趣的观点,比如,人的第一个责任是使自己幸福;比如,幸福之计在于简;比如,"经济适用男"和"简单方便女"……内心便变得充实无比。在我看来,这也是一种独特的浪漫,这种浪漫,又何须与人分享?

浪漫情怀,带来的是一种憧憬。喜欢独自缅想那些在我生命中走过的人,他们来来往往的身影使我增添了对生命的敬重。喜欢独自思考神奇的生命和自然,对未来的世界充满展望。少年李泽厚面对烂漫山花和盎然春意不禁想道:人是要死的,这一切还有什么意义?被人生这一千古之谜击中的他,从此萌发了对哲学的兴味。而同样对生命和自然充满探究欲的我,却不愿去作这样的哲学思考。对人生的一切,我更愿意诗意地相信纵然有分离,但"总有一天 你会在灯下/翻阅我的心 而窗外/夜已很深 很静"。大化无形,但人与人、人与自然,必将达成更深的默契与和谐。这种憧憬,常常让我心颤不已。这也算是一种浪漫情怀吧?这种浪漫又何须向别人诠释?

喜欢一个人走啊走,想知道这浩瀚的夜空中究竟蕴藏着什么神秘的玄机;喜欢一个人读啊读,想知道这千古流传的文字中究竟暗含了什么神异的密码;喜欢一个人想啊想,想知道这大自然和所有的生命中究竟埋藏了什么神奇的秘密……于是,我对耳闻目接心感的一切都充满敬畏,充满遐想,充满感动;于是,我会对所爱的人毫不犹豫地说"我爱你";于是,我会不加掩饰地流下感怀的泪水;于是,我会抓紧时间做自己喜欢做的事;于是,我会更坚毅地挑起人生的种种重担;于是,纵然红尘滚滚,道阻且长,我心中总是有一种浪漫的情怀在生发、在弥漫……

爱要有「度」

这世界上林林总总、缠缠绵绵的爱,说来说去无非是两种:一种是自爱,即爱自己;一种是他爱,即爱别人。而由爱产生的万千纠葛和无言结局固然有多种原因,其中有一部分却是源于未能把握好爱的尺度。所以,尽管关于爱的理性劝诫往往难以入耳,我们仍要说一句:爱要有"度"。

自爱之"度"在于三忌。

一忌自恋。人人都需要有一点自信来支持行动、奔向目标,甚至,稍稍有一点自负也不为过。怕的是一味自恋,觉得自己的一切都毫无瑕疵、远胜他人。其实,芸芸众生,一个更比一个强,是再自然不过的事,我们怎么可能事事超过他人?在一个小小的范围里,我们或许可以在某些方面拿个单项冠亚军,但在更广泛的群体里,我们一定会变成不起眼的沧海一粟。自恋导致故步自封和妒贤嫉能,最后只能落得个孤芳自赏、孤家寡人。

二忌自怨。生活中我们都难免会遇到一些不如意,有人能淡然视之,一笑了之,有人则怨天尤人,牢骚满腹。还有一些人,明明已经"比上不足,比下有余",但仍然心存不足,觉得这也不满意,那也不如意,使自己成天陷于心理的负性暗示之中,无法安静专注地做自己应该做的事,无法愉悦和睦地与他人相处。这种自怨,实际上也是一种过度自爱。周国平说:一个自怨的人,总带着自己的怨恨到别人那里去,就算他是行善,他的怨恨仍会在他的每一件善行里显露出来,加人以损伤。其实,他最终损伤的,又何止是他

人呢？

三忌自弃。人生苦短、人生无常本是生活的常态，也是世人皆有的感喟。有人因此而惜阴如金，有人因此而及时行乐。前者奋斗不息，创造精彩，活出亮色；后者及时行欢，沉于酒乐，耽于声色。前者看起来是"亏待"了自己，实际是一种自我成就，是一种心灵的充实；后者看起来是"善待"了自己，实际是一种自我放弃，是一种精神的懈怠。

他爱之"度"也在于三忌。

一忌盲从。在爱别人、景仰别人的时候，我们万万不能失去自我。任何人都是有缺陷的，伟人也好，恋人、爱人也好，都不可能绝对完美、永远正确。对他人的盲目崇拜，在感情生活中会使自我缺席，甚至酿成人生的悲剧。谢烨对顾城的一味仰视，引发了令多少人扼腕的惨痛结局！而对一个国家的政治生活来说，对"大人物"神一般的顶礼膜拜，则会使大众陷入"集体无意识"，甚至酿成民族的劫难。"文化大革命"就是中华民族永远无法忘怀的历史创痛。

二忌单恋。歌德曾发出这样的反问："哪个少年不钟情，哪个少女不怀春？"实际生活中，非但是少男少女，即使是使君有妇罗敷有夫，也可能对他人暗生情愫。人性如此，大可不必过分诧异。然而，爱必须是两情相悦，两心相映。单恋使人心智畸形，使人思维狭隘，使人沉湎于空想，成天生活在迷幻的世界里，既得不到想要的爱，又会失去真实的生活。这同样是没有把握好爱别人的"度"。爱别人就要尊重他的意愿，不能把自己的情感意志强加于人，否则就会在失去对别人尊重的同时，也丧失了自尊。

三忌溺爱。溺者，过度也。溺爱主要是发生在长辈对晚辈、老人对儿孙的上对下的关系中。讲亲情、重人伦是中华民族优秀传统，然而，溺爱则会走向爱的反面。溺爱由于缺乏理性，易使孩子心理变得稚嫩脆弱，经不起任何风吹雨打，难成有用之才。《战国策》中有一篇著名的《触龙说赵太后》，触龙劝诫赵太后"父母之爱

子,则为之计深远",成为千古名言。溺爱正是短视浮浅之爱,鼠目寸光之爱。

　　有度的爱,是一种理性的自我永驻心田的爱。它既是一种恰到好处的情感,更是一种从容淡定的素质、一种为人处世的能力、一种把握人生的艺术。

秋以为期

　　一个老实敦厚的男子，笑嘻嘻地来做布匹的生意。纯情的女孩一眼就看出他的醉翁之意在于"来即我谋"，却仍然抵挡不住他的甜言蜜语。当进入谈婚论嫁的阶段，女子怀着歉意说：不是我拖延日期，是你没有良媒，请你不要生气啊，我们以秋天作为期约。

　　"秋以为期"这四个昭示着我们祖先坚贞爱情的字，就从古老的《诗经·卫风》中跃然而出。女子是守信的，她整天登上墙头遥望着男子所住的地方，为他哭，为他笑，为他魂不守舍。尽管这个故事的结局是以女子被弃告终，但"秋以为期"这四个字每当读来都使我不胜神往。因为，在短短的一生中，如果有一份美丽的期约，就会有持久的向往，就会有精神的支撑，心灵就永远不会空落。一年一度"金风玉露一相逢"的约定，才使得牛郎织女有"两情若是久长时，又岂在朝朝暮暮"的旷达，才使忍痛分离后的他们能度过日复一日的相思煎熬。

　　谁没有年少时的梦想和约定？谁没有过青涩却永难忘怀的初恋？法国天才作家亚兰傅尼叶的奇作《美丽的约定》中对于年轻人对爱情的梦想与追寻有极深刻感人的描绘。具有领袖气质、又酷又帅的莫南，热爱冒险并常有出人意料的想法。某日，莫南驾着马车去迎接贵宾，却不慎迷路而闯进了一座豪华庄园。他意外受邀参加一场婚礼，并邂逅了美丽佳人伊冯娜。不料，婚礼因意外而中断，莫南不得不仓皇离去，匆忙间和伊冯娜约定了日后再相见。

而当莫南带着同学重返庄园时,却再也寻不着回庄园的路。难以忘怀这趟奇幻之旅的莫南,自此一心追寻任何有关消失庄园和美丽佳人的消息,甚至因此离校追踪到巴黎,他对梦想的执着追逐换来了情感和意志上的双重考验。这部作者将亲身经历嵌入其中的小说所描绘的爱情期约读来使人回肠荡气,久久回味。

美梦成真足可欣喜,未能践约则会给人留下深深的怅憾,但回望之时,只要我们丢却一颗狭隘的心,则依然会有悠远的美感。我们每个人在年轻时都会有美丽的爱情盟约,或由于种种原因而被击破。如果你多年以后仍然不能释怀,不妨来看看这则故事:一个阳光明媚的下午,男孩和女孩在医院的走廊上相遇了,同病相怜的他们相伴度过了一个个昼夜晨昏,不再感觉孤独无助。终于有一天,男孩和女孩被告知他们的病情已到了无法医治的地步,他们被接回了各自的家。三个月后的一个下午,女孩手中握着男孩的来信,安详地合上了眼。她走后的第二天,母亲在女孩的抽屉中发现了一叠写好但尚未寄出的信,最上面一封写道:"妈妈,当您看到这封信的时候,也许我已经离开您了,但我还有一个心愿没有完成。我和一个男孩有一个约定,我答应他要与他共同度过人生的最后旅程,可我知道也许我无法履行我的诺言了。所以,在我走了之后,请您替我将这些信陆续寄给他,让他以为我还坚强地活着,相信这些信能多给他一些活下去的信心……"女孩的母亲按信封上的地址找到了男孩的家,她看到了桌子正中黑色镜框里的照片是一个生气勃勃的男孩。男孩的母亲缓缓地拿起桌上的一沓信,哽咽地说:"这是我儿子留下的,他一个月前就已经走了,但他说,还有一个与他相同命运的女孩在等着他的信,等着他的鼓舞,所以,这一个月来,是我代他发出了那些信。"说到这儿,男孩的母亲已泣不成声。

读了这个凄美的约定,我们这些受过大大小小爱情挫折的人也许会豁然开朗,我们会想到,纵然没能实现本可以属于我们的期约,但我们依然活着,依然可以有新的爱情,依然可以祝福我们爱

过的人幸福平安。我们是幸运的!

"秋以为期"是美丽的,爱情的约定是美丽的,秋天的风景是美丽的,秋天的承诺真是如红叶般不胜其美。而从语言文字的象征性意义来讲,"秋以为期"不过是代言着一种情感和境界,爱情的约定是无论季节的。谁会去探究这一对同病相怜、真诚相待的男孩女孩是相约在哪一个季节呢! 许多年以前,当那首《大约在冬季》唱响大江南北之时,冬季回故里(暗含着看望恋人的意蕴)的约定使多少人为之向往,唱着这首歌时,冬季的寒冷完全被春天般的温暖所取代。扩而言之,人生的哪一个季节都可能也可以发生爱情,年轻人之间的爱情固然美丽,中年人的爱情也会醇厚无比,而任何人都没有权利去指责杨振宁和翁帆之间的旷世之恋——那是属于他们自己的、他们自以为美丽的约定,干卿何事!

当然,人生是要站得高一点、看得远一些的,我们虽不去说什么宏大的理想,但也绝不能囿于爱情的狭小天地。人生有许多远比爱情更博大、更辽阔的约定。1917年7月下旬,周恩来和李福景等同学去北京筹划赴日考官费留学事,经过奔走,靠同学师友的帮助,终于筹集到一笔最低限度的费用。行前,周恩来到东北探望伯父,并回到母校同师友相见话别,为同学郭思宁题写了"愿相会于中华腾飞世界时"的临别赠言。后来成为新中国开国总理的周恩来,是年只有19岁。32年后1949年的秋天,周恩来终于站在天安门城楼上,与他的同学们相会于中华腾飞世界时!

约定,是一种情感的挂牵,是一种信念的坚守,是一种志趣的同行。在随时都可能终止的一生里,在人的个体渺如纤尘的宇宙里,假如有一份美丽的心灵之约,我们平凡的人生将会放射出夺目的光彩。秋天是收获的季节,是履约的时节。在秋天即将到来的时候,你是否想起了已为你淡忘的某个约定? 走出封闭的门窗,打开尘封的心灵去履约吧! 假如愿意,你也可以与自己有约,去看一个你恒久惦记的人,去说一句你长久想说的话,去做一件你久久向往的事……

宽水中火好婚姻

　　女儿要吃汤圆。作为南方人,我很少做面食,于是仔细看了说明书。说明书上说,水要宽,水沸后投入汤圆,然后用中火再煮两三分钟就可以了。如法炮制,女儿吃到了香香糯糯的汤圆。

　　由煮汤圆忽然想到了婚姻。婚姻也是需要宽水来容纳,然后用中火甚至文火慢慢地守候吧?

　　水要宽。婚姻之水就是我们的心胸。不相信有一辈子不红脸的夫妻,那多是宣传和造势的假象。我们的宣传把周恩来制造成一个圣人,把他和邓颖超的婚姻创造成神话。现在从他们身边工作人员的回忆中,我们可以看到,他们当然也有红脸的时候。毛泽东和杨开慧闹别扭后,不还留下了一首情深的《贺新郎·别友》吗?那实际上是一份爱的检讨书啊!两个来自不同家庭、有着不同性情和经历的人,无论怎样磨合,总会有意见相左的时候。何况婚姻中林林总总的事是那样琐碎繁杂,怎么会不产生一点儿摩擦呢?维护婚姻,维系感情,全靠我们有一颗宽容的心,既接纳爱人的优点,也包容他们的缺点。我们是把他们作为一个整体来爱的,自不能只接纳他们的部分。你看,宽水里的汤圆翻舞得是多么欢腾啊!假如水不宽,汤圆就会粘锅,无法出现上下腾跃的欢快景象;假如心胸不宽,婚姻就会沉底,无法感受两心相悦的欢愉之情。

　　火要中。婚姻之火就是我们的耐心。两个人从青春年少时相

爱,要携手到银发苍苍的时代,漫长的岁月,需要我们用耐心去守候。婚姻之路,比我们设想的要坎坷艰辛得多。七年之痒不就是一条人们常说的"坎"么?婚姻的不适和无定,何止在于这前七年呢?彼此太熟悉太一览无余常常会带来美感的淡无。这长达几十年的一路上,我们会产生种种的龃龉,会为鸡毛蒜皮而叮叮当当;这多达万余天的一路上,我们还会遇见新鲜的人新鲜的事,心会游移不定。当矛盾甚至干戈生起,我们一定要把握火候,不轻言离弃,不出口伤人,到盛怒时稍缓须臾候心气和平,处极难事静思原委待思路打开,用忍耐的"中火"和"文火"慢慢化解对方心中的块垒。假如炉火大了,汤圆就会融化和露馅,汤汁就会浑浊不清;假如心火大了,情感就会受伤,婚姻就会破裂,生活就会如一团乱麻。

　　和你的爱人一起下一次汤圆,在宽水中火中体会婚姻的真谛,平复我们那一颗不善于容忍、不善于守候的心吧!

统筹生活统筹爱

只有人届不惑，才能体会到"人到中年"四个字背后的含义。中年，需要应对和打理的事实在太过纷繁，而体力正在渐衰，时间正在向前疾驶。

从初中到高中，我一直有一张每周学习的计划表，到了什么点就看什么书，六年中雷打不动。我就是凭着这张时间表赢得了学习的主动权，从不必惧怕老师突然会考哪本书上的内容，也从不在任何考试前临阵磨枪。面对着中年之时的工作、学习、生活、应酬，还有那些突如其来的大大小小的事，靠这种时间表显然已无济于事，但时代教会了我两个字：统筹。

我们不少人习惯于用一大段时间去做一件事，在这段时间里其他什么事也不顾；同时做两件以上的事就会觉得自己分心而有愧疚感，或者茫然无绪，无从下手。还有人追求一种完美的"完整观"，就是一定要把手头这件事彻底了结掉，才有心思去做下一件事，否则就会觉得不完美、不完整。哦，中年那千丝万缕的事啊，如果不去统筹好，非得一件一件次第去做，效率将是何其低也！生活的质量又如何保证？更谈不上人生的情趣和兴味了。

我的统筹观是，一天之内不要只做一件事，同一个时间段内也可以兼做几件事。生活本来就是一个内容浩繁的系统，何必把每件事界定得泾渭分明！季羡林先生有两处寓所，他在一处写散文

或搞专业研究累了,就沿着小路去另一寓所写他的《糖史》,以此作为休息。这就是一种统筹。他有个著名的"三不主义":不挑食、不嘀咕、不锻炼。我想,其实在他散步去往另一处寓所的路上,他已在锻炼了,而转换一个研究课题,也正是脑筋和思维的休息。几件不同的事情在他那里不是统筹得很好吗?他不仅健康长寿,而且著作等身,人生的效率和质量何其高也!

我想,统筹最重要的是理清思路头绪,分清轻重缓急;既有忙碌,也有闲适;既干好正业,也不负自己的兴趣爱好。每天大约6点半,我就迎着晨曦出门上班了。我会穿过另一个小区,利用那里的健身器材随意锻炼一下。从7点半开始,我就坐在办公桌前了。在等待上班的一个小时里,我会把生活中的点滴感想梳理一下,或在脑中勾勒,或形诸文字。上班时间一到,我立刻进行大脑的切换,开始一天的职场生活。这样,我不必再另寻专门的时间去写作,兴趣和职业就被统筹起来了,互不相扰,相安无事。中午的时间大部分当然用来午休,但也有不少个中午,我会去书店买书,或是去拜望多日不见的老师,或只是去做一个足疗,去有阳光的街上随意走一走。这些事,哪里需要再辟出一段时间去做呢?我们哪里又有那么多闲暇可支配呢?

傍晚,我会步行到鼓楼或汉中门再坐地铁,这样我每天就有了40分钟的散步时间,不必刻意再花时间去健身房锻炼。而且,这一路上我也并不会闲着,或构思一篇小文,或思念某一个朋友,或唱一两首歌给自己听,把心情再次从充盈着公文和电话铃声的职场切转回来。我想,这就是一种统筹吧?

中年的我需要爱的人太多,4位老人,妻子,女儿,还有那么多的朋友。爱也得统筹,不能忽视了任何需要你去爱的人。中年是人生的秋季了,要抓紧去爱亲人,可以爱的时间越来越少了。我的家乡离南京很近,我一般会避开年节的高峰,选一票易求的双休日回家看父母,赶上吃晚饭的时间回来与妻女团聚。家人不同的喜好,我们也要尽量去满足。我岳母爱吃羊肉,岳父则羊肉味道都不

能闻,于是岳母也从不做羊肉。我会在冬天吃羊肉的最好季节,每次做羊肉时多做一小锅送给岳母。对我而言,不过是同时开两个火头煨炖而已,但统筹的却是对家人的爱。今年大年三十,我们去岳父岳母家过年。岳父喜欢吃鱿鱼锅巴,我提早一个星期就把原材料准备好了。可女儿喜欢吃青红椒炒鱿鱼丝。我的爱就得一分为二,用一条鱿鱼给岳父做了鱿鱼锅巴,用另一条炒给女儿吃,这样老少都满意而笑。我不过是稍微费点事,但亲人能够开心,就是爱的统筹的成功。

平时我工作忙,从城西到城东,下班到家也很迟了,晚饭多是爱人做。所以,双休日我是三餐全包。但双休日也是读书写作的大好时光啊!这就不得不善加统筹了。我依然会很早起床,买好菜后,读自己的书,写自己的文章。临近午间,我会花半小时去淘米,把菜洗净切好装盘,把这一切权当读书间的休息,然后继续回到我的书桌。需要文火炖煨的东西一早已在炉上,不妨碍我继续读书著文,一篇文章写就的时候,一锅鸡汤也已浓香扑鼻,那种同享书香菜香的感觉是何等欣悦啊!有时,怕汤沸出锅来,我会在炉火旁守候几分钟,那几分钟间,我会看一篇短短的文摘,时间就在这小小的厨房里被我统筹利用了。

统筹是一种理念、一种方法,也是一种从容、一种淡定。总书记说:统筹兼顾是科学发展观的根本方法。国家要科学发展,事业要科学发展,我们这只有一次的人生也要科学发展,那么,让我们一起来统筹生活统筹爱吧!

缘是人生传奇

那年,在中央电视台春节晚会上听王菲唱《传奇》时,心中并无太大的感触。今年大年三十,妻驱车去岳母家过年。空寂的街道上车行无碍,当女儿放起这首歌时,我却被深深撼动,一连让她放了三遍。仅是空落的街景契合了我空落的心情,使我骤然喜欢上这首深情的歌吗?我想不是,是因为,人随着阅历的增长,会对"缘"有更加清晰但又仿佛更加模糊的认识。在这有人欢聚有人却无法团圆的节日,人与人之间聚散离合的神奇际会不由引起我深深的叹惋。

"只是因为在人群中多看了你一眼,再也没能忘记你容颜。梦想着偶然能有一天再相见,从此我开始孤单思念。"偶然的邂逅,相遇时也许漫不经心的一瞥,引发了一段相思的故事。这是许多少男少女都会经历过的爱情序幕吧?多少年之后回首往事,故事的主人公们都会像这首歌的词作者一样,发出"宁愿相信我们今生有约"的感慨吧?

人与人之间的"缘"真是奇妙而不可思议的,正是因为无法用任何学科、任何逻辑来解释,我们才称其为"缘"。"缘"的世界是怎样生成的?我们无法说清道明,只能惊诧于它的美丽和迷离。我们本出自不同的根系,我们本不在同一个空间,究竟是什么牵引着我们来到这特定的一个地点相遇,从而展开新的人生场景?只

能是这神奇的"缘"！

想起了丰子恺先生的那篇《缘》。弘一法师在丰先生的书架上偶然发现了谢颂羔居士的《理想中人》,会心之际,萌发了相见之意。于是,一个午日,一个虔敬的佛徒和一个虔敬的基督徒相对言笑了。面对此情此景,丰先生不由得想道:"目前的良会的缘,是我所完成的。但倘使谢君不著这册《理想中人》,或著而不送我,又倘使弘一法师不来我的寓中,或来而不看我书架上的书,今天的良会也无从完成。再进一步想,这书原来已埋在书架的下层,倘使我的小孩子不拿出来铺铁路,或我的大女儿整理的时候不把它放在可使弘一法师随手抽着的地方,今天这良会也绝不会在世间出现。"由此一事,丰先生得出结论:无论何事都是大大小小、千千万万的"缘"所凑合而成,缺了一点就不行!

原来,这"缘"也是由千万种因子积累积聚而成,绝非我们看到的结局那么简单。就如《传奇》中的故事,假如"我"和"他"那天有一个人没有来到这人群所在的地方,或即使多看了一眼而并未有感触,这后面的爱情故事又怎样展开? 再作逆向的推想,假如那一天"我"是推掉了好几个朋友的相邀而非要来这人群所在的地方,这份"缘"就只能说是前生的约定了。

"缘"有万千,斑斓多彩。在《传奇》的男女主人公,"缘"是"只是因为在人群中多看了你一眼";在毛泽东和杨开慧,"缘"是板仓求学;在董永和七仙女,"缘"是仙女下凡;在许仙和白娘子,"缘"是断桥遇雨;在张生与崔莺莺,"缘"是寺庙巧遇;在宝玉和黛玉,"缘"是孤女投亲;在六六《心术》中的郑艾平和霍小玉,"缘"是李刚的无心插柳。

芸芸众生的相识、相聚、相知之"缘"更是情由万种,绚丽多姿。只因拨错了一个号码而成为朋友,只因指过一次路而开始交往,只因公交车站的相遇而相熟,甚至会因一场争执而成挚交,这样的例子在现实生活中每时每刻都在发生。在我,只因为一念之闪便选择了从军,结识了我的那些战友们,领略了军旅生活的风

景；又只因为一念之转而选择了现在的单位，认识了我的新同事们，与他们结成了新的知交。这不都是因为"缘"么？大学毕业时，如果再少给或多给我一个月时间考虑，转业选岗时如果我再少掂量或多掂量几分钟，也许结局就大不相同。这不知从何落下第一笔、这不知如何百折千转、这缺了任何一点都不可能成就的"缘"啊！

　　每一个"缘"的故事都是人生传奇，每一个"缘"的故事都不可复制。"缘"是如此来之不易，"缘"是如此缤纷美丽，我们唯有惜缘敬天。

三月五日的遐想

　　2012 年的 3 月 5 日，注定是个有着特殊意义的日子。这一天，是伟大的共产主义战士雷锋牺牲 50 周年，也是毛泽东主席"向雷锋同志学习"题词发表 49 周年。这一天，人们会分外缅怀那个英雄辈出、意气风发的时代，举国将掀起学习雷锋的新热潮。

　　雷锋，作为具象的个体，是一个英雄和楷模；作为抽象的标识，是一种民族精神和时代精神的象征。在我这个年纪之上的人，都不会忘记这个"出差一千里，好事做了一火车"的热情的小个子战士，不会忘记领袖们为他的题词，不会忘记"学习雷锋好榜样，忠于人民忠于党"那昂扬豪迈的旋律。

　　那是一个诚实守信的时代，那是一段激情燃烧的岁月。在那个时代，人与人相互信任，互帮互助，情同一家。举个最简单的事例，当雷锋去搀扶老大娘时，他既没有功利的目的，也没有之后是否会被她诬赖的担忧。人心是那样的质朴，思想是那样的无邪，所以，我们的国度能涌现出千千万万个雷锋，助人为乐能成为时代的风尚。面对时下老人倒地究竟要不要去扶的两难困惑，遥想雷锋的坦然和他那憨厚的一笑，我们一定会有万千感慨吧。

　　只要提到 3 月 5 日，我们都会不约而同地想到雷锋，但很少有人会想起另一个伟人。3 月 5 日，是共和国开国总理周恩来的生日。1963 年，周恩来曾两次为雷锋题词，第一次题写的是"雷锋同

志是劳动人民的好儿子,毛主席的好战士"。据邓大姐回忆,毛泽东题词发表后,周恩来深夜不寐,重读了《雷锋日记摘抄》,才写下了那篇脍炙人口的第二次题词:"向雷锋同志学习,憎爱分明的阶级立场,言行一致的革命精神,公而忘私的共产主义风格,奋不顾身的无产阶级斗志。"实际上,他是高度概括了雷锋精神的内涵和精神实质,使毛泽东原则性的号召具有了可操作性。周恩来是这样要求全国人民的,也是这样要求自己的,他用自己鞠躬尽瘁、死而后已的一生实践了雷锋精神,也形成了体现人民公仆本色、堪为全党师表的周恩来精神。

否定历史、质疑伟人、怀疑英雄,似乎正成为一种时髦。这些年来,对雷锋和周恩来的质疑甚至是谤诽从来就没有停止过。有人说,雷锋作为一个普通战士,哪能留下那么多张照片? 拍照在当时是件奢侈的事啊! 有人说,雷锋哪有那么多钱捐助灾区? 雷锋遗物中的手表、夹克和存款也引起一些人无限丰富的联想。于是,他们对雷锋的真实性表示怀疑,对他做好事的动机妄加猜测。而对周恩来,质疑最多的是他和邓颖超的感情,关于他情感生活的谣传也被一些别有用心的人津津乐道。

英雄也是人,伟人也是人。我承认,在对雷锋和周恩来的宣传上,都存在那个造神时代的烙印,对他们生动、丰富的人性的挖掘还远远不够。正因为如此,当我们读到雷锋女友对他们交往的回忆,当我们读到关于周恩来喜怒哀乐的回忆,我们才感到分外亲切,这一类的文字使他们走下了神坛,恢复了一个可亲可敬的"人"的本来面目。然而,别有用意的舆论却该当别论。如果我们仔细地读读雷锋的生平,就会知道,他1960年11月就是沈阳军区"学毛著标兵",1961年2月就是全军学习的英模人物了,留下那么多的学习、工作方面的宣传照又何足为奇呢? 他在入伍前已在鞍钢当了好几年的工人,加上生性节俭,有一些积蓄也自在情理之中。

而读一读周恩来和邓颖超的爱情故事,就会明白他们之间那

种建立在共同理想志向基础上的真挚感情。1954 年,周恩来出席日内瓦会议期间,家中的庭院里,海棠花正当盛开。邓颖超特意剪了一枝,托信使寄去。周恩来则托人带回了压制好的日内瓦有名的芍药花与玫瑰花,作为回赠爱人的礼物。1988 年,海棠花怒放的季节,邓颖超触景生情,睹物思人,写下了一篇言简情深的《海棠花祭》,其间写道:"遥想当年,我们之间鸿雁传书,越过海洋,从名城巴黎到渤海之滨的天津。有一次,我突然接到你寄给我的印有李卜克内西和卢森堡像的明信片,上面写着:'希望我们两个人,将来也像他们两个人一样,一同上断头台!'因此,我们的爱情生活不是简单的,不是为爱情而爱情。我们的爱情是深长的,是永恒的,是根据我们的革命事业,我们的共同理想相爱的。"读了这段一个妻子平静之中蕴藏着深挚的文字,再想起 1976 年 1 月 8 日长安街上万人同哭、天地同悲的旷古景象,那些谣言该不攻自破了吧!他们的爱情,又岂是"郎才女貌"的世俗观念岂能解读的?难道十亿中国人积几十年的时间竟看不清一个人的真伪?!

还是不要用现时某些功利的目光去看我们的英雄和伟人,以一种阴暗的心理去对他们的人生作窥视般的索隐吧!我想,无论是雷锋精神还是周恩来精神,诠释的都是无私奉献的精神,全心全意为人民服务的精神,都是我们应该世世代代传承下去的精神。作为活生生的人,他们都有瑕疵,但他们身上体现出来的精神却不容否定和质疑,因为这种精神不属于他们个人,而属于我们整个中华民族,属于中华人民共和国的历史。

3 月 5 日,一个具有特殊意义的日子,一个让我们想起英雄的日子,一个让我们怀念伟人的日子,一个让我们思索人生的日子。

逝水年华细斟酌

记不得是谁说过"逝水年华细斟酌"这句话了,细细斟酌,这句话真的颇有深意。

逝水年华细斟酌,这句话是说要珍爱生命,多加思量。"斟酌"有掂量、思考之意。年华似水,不舍昼夜。这每个人只有一次的生命,究竟该如何度过,如何在有限的生命里多做有意义的事,值得我们反复掂量、细加思量。这种思量可以是曾子"吾日三省吾身"那般正襟危坐的反思,可以条分缕析成逻辑性极强的思想观点甚或生成深刻的人生哲理;也可以是春夜的独坐、夏夜的静观、秋夜的漫步、冬夜的沉思,或只是观草拈花之时的一得一悟。人生除衣食住行之外,总要有些形而上的东西,否则便只是酒囊饭袋。适时适度的"斟酌"一定能使我们的精神家园更加仓廪丰实。

逝水年华细斟酌,这句话是说要珍视过程,欣赏美景。面对急速流逝的时间之河,有人为昨天懊悔,有人为明天忧虑。有人总想着昨天的应得而未得,有人总寻思明天的欲得而难得。其实,哲人早就告诫我们:人不能两次踏进同一条河流。昨日就像东流水,明天是片未名湖,能够抓住的只有此时此刻。细斟酌,是要我们对今日的美景仔细欣赏啊!正因为年华似水,稍纵即逝,我们才要以一颗从容通透的心,如一位英国诗人说的,去欣赏"松鼠把壳果往草丛里收藏""溪流像夜空星群点点闪闪",去欣赏"少女的流盼,观

赏她双足起舞蹁跹""等待她眉间的柔情,展开成唇边的微笑"。生命就像旅途,终点终要来临,享受过程才是深谙了生命的真谛。

逝水年华细斟酌,这句话是说要珍惜拥有,浅斟慢酌。行走在人生路上,有欢乐,也有苦痛;有阳光,也有风雨,对生活给予的一切都要坦然接受。"珍惜拥有",既是指珍惜拥有的幸福快乐,也是指珍惜遭逢的痛苦与挫折。年华似水,年华似酒,欢乐之酒我们要浅斟慢酌,不要太过沉醉而错乱了前行的步伐;苦难之酒我们更要浅斟慢酌,品出人生的真滋味而变苦难为前行的动力。对欢乐之酒,我们要怀着吝啬的心情去浅斟慢酌,因为生活还会有风霜雨雪,我们何敢不怀忧惧之心? 对苦难之酒,我们要怀着感激的心情去浅斟慢酌,因为它让我们知道生活不会永远是良辰美景,我们会充满新的憧憬、开始新的追求。

"逝水年华细斟酌",一斟一酌之间,生命会绽出思情的浪花,酿成怡人的美景。"逝水年华细斟酌",此中有真意,请君细辨之!

让我们放声歌唱

今年的元宵晚会上,郝云的那首《总的来说》使我深受感染。从歌曲本身的形式来说,唱的部分并不多,但那充满对生活热爱之情的每一句念白,都让我有放声歌唱的冲动。

"高高兴兴的日子总的来说还是占多数,因为衣食无忧的平淡生活就能让我满足,可越来越多的欲望想偷走我的快乐。我想四大皆空,我还想大闹天宫。可有人说飞得越高越受伤,现实也经常告诉我飞得越高越彷徨,我警告自己说飞得太低你会撞南墙。可是我已经想好了只要撞不死我,我就要歌唱我的生活,歌唱我的快乐,歌唱我的姑娘,歌唱我的祖国。"这首歌道出了我们许多人不快乐的原因,更用一种积极、适度、乐观的生活态度,给我们提供了看待人生、看待生活的辩证视角——总的来说。

盘点一年,我们总会有喜有悲、有成有败,拘泥一城一池之得失是一种视点,摆脱"只见树木,不见森林"的狭隘则又是另一种胸怀。对多数人来说,总的来说,生活中快乐的事总是占多数,关键在于我们能否把心态放平。只要自足于衣食无忧的平淡生活,只要家人不错、朋友不错、自己不错,只要身体还好、收入稳定、工作顺利,我们就该对生活抱有感恩之心,我们就会胸有丘壑、心比海阔,我们就会放声歌唱。如果我们不顾自身的条件,在物质、名利等方面一味地向上攀比、与人相争,这无止境的欲望自然就会销

蚀我们的快乐。

年轻的时候听过一首歌:"青春啊青春多么美好,我的心啊有时像燃烧的朝霞哟,有时像月光下的大海。想到那更美的未来,我要从心里唱出来。"这首歌给予青年的我以极大的激励,让我无论身处顺境还是逆境都相信未来,都专心致志地做好自己的事,唱好自己的岁月之歌。快乐的心情、快乐的日子并不是都要用歌声来传达,在我看来,"放声歌唱"是一种比喻,喻示着用自己的方式来表达对生活的感激,释放并体味我们感受到的欢乐和幸福。

雷锋并没有给我们留下歌声,然而,他用无限为人民服务的有限人生,使"唱支山歌给党听"的深情旋律穿越岁月永久回荡。是对新生活的无比热爱和感激,让欢快的音符从他的心中飞出,让他在每一天做好事中感受到无尽的快乐。

黄永玉在香港跟朋友说,在意大利的半年准备完成三十幅油画,做三件翻铸成铜的雕塑。半年后他带回家的竟是四十幅油画和八件雕塑。他快乐地写道:"文化艺术本身就是快乐的工作,已经得到快乐了,还可以换钱,又全是自己的时间……"耄耋之年的他,用自己潜心事业的勤奋不断谱唱着艺术的新曲,他的一幅幅画作,岂不是一首首快乐的歌!

而看感动中国2013年年度人物,三十多年默默奉献的"核潜艇之父"黄旭华,资助贫困学生近二十年的九旬"五保老人"刘盛兰,三十年矢志不渝培育油菜新品的沈克泉、沈昌健父子,退休后坚持二十年出诊的百岁仁医胡佩兰……他们哪一个不是用自己对人生的热忱和执着在放声歌唱!

生活一定也给这些今天家喻户晓的人留下过苦难、挫败和落寞,但是,他们一定会认为,总的来说自己的生活很不错,自己的付出很值得。所以,他们以诚实做人、用心做事来回报生活、歌唱生活。黄永玉说,作为文化艺术工作者,"比起别的任何行当,便宜都在自己这一边,应该知足了",所以他决定快快乐乐地生活下

去。那么,让我们学会知足吧,不要为没有飞得很高而心存戚戚,不要为现在撞了南墙而一蹶不振;多算大账,少算小账。只要日子总的来说高高兴兴,只要我们依然活着热力尚存,就让我们以火的热情歌唱我们的生活,以水的欢腾歌唱我们的快乐,以松的坚贞歌唱我们的爱情,以铁的担当歌唱我们的祖国……

岁月积淀的歌

　　2013 年的央视春晚上，主持人为毛阿敏设计了这样一句台词：让我们一起来听这首岁月积淀的歌——《幸福》。歌者风采依旧，时光没有在她的脸上刻下多少风霜。然而，从她的歌声中，我确实听到了岁月丰厚的馈赠，听出了她内里的腾升。只有在人情冷暖的交替中领略了真爱的人，只有在沧海桑田的变迁中收获了幸福的人，才能用深致婉转、富有层次的声音，把爱和幸福的内蕴如此淋漓尽致地演绎出来，感染每一个在岁月的长河中留下深深屐印的人。

　　主持人的这句台词不知道是精心设计还是纯属偶然，然而，在听者都可以有自己的理解。《幸福》是电视连续剧《幸福来敲门》的片尾曲，电视剧是 2010 年播出的。初听毛阿敏唱这首歌，就感觉到她深含的张力和韧劲，距今不过 3 年，我觉得她对这首歌的理解已有了新的升华。对一个善于感悟的人来说，时间不是分分秒秒的简单叠加，而是从量的变化到质的提升和内涵的增厚。随着时间的推移，过去生活中所有的起伏升沉，会继续在岁月的老窖中发酵，不断造就毛阿敏新的丰厚和深婉。你信吗？她每一次对《幸福》的演绎都不会是简单的重复。

　　也许，主持人的话还可以倒过来说：歌，就是岁月的积淀。先人告诉我们，歌是这样产生的："言之不足，故嗟叹之，嗟叹之不

足,故咏歌之。"是什么让我们的祖先感到了言之不足的怅憾,而必要叹息和歌唱?是狩猎,是取火,是捕鱼,是劳动,是收获,是生活。对生活中的悲悲喜喜言之不足、发而为歌,自古而来,缘由一也。于是,当我们年龄渐长、阅历增丰,缅怀走过的路,我们心中总会有喜悦欢欣、悲哀惆怅,我们虽然不能把这种种的情绪谱成音符,但所有那些奔涌而生、抑制不住的复杂情愫,不就是一首首岁月积淀的歌吗?

我们常常说岁月如歌、生活如歌,其实,岁月就是歌,生活就是歌,我们自己就是那边走边唱、作词作曲的人。正是基于这一点,听者和歌者才能常常达到心灵的默契,我们和歌者一起或笑或泣,或舞或蹈,合为一体。他们是我们情感的代言人,他们用与平常语调不一样的宫商角徵羽,弥补了我们的言之不足,用他们对岁月和生活的理解回放了我们走过的道路,丰润了我们现实的生活。在心灵合律共振之时,又如何辨得清究竟谁是歌者、谁是听者!

岁月积淀了歌,岁月也造就了如歌的人。也许我们还可以说,毛阿敏本身就是一首岁月积淀的歌。在她身上,有值得我们歌咏的典雅端庄、高贵大气和刚强坚韧。在生命的低谷期,也许她有过怨艾,但今天回首,她一定会感激生活的馈赠,分外珍惜真正的幸福。"庾信文章老更成",不光是毛阿敏,观那把中国的文字压捶拉磨的余光中,被誉为"一代鬼才"的黄永玉,字字闪烁着人生智慧的季羡林,银发飘飘声情并茂的陈铎,我们何不像听到一首首岁月积淀的歌?那么富有大美,那么令人回肠荡气!他们给予我们的人生滋养和艺术享受,注入心田,余音绕梁,经久飘香。

岁月啊,"你是我脚下一条河,涤荡着多少苦涩;你是我嘴边一首歌,唱尽所有悲欢离合"。当你一天天从我身边仿佛单调、重复地流过,蓦然回首之时,我却发现,"是你流淌着爱,是爱浇灌着我,幸福是风霜雨雪都经过,再把阳光收获"。我愿陶醉于所有岁月积淀的歌,我更愿自己成为一首岁月积淀的歌……

人散后

　　天下没有不散的筵席,这个道理谁都懂得。但欢宴之时是没有几人能想到散席后的清寂的。客人散尽后,主人也是多半忙着收拾狼藉的杯盏,倦怠之时也就疏于或懒于深思了。

　　然而,世上总有一些敏感的人们,会在曲终人散之时心有所悟、情有所动。丰子恺先生有一幅画,题作《人散后,一钩新月天如水》:屋舍清雅,竹帘高卷;夜色如水,新月初上;杯盏皆空,桌椅静默。人,分明是刚刚聚过,杯盏和桌椅是他们曾经相聚的见证。然而,欢聚的场面又何以再现?作这幅画的时候,正是新文化运动风起云涌之时,丰先生正任教于上虞象山脚下、白马湖畔的春晖学校,在这里任教的还有夏丐尊、朱自清、丰子恺、朱光潜等,真可谓群星璀璨,群贤毕至,《人散后,一钩新月天如水》便表现了在丰先生小杨柳屋友人相聚后的情境。笔法尽管疏淡简洁,但可以想见,在与群贤欢聚之后,对世态人情有着独到洞察的丰先生,一定会有王羲之兰亭会后那种既欣于所遇快然自足,又痛惜俯仰之间已为陈迹的复杂深幽的心情吧?

　　这幅画长久地印在我的心中挥之不去。画中皆是静物,但分明蕴含着人的精神感触。聚聚散散是生活的常情常景,但我们无暇也无心去从中识破生活的底里。我们沉湎于觥筹交错的场面,沉浸于酒酣耳热的欢乐,总道是良辰美景能够再现,总相信满座高朋终可重聚。人散后所揭示的生活的另一面,又有几人能够感悟

呢？于是，一次次的相聚只是量的重复，却没有情爱的叠加、珍惜的倍增。

在举世皆醉的时候，丰先生却要告诉你，人生就像一场筵席，总有散尽的时候。他用艺术的形式表达出一个平常如许、浅显不过却很容易被盛宴的热浪所淹没的道理：与我们相遇的每一个人，无论我们如何相亲相爱、难以割舍，都是人生这场华宴中的匆匆过客，他们，包括我们自己，都会次第退席。

人生天地间，忽如远行客。这些年来有不少亲朋好友先后离去，这是我看了这幅画后感触良多的重要因素。随着年龄的增长，涉世的渐深，离别正以越来越频繁、越来越快速的步履向我们走来。今年，我的一位战友因患绝症而辞世，年仅 34 岁。想起一年前单位的聚会中他还即兴演唱过一首《祝酒歌》，歌声犹在，歌者已渺，人天之隔何能打通！前不久读报，读到一则我熟悉的一位编辑的噩耗，几欲不信。她不过 29 岁啊，素未谋面的她总是给我认真地发稿、及时地寄来报纸，每当新年都寄来问候。遥望天边的新月，想起远比云天更远的她，我心痛地想：人已散，明年的新年，我把对她的祝福寄往天国的哪一个驿站呢？

是谁在演绎着人间的聚散离合？是谁在操纵着人生的同一结局？生活的玄机让人永远扑朔迷离。但我相信，总有一种力量在给人类传递着自然和岁月的信息，总有一些场景是对人生终极场面的象征预示。刹那高朋满座，瞬时人走楼空，这年复一年、日复一日上演的剧目，正是对人生大结局的模拟和演习，我们在一种渐适和渐悟中减轻着面对人生离别的痛苦和忧惧，增加着坦然接受人生真相的旷达和安宁。

不是吗？多情自古伤离别。意识到人生终归是一场必散的筵席，谁能不起伤感之情？但又何尝无益？同样一个问题，人类总是能从不同的角度去思考和分析。不妨看一看丰先生这幅画，它之所以哀而不伤，充满了一种富有禅意的安详和静谧，正是要告诉人们，宇宙永恒，人生会代代相传；今朝相聚，情缘将永世珍藏。这幅

画的后面,分明隐藏着一个抬头望月、达观通脱的智者。他也许正吟诵着张若虚的《春江花月夜》:"人生代代无穷已,江月年年只相似。不知江月待何人,但见长江送流水。"心中涌起对宇宙无垠的深深敬畏,对人生无穷的深深欣慰。于是,那份曲终人散的哀伤便渐渐淡去,消散到水天一色、孤月皎皎的夜空里去了。此刻,在大自然真意面前忘言的我,在大师智慧面前失语的我,只想轻轻道一声:朋友,夜凉了,今夜散后,记得加衣……

《厨房》：在冰凉中寻找温暖

　　友人推荐我读日本女作家吉本芭娜娜的小说《厨房》。这是作者的处女作，1987 年问世后，便接连获得了第六届"海燕"新人文学奖、第十六届泉镜花文学奖等多项大奖，并被翻译成多国文字。这一神奇的"芭娜娜现象"引起了我探究的冲动。我用了若干个清晨和夜晚断断续续读完了这部小说，作者对厨房的描写、对生死的感悟引发了我强烈的内心共鸣。

　　也许是因为我也喜欢厨房、我的家居生活有许多时间都是在厨房度过的缘故，作品开头的描写便令我怦然心动："这个世界上，我想我最喜欢的地方是厨房。无论它在哪里，是怎样的，只要是厨房、是做饭的地方，我就不会感到难过。可能的话，最好是功能齐备、使用方便，备有好多块干爽整洁的抹布，还有洁白的瓷砖熠熠生辉。即使是一间邋遢得不行的厨房，我也难抑喜爱之情。"随后，主人公樱井美影揭开了自己特别喜爱厨房的缘由。她父母早逝，一直由祖父母抚养。上中学时祖父去世，大学时相依为命的祖母也离开了人世，孑然一身的她不管在哪个房间都睡不安稳，于是不断变换地方，最后她发现在厨房的冰箱旁才睡得最安稳，"冰

箱发出的微微声响陪伴着我,使我免受孤独的煎熬。我就这样度过了静谧的长夜,清晨来临了"。对于接连失去亲人的美影来说,厨房让她在重创之后感受到了安全,在这冰凉的世界中感受到了一丝暖意。

这样的起笔,便让读者和美影一起迅速触摸了死亡,走进了作品的主题空间和人物的内心世界,悲凉的心绪排山而来。而接下来在田边雄一家发生的故事同样与厨房有关,又同样与死亡有关。田边家的厨房与美影祖母家的厨房不同,一个代表着过去,一个象征着未来。故事情节从前一厨房向后一厨房的过渡,也是美影医治心灵创伤的过程。祖母去世后,美影第一次去田边家,第一眼就深深地爱上了他家的厨房。整整齐齐排列的厨房用品、平底煎锅、德国产的削皮器,荧光灯照射下的餐具和玻璃杯,都令她感到赏心悦目。更重要的是,与美影共同生活在这个厨房里的惠理子——田边现在的母亲(由田边的父亲变性而来),有着惊世骇俗的美丽和蓬勃的生命力。这个融"父亲""母亲"于一身的人,虽然历经了人生的绝望,"还是挺立在这里,在黄昏夕阳的包裹中,用她纤细的手浇灌着花草。透过那透明的水流,炫目而甜美的光仿佛折射出了一道绚丽的彩虹"。她独特的人生经历和坚强面对生活的不凡勇气,成了美影走出精神危机的动力之一。然而,快乐的生活是那样短暂,惠理子被一个精神失常的男子杀害,美影不可避免地又一次遭遇了死亡。

于是,本就对死亡异常敏感的美影,对于人生有了比同龄人更加深刻的认知。是走向颓废,还是选择重生?这既是美影内心深处反复徘徊的情结,也是让万千读者揪心不已的问题。所幸的是,在经受了一连串致命的打击之后,美影勇敢地从田边家搬出来开始了新的生活。是对厨房的热爱,使她集中一个夏季自学烹饪,通过了考试和激烈的竞争,成了一位有名的女性老师的烹饪助理。而被推向孤儿境地的田边,此时却陷入了精神的沼泽。是在厨房里一顿丰盛的晚餐,是美影深夜翻越旅馆墙送去的猪排盖浇饭,让

田边重塑了生活的信心,使两颗孤单的心找到了共振的频率。读到小说温暖结局的那一霎,我们不禁长吁了一口气,感受到了长久阴霾之后推开心灵之窗扑面而来的新的阳光。

前面说过,我是断断续续读完这部小说的,既因为没有大段的时间,也因为作者的许多描写和议论让我思绪飘扬,更因为3月8日以来牵动全世界的马航MH370事件让我心绪不宁。常常是边看着早间新闻关注着马航失联事件的进展,边捧着《厨房》在读,读几行停下来,看几分钟新闻再接着读。两件不相干的事在我看来却是有深层的契合的——都是关乎生命!

"总有一天,谁都会在时间的黑暗中四分五裂,然后消失得无影无踪。"在风和日丽的景象中,多少人能体会到这一残酷的现实? 而MH370的失联却让我们感到,"消失"从来没有离我们如此之近! 面对着老房子里的那把椅子,美影感慨道:"祖母过去常常坐在这把小椅子上喝茶,现在我也同她一样。坐在这把椅子上,喝着茶,谈论着天气、这镇上的治安之类的话题。人生真是玄妙。千头万绪,我不知所措。"失去亲人的人们,当他们面对着家人坐过的椅子时,又怎能清晰地说得出什么是过去、什么是现在呢! 叫他们怎么相信人生是真实的呢! 让他们如何确认一切都曾真切地发生过呢!

"老奶奶的话语中充满慈祥,笑起来的小孩子一下子变得那么可爱,这一切都让我羡慕不已。而我已经没有下次了。"美影所感觉到的"下次"这个词的沉重感、晦暗感和震撼力,我们是否也能感受到? 看电视里关于清明节的专题节目,多少人在痛悔还有许多事没有来得及为逝者做,却永远没有了"下次"! 那撕心裂肺的哭声是否能唤起我们日渐麻木和坚硬的心,真正明白"且行且珍惜"的含义?

"同样的夜晚,同样地降临在同样的房间里。窗边植物的剪影,一成不变地俯视着夜幕中的街市。然而,无论怎样等待,她不会再回来了。"那一个夜晚,美影忆起每当黎明时分总会听到惠理

子哼着歌、踩着高跟鞋渐渐走近,略带醉意弄出吵人的响动,然后是她淋浴的声音、拖鞋声、烧水声,她不由得生出一种近乎怪癖的怀念。许多人一定也埋怨过亲人的晚归,恼怒于他们的醉酒,不满于他们的一些生活习惯。然而,当亲人不复归来之时,他们一定对那些当初看来并不美好的夜晚充满怀念,一定会深深体会到龙应台那句话的真意:所谓幸福就是早上挥手说"再见"的人,晚上又平平常常地回来了,臭球鞋塞在同一张椅下。

"我不断提醒自己,我会在不知什么时候死去。否则我就不会有活着的感觉。"从出生之日起我们就开始走向死亡,只是一路上的美丽风景使我们暂忘了生命的最后结局。马航的乘客们,遑论年轻的了,就是已79岁高龄的老人,哪里会料到自己的生命会因为这一趟本是非常愉悦的旅行而消逝!是否我们也该如美影那样常常提醒自己,生命的音符随时会终止?几乎没有人的生命是在预期中"从容不迫"地结束的,死亡多半是遽然降临、猝不及防的。也许,我们会因这样的警醒而晓悟,在活着的每一分每一秒,究竟该怎样对待自己,怎样珍惜亲人?

"道路其实总是定好的,是由每天的呼吸、眼神、日复一日的岁月自然而然地决定了的。这绝非宿命论。于是才会有了现在的我,在一片陌生的土地上,在房顶的水洼里,在数九严寒中,守着盖浇饭躺在地上遥望夜空。而这一切,细细品味,都是那么顺理成章——啊!月亮好美。"给田边送猪排盖浇饭的那个夜晚,当美影摔在房顶上,她对人生的道路有了这样平实的感悟。日复一日追逐功名利禄、也要求亲人出人头地的我们,在失去了至爱的人后,却会明白,在这短短的一生中,活着最重要,当下最重要,能感受自己的呼吸、凝望亲人的眼神最重要!"在一起"好美!

"委实疲惫不堪的时候,我常常出神地想:什么时候死亡降临时,能死在厨房里就好了。无论是孤身一人死在严寒中,还是在他人的陪伴下温暖地死去,我都会无所畏惧地注视着死神。只要是在厨房里就好。"如果真如美影所想,我们能够"安排"自己或"被

安排"死在家中的厨房,也不失为人生值得欣慰的结局。然而,死亡的时间既然无法预知,我们又怎能设定死亡的地点?想想那些在高速公路、荒郊野岭、冰冷海底终结生命的人们,让我们活着的时候好好爱我们的厨房、爱我们的家园吧,也许在某一个晨昏,一切都会变成空茫!

美影曾经生活在冰凉瑟缩的世界中,我们每一个人迟早也都要经历这种透心侵骨之凉。然而,无论如何,生活还要继续下去。正因为美影懂得"挚爱的人一个接一个死去,自己却还是必须要活下去",所以,《厨房》给了我们一个暖色的尾声:"房间里暖洋洋的,水烧开了,水汽弥漫开来。我向他说起了到站的时刻和站台号。"这来自厨房的水汽象征着生命蒸腾的活力,释放着两颗心交汇的热力。爱厨房,就是爱生活,就是爱亲人。每当夜幕降临、万家灯火亮起的时候,家人系着围裙在厨房忙碌的身影,总会让我们感受到家的温暖和情的温馨。"我喜欢收拾家,这是一种心境,收拾完特干净,会觉得很舒服。我觉得男人最大的时尚就是多在家待一待。其实把所有该回家的人都召回家,这个社会就会安定许多。现在有多少不回家的人,不是因为事业,而是在酒桌上,歌厅里?如果晚上每个家庭的灯都亮了,也是一种时尚。"这是陈道明说的一番话,朴实无华而满含深情。读完《厨房》,我真心地希望我们所有的人,不光是男人,多留一点时间去收拾家,收拾厨房,每个晚上让家里的灯暖暖地照着,让厨房的灯灿灿地亮着……

短章亦凝噎，无处话凄凉

　　2011 年夏天，在《读者》上读到宋美龄听闻宋庆龄逝世噩耗后写下的一段文字。全文只有短短 308 个字，然而，深爱至恸之情溢满字里行间，令人唏嘘不已。我读了一遍又一遍，觉得始终无法道清文中的不尽之意、把握作者的深厚笔力。到近两年后的今天，才能勉强写下一点读后感。

　　"我本不该惊悚若此等情形的。二姐久病，已非秘事。我之所以惊悚，与其说是因了她永去，不如说是因了这永去留给我的孤独。"对于一般人来说，亲人的去世首先带来的必是永远分离的痛苦，这苦已是足够苦了。而宋美龄却从心上的伤口再深切一刀，展示给我们更深的苦痛，那就是二姐的离去给她留下的是永久的孤独。姐妹多少年的分离，已使孤独成为常态，而因得二姐的长逝，这份孤独将更加深长无涯。只是一个短短的复句，却是多少凄凉尽在不言中！

　　"好在孤独有期，而重逢是可待的。"宋美龄到底是宋美龄，是中华历史上的巾帼英才，而不是一个普通的凡间女子。当我们沉浸在孤独的况味中不能自拔时，她却一笔拓开，用这一句对重逢的期待，骤然转入疏放的境界，既减轻了自己的苦痛，也使伤情的忆

念自然化为期待重逢的温馨情思。

"此刻，往事愈远愈清晰地现于眼前。"一句妥帖自然的过渡，宋美龄把我们带入了对她亲爱的二姐遥远而清晰的回忆："二姐的性格与我迥异。她是宁静的，我是活跃的。她是独爱沉思的，我却热衷于谈笑。多少次同友人们聚谈，她总是含笑静听，有时竟退到窗下帏边去；但我说笑最忘情的那一刻，也总感觉着她的存在。她偶尔的一瞥，或如摩挲，或如指令，都在无言间传予了我。"含笑静听、退到窗帏、偶尔一瞥，就这三个小小的细节，活脱脱地描摹出宋庆龄的文静和温雅，告诉我们静态和动态的她，竟都是那么安静！这"静"，非常合于我们熟悉的宋庆龄，于是，我们和作者的距离也就拉近了，迫不及待地想有更深的探究。

未料，作者给我们更深的回忆却只是一件平常小事。"三姐妹中，挑起些事端的，自常是我。而先或为了哪个洋囡囡，后或为了一条饰带，在我与大姐间生出争执的时刻，轻悄悄走来调停的也总是二姐。她常一手扶着我的肩，另一手挽了大姐的臂，引我们去散步；争执也就在那挽臂扶肩的一瞬间消去。"多少文人铺陈了多少笔墨去描写宋氏三姐妹之间的感情，而宋美龄只用了一件小事，就把姐妹之间的深情抒写得淋漓尽致！这一件小事，又把二姐"静"的性格更加烘托出来，使她的形象更加丰满。一手扶肩、一手挽臂，这简简单单的白描，却传神地勾勒出一幅宋氏三姐妹爱的画像，鲜活如在我们眼前，任人间多少笔墨也无法比拟其万一！宋庆龄是"轻"的，宋美龄这笔调也是"轻"的，轻得让人心颤，轻得让人不忍发出一语，而这"轻"中又满载着多少难言的深痛之情！

"此刻，遥望故国，我竟已无泪，所余唯一颗爱心而已。这爱心，也只有在梦中奉上。"因为爱到极处，所以才无泪；因为坚信重逢不远，所以才无泪。这种坚忍和前文的疏放如此契合，忆念似乎可以在这里结束。然而，陡然一句"这爱心，也只有在梦中奉上"，又让我们回到冰凉的现实，感受到作者的无奈和惘然。姐妹究竟是无法在现世相逢了，即使是祭奠，也只能远隔重洋，不能亲自去

奉一掬黄花,焚一炷心香!始而哀婉,继而低回,终而怅憾,宋美龄用自己的深幽诚挚谱就了一支回肠荡气、曲尽其折的怀人曲,让我们沉浸其中,无语凝噎。

我之所以一遍遍重读这篇短文,完全是被它的真情所打动。宋美龄在写下这段文字时,一定没有去作什么构思,也完全不必作什么构思,这短短308字是一个世纪姐妹情的自然流淌。没有大段的铺陈,没有华丽的辞藻,没有多余的装饰。我更加信服了前人说过的话:至人皆蕴真情,蕴真情乃有至文,非矫饰可跻。好文章不是用笔写出来的,而是用心做出来的。这篇短文,情动于中,痛蕴于内,哀而不成号啕,悲而不入惨局,完全可以做真情的标本、写作的范式,能让现时多少矫情作秀之人汗颜!

这篇文章千回百转、深婉有致,真是生死两茫茫,无处话凄凉,有多少话人前不能发!有多少泪人前不能流!然而,短短一曲哀歌却透露出心的消息:手足之谊、血脉之情,是任何意识形态的差别也无法阻绝的,更不是海峡和大洋能够隔断的。这让我对政治、对亲情、对战争、对和平、对人生产生了无限的感慨。但愿在那美丽静谧的天堂,宋氏三姐妹终得重逢,从此肩相扶、臂轻挽,漫步花丛、徜徉月下,永无纷争、永无孤独……

夜不够长

多少年前，就从阅读中读到了塞纳河，从未想到，有一天，我会置身于它粼粼的波光之中。

夏日的一天，从日内瓦坐火车到巴黎，抵达时已是晚上七点多了，好在南欧此时太阳仍高悬天边，如同白昼，我们未进旅馆便急急去拜望神往已久的塞纳河。游船在音乐声和三种语言的解说中缓缓而行，两岸如璀璨珍珠般的历史文化建筑让我心摇神荡。宫殿、大学、博物馆、雕塑、桥梁……无法去一一记住和辨认，只和来自不同国度的人们一起，经历一次又一次惊讶、心跳和震撼。哪一个国家能有一条这样的河流，把历史如此完美地保留、完整地串起？又有哪一个国家能有这样一条河流，集中地展现出城市的骄傲与自豪、浪漫与诗情？于是，在与塞纳河如此亲密的偎依中，自然而然地想起了关于塞纳河左岸和右岸的解读。都说左岸是精神的、艺术的、浪漫的，右岸是物质的、欲望的、浮华的。其实，一河之隔的两岸何能如此泾渭分明？必然有交相融合的一面，但细细沉思，这种划分却确乎具有超出地理和国界的意义。

天渐渐地暗下来，两岸开始次第亮起星星点点的灯火，塞纳河便更像一个盛装的贵妇了，而在水中迷离摇曳的建筑和灯影，更给人如梦如幻之感。导游是有点艺术气质的，不住地向我们介绍着左岸的浪漫传说。当年，莫里哀、左拉、都德、雨果等蜚声文坛的大作家，都曾在这里的咖啡馆度过一个又一个白昼和夜晚。你如果

有时间去这里的咖啡馆坐坐,也许一不留神就坐在了海明威曾经坐过的椅子上,坐在了萨特在此产生独特哲思的地方。是的,存在主义大师萨特有一段时间几乎天天在这里的圆顶咖啡馆与波伏瓦会面,以致人们会把给他们的信件都送抵这里。萨特说过,波伏瓦不仅在哲学知识上,而且在对他这个人、对他想做的事情的认识上,都达到与他同等的水平,是他最理想的对话者。那么,对这两个虽无婚姻之名却倾心半个多世纪的情人、相知一生的"对话者"来说,这些咖啡馆的夜够长吗?

塞纳河是巴黎的生命之河,也是文人墨客们的灵感之河,许多作家选择沿河而居,他们绵绵的文思随河水汩汩流淌。其中,批判现实主义大师福楼拜无疑留下了最让世人称道的佳话。从25岁起,他独自一人住进卢昂附近的克罗瓦塞别墅,并在那里终其一生。就在这推开窗户便是塞纳河的所在,诞生了《包法利夫人》这样惊世骇俗的不朽名著。他书房的灯整夜开着,为了让表达愈加客观化,让事实自然展现于笔端,他夜以继日地发愤写作,精雕细琢,靠咖啡和冷水来支持,按时迎接日出。正是凭着这样的执着,他才写出了《包法利夫人》这样的"模范小说"和"模范散文",在文坛产生了革命性的结果。他去世后,他的学生莫泊桑在悼文中写道:"他确确实实属于顽强工作的那类人,他酷爱克罗瓦塞故居,几乎整年住在里面,从上午九十点钟开始工作,午饭一吃完,甚至不在大花园兜一圈,他便重新工作。整夜,沿塞纳河顺流而下或逆水而上的水手,在远处把先生的四扇窗户当作灯塔。"渔夫们都知道,在这段航路上想不迷失,应该以"福楼拜先生的窗户"为目标。大师的这种执着,又岂不是照亮今天浮躁年代的灯塔?一切因焦躁和功利而迷失的人们,又岂不应以"福楼拜先生的窗户"为目标?

在河边居住的,还有福楼拜的学生左拉。他以写作的版税,在梅塘买了一所房子,在给老师的信中,他详细汇报说这是一处"兔笼似的楼房,位于普瓦西和特西埃尔之间,塞纳河边的一个迷人的

偏僻角落……它的大益是远离一切喧闹的场所,而且周围没有一个资产者"。福楼拜、塞尚、屠格涅夫、都德、莫泊桑等师友经常来此相聚,一起划船、垂钓、散步、讨论。在 1879 年一个充满友情气息和艺术氛围的晚上,有 6 个后来被称为"梅塘集团"的作家谈到了 1870 年的普法战争,他们以此为题材,创作了一部短篇小说集,莫泊桑就因其中的《羊脂球》而成名。为了"向这个可爱的家表示敬意",这部集子命名为《梅塘之夜》。可见,他们在此度过了多少个欢乐的与友谊和文学有关的夜晚!每当晨曦来临,他们也会有夜不够长的慨叹吧?

世上有许多人半睡半醒,但也有一部分人的心灵之眼总是睁开的,无论晨昏,不分昼夜。徜徉于塞纳河两岸旖旎的风光中,我不能不想到同样在左岸喝过咖啡的巴尔扎克。早晨 8 时,他用完早餐后开始写作和校改文稿,一直到晚上 8 时。晚上 8 时,当别人开始五彩斑斓的夜生活时,他却在长达十多个小时的写作后才上床睡觉。子夜,当人们潜入梦乡之时,他已披衣起身,开始新的工作。夜的精灵和燃烧的咖啡一同赋予他不竭的思想涌泉。这种对文学、对艺术、对精神生活的追求是跨越国度和民族的。我想起为写作而生、为文学殉道的卡夫卡,他每天晚上十点半坐下来写作,根据力量、兴致和运气的不同分别坚持到一、二、三点或清晨。他在给女友的信中说:"谁知道怎么回事,我写得越多,我自身越解放,我对于你来说也许就更纯洁、更般配。但是当然还有很多东西可以从我肚子里掏出来。做这么一种特别给人以快感的买卖,夜根本就不够长。"这位天才的作家有自己倾心的女友,然而,为了他钟情的文学事业,他选择了步福楼拜的后尘,两度订婚,又两度解约,焚膏继晷,独对孤灯,直至 41 岁的年轻生命在黑夜中消殒。让我们唏嘘他的一生如同他的写作之夜一样,真的太短,真的不够长!

在塞纳河繁星般闪烁的灯光中,缅怀着这些伟大的作家,于是对左岸和右岸仿佛就有了新的认知。其实,每个人的心中都有自

己左岸和右岸,这些在夜色中把犀利细腻的笔触探入世人灵魂的大师,无论是住在巴黎还是布拉格,无论是否居住在塞纳河畔,他们的心灵之河永远有一片有如塞纳河边梧桐一般蓊蓊郁郁的左岸。

夜,在向深处漫游,灯火中的埃菲尔铁塔通体透明,金光闪耀,使巴黎之夜散发出无穷的魅力。我知道,此时,当世上的许多人开始进入梦乡,福楼拜们灵光迸发的一天却刚刚开始,对他们那一颗颗意欲洞透人间、穷尽世态的心来说,夜,根本就不够长……